Feathered
Serpent
Press

Este libro es una obra de ficción. Todos los acontecimientos, personas, y circunstancias son la invención del autor y de ningún modo representan acontecimientos, personas, o situaciones reales, histórico o de otra manera.

Título: *Pecados del Jaguar*

Imprenta: Feathered Serpent Press

Autor: Stanley Struble

Traduccion: Jose Antonio Gonzalez Corzo – San Cristobal de las Casas, Chiapas, MX

Maquetacion: James Bunstock, BPG Photo/Graphics, buns@bunstock.com

ISBN: 978-1-7355191-0-4

Fecha de publicación: Septiembre 2020

Autor

Stanley Struble diplomado en la reconocida escuela Father Flangan's Boys' Home, en Boys Town, Nebraska. Obtuvo la licenciatura en antropología por la Kansas State University. Actualmente es profesor adjunto de antropología en la Metropolitan College en Omaha. Struble es miembro de MENSA, la Sociedad Internacional de Alto Cociente Intelectual y ha sido presidente tres veces del Colegio de Escritores de Nebraska, el gremio de la escritura más antiguo y prestigiado del Estado. Tambien es autor de cinco novelas que tiene lugar en Mexico. Todos han tenido una excelente acogida en Estados Unidos.

El Reconocimiento Especial

Ninguno de mis libros fueron posibles sin la amistad perdurable de Jose Antonio Gonzalez Corzo de San Cristobal de las Casas, Chiapas. Tony es el compañero raro cuyos intereses, el carisma personal, el humor y las vivencias complementan lo suyo. Del Yucatec y Lacandon Jungles de Méjico, para las tierras altas de Chiapas, y del Valle de México para las montañas de Oaxaca, Tony proveyó una cuña y una inspiración. Él ha sido mi maestro y mi informante en la historia y cultura mejicana los últimos 45 años, y me ha guiado a través laberintos de ruinas mayas encubiertas en selva a todo lo largo de Chiapas y el Yucatan. Él también nos sacó de algunas situaciones difíciles a través de los años. Gracias, Tony. 'Somos Loco Luego de Todos Estos Años.'

Con Gran Aprecio

Como todas mis historias, "En el Tiempo" no habría sido posible sin el consejo y la asistencia de muchas personas. En primer lugar entre éstas está Valerie, mi esposa y compañera por 39 años. Su intelecto, ánimo e ideas siempre me animaron cuando dudé de mí mismo. Ella trabajó incansablemente en este libro para corroborar que cada frase tenía una secuencia lógica. Harriet Ottenheimer, Profesor Honorario de Antropología en Kansas State University corrigió el escrito original, así como Jim Bunstock de Mensan asociado, que corrigió todo en inglés e hizo la maquetación del libro, y Hugh Reilly, profesor, autor, y amigo.

¡Gracias!

Agradezco mucho tener la amistad y soporte de mis hermanos de Boys Town, John Mollison, Raul Parra, Larry Mulligan y Eddie Flanagan.

¡Gracias, Gracias!

La familia González Corzo de Guadalajara, México son personas muy especiales. Quiero darles las gracias por su amistad y su hospitalidad a través de los años y por amablemente soportar mi estilo gringo y mi raquítico español en tantas ocasiones. Su amistad es un tesoro.

Agradecimiento Especial

Para mis lectores quienes disfrutan de la historia inusual que se desarrolla en lugares exóticos y a quien ha leído una o más de mis tres novelas anteriores, gracias por su tiempo y su interés. Todos los escritores queremos ser leídos. Encontrar a las personas que disfrutan de una historia rara en escenarios muy diferentes es siempre una bendición.

Elogios para Los Pecados del Jaguar

"Stan Struble te lleva a una montaña rusa de acción, amor y al caos que te pone los nervios de punta dondequiera que te sientes, y luego te obliga a ponerte de pie y animar su fabulosa aventura de *Los Pecados del Jaguar* en una impresionante caída hasta el final. Olvídate de las Montañas Mágicas y de Disney. Los pecados del Jaguar les gana a todos!!"

-**Lew Hunter**, Presidente de la Escuela de Guiónistas de la UCLA

"Un rápido thriller antropológico con fascinantes sorpresas a cada paso. Combinando la arqueología y el trabajo detectivesco, el profesor David Wolf y el agente especial Luis Alvarado buscan a una diplomática secuestrada en el remoto territorio Tarahumara. Lo que encuentran amenaza cambiar la historia arqueológica de la zona, y tienen un gran alcance de Implicaciones medioambientales. No puedes parar de leer esta novela divertida para cualquiera que esté interesado en México, los nativos americanos y la antropología."

-**Harriet Ottenheimer,** Profesora de Antropología, Universidad Estatal de Kansas

"El sentido del lugar y la información histórica/arqueológica me mantuvo involucrado en la primera parte del libro, y el suspenso de cómo sobreviviría el grupo y si todos lo lograrían Me mantuvo leyendo hasta el final."

-**Sally Fellows**, *The Whole Truth Review*

Elogios para la Trilogía de La Serpiente Emplumada

"La trilogía maya de la serpiente emplumada de Struble te transporta a un tiempo y lugar desconocidos. Puedes sentir el sudor correr por el cuello y oír el rugido del jaguar. Es lleno de detalles históricos fascinantes, descripciones vívidas y suficientes giros de la trama mantendrá a todos satisfechos, el nuevo libro de Stan Struble, En el Tiempo de la Serpiente Emplumada es una muy buena inclusión al nicho de los thrillers arqueológicos que Struble ha tallado por el mismo."

Hugh Reilly, autor de *Bound to Have Blood* y *Drinking With My Father's Ghost*

"La voz de Sor Angelina nos refresca como una brisa porteña al amanecer. Su tenaz reflexión acerca del bien y el mal la catapultan en la novela a convertirse en un personaje esencial. A través de Angelina, Struble arroja luz y rinde homenaje a la memoria de Sor Juana Inés de la Cruz."

Dr. Jose Badillo, Escuela de Español, Metropolitan College, Omaha

"Struble" lo hace de nuevo con nuevos e inesperados giros sobre un tema clásico. La arqueología y la religión antigua se entrelazan con la corrupción y la política contemporánea en este convincente libro que se lee sin detenerse."

Dra. Harriet Ottenheimer, Profesora de Antropología de la Kansas State University

"Está aquí…otro misterio de Struble! El Evangelio de la Serpiente Emplumada es un torbellino de excitación y un atractivo misterio para los que gustan de misterios y religión. Cuando los objetos sagrados perdidos del cristianismo aparecen inesperadamente en las ruinas de una iglesia católica en el sur de México, las grandes religiones del mundo compiten por poseerlos. En este libro que se lee sin parar, la prosa y la conspiración de Struble te mantendrán leyendo hasta altas horas de la noche."

Dr. Lew Hunter, Presidente Emerito de la Escuela de Guionistas de la UCLA

Dedicación

Para Valerie, crítica severa de la gramática y amante de las criaturas con escamas, y a Lucas, Tim y Grace - cuatro buenas razones para seguir escribiendo.

Y para mi madre, Rose Marie, y Butch y Ted Neuburger, y el Hogar de los Niños del Padre Flanagan, Ciudad de los Niños, Nebraska.

Agradecimientos

Muchas, muchas gracias Jim Bunstock, Ellen Kodis-Salmon, Lew Hunter, Harriet Ottenheimer, y Sally Fellows; leones literarios, colegas y amigos. Gracias por su ayuda, apoyo y paciencia.

Reconocimiento especial

Sin la paciencia, la caridad y la amistad de la familia González-Corzo de Guadalajara, Jalisco y San Cristóbal de las Casas, Chiapas este libro nunca se habría escrito. Tengo Una deuda que nunca pagaría.

Los Pecados del Jaguar

por

Stanley Struble

Prólogo

La comadrona apresuradamente iba de arriba abajo por el oscuro cuarto iluminado por una candela, su evidente inquietud crecía en las sombras oscilantes cuando ella metió las ropas blancas ensangrentadas en una bolsa de plástico de basura. El olor a sangre y muerte dominaba al hedor acre de la partera   tan filtrado en el cuarto a través de los sucios y agrietados cristales de la ventana. Ella recorrió con la mirada a la mujer muerta en la cama, se santiguó y miró al joven con la esquina de su ojo. Él pareció fantasmal, casi atemorizante, su expresión torturada como él sobresalía por encima del pequeño cuerpo sin vida de su mujer. Una lágrima goteaba, dejando un rastro limpio abajo de su mejilla mugrienta, se deslizo ilesa hasta su barbilla donde estuvo meciéndose brevemente antes de caer encima del recién nacido en sus brazos. El niño, un bebé con síndrome de Down carirredondo,

1

se veía horrendamente deforme; Su estómago e intestinos brillando yacían expuestos. Un sonido silbante de un hueco húmedo en el pecho del recién nacido acompañaba cada aliento.

El miedo y el pesar, los gemelos de la desesperación, otra vez estaban visitando al débil e indefenso en este pueblo mexicano, angustiosamente pobre cerca de la frontera de Estados Unidos. Acostumbrados a la tragedia en medio de la pobreza, los aldeanos dormían ignorantes, cansados de la lucha interminable   arañando una existencia en el desierto de Nuevo León.

—Voy por el Sacerdote. La comadrona insistió, en su español pesadamente acentuado con dialecto indio.

—No. Ningún sacerdote, dijo el padre del niño, empezando a mirar a la comadrona, como si apenas notara su presencia.

—Señor...

—No, él repitió, quedamente pero firme, sus ojos consumiéndose en un fuego descontrolado. —Déjeme. Usted ha hecho todo lo que se puede hacer. Necesito tiempo para pensar.

—Usted necesita ayuda, señor.

—Váyase...ahora. La voz sonó suavemente, pero sus ojos dejaron traslucir una exaltación.

La comadrona se santiguó sin pensar, comenzó a protestar, y entonces recapacitó. —Sí, señor, ella habló entre dientes, santiguándose otra vez, oraré a La Virgen para que interceda por tu mujer.

El hombre amenazantemente la ignoró, mirando fijamente al niño moribundo que cargaba con sus grandes manos callosas. Él comenzó a balancear su cuerpo rítmicamente, lentamente contoneándose y meciendo a la criatura. Una

2

sonrisa amarga estiraba las esquinas de su boca, en ese momento él comenzó a tararear. Con un cántico despacio melodioso, él tarareo en un lenguaje que la comadrona no comprendió. Ella cruzó por última vez, se estremeció de temor, entonces con paso rápido se dirigió hacia la puerta. Con una mirada temerosa hacia atrás ella se apresuró a salir, prefería la negrura de la noche y el aire envenenado al joven extraño.

La canción continuó ininterrumpida mientras el niño lloriqueaba lastimoso, con un sonido como de chupeteo húmedo de su pecho. Termino la canción y entonces el padre cantó otra, y finalmente, cuándo la canción infantil silenciosa todavía, el flácido cuerpo sin vida y su espíritu se fueron, el hombre cariñosamente le besó y le colocó a un lado de su madre.

El padre caminó afuera en el frío, de la noche apestosa, el aspiró profundamente el aire desértico sucio, saboreando el residuo acre siempre presente del progreso de Tex Mex Química y otras fábricas que sus siluetas se delineaban en el horizonte del norte. Millones de luces blancas pestañeaban alegremente, iluminando pueblos industriales pequeños mientras las fábricas expelían con fuerza hongos de nubes de humo negro en el cielo. El vómito tóxico, cargado de partículas se hizo presente antes de caer a la tierra envenenando y profanando el suelo y el agua.

Se volvió a mirar las chozas desaliñadas, sucias que comprendían el pueblo y alojaban a la fuerza laboral de las fábricas. Sin electricidad, ni ningún tratamiento de aguas residuales, y la única agua potable contaminada con mercurio, plomo, y arsénico.

Las fábricas mataron a su mujer y al bebé, él razonó, tal como mataron la tierra y el cielo. En todas partes vio a la muerte avanzando y sintió el olor del progreso demente. Las fábricas echaban, metales pesados, escupiendo, y excretando agentes cancerígenos, libremente y sin regulación, el legado de numerosos acuerdos de libre comercio.

Él caminaba de un lado a otro por el camino de tierra fuera de su casa, su mente en un remolino y su cuerpo olvidado del frío desértico. La cólera se cocinaba a fuego lento, él no podía concentrarse y fluía su pérdida como un carbón muy caliente, casi como un horno. Finalmente, sujetando su coraje hirviente, caminó a grandes pasos a su camioneta, agarró una lata de gasolina de la góndola, y entró a su casa con ella. Esparció el contenido a todo lo largo de la casucha de un solo cuarto, deteniéndose sólo para empapar la cama completamente. Él se encorvó, y besó el amuleto de oro con joyas que moldeaban un jaguar alrededor del cuello de su mujer. Se enderezó, tocó su mejilla, hecho una mirada final alrededor, y salió, cerrando la puerta detrás de él. Parándose resueltamente, con su cara levantada hacia el cielo, abrió sus brazos y comenzó a cantar la canción "Regalo de La Muerte". Terminó, encendió dos fósforos y los lanzó a la casa. Caminó hacia el sur en el desierto mientras una flor roja resplandeció detrás de él. Él regresaría después de purificar su espíritu y buscar una visión de su animal del tótem, el Jaguar. Regresaría a visitar a la muerte por encima de las fábricas y los políticos.

Secuestrada

(Un Año Después)

Ruth Johnson, Asistente del Cónsul Honorario de los Estados Unidos y estacionada en la ciudad y el estado de Chihuahua, en el Norte de México, se quitó los audífonos de su grabadora portátil Sony. Cuidadosamente retorció el cordón para no deshacer un rizo, y entonces se quedó con la mirada fija, después cerró la ventana en la noche oscura. El paisaje espectacular, ahora con las sombras fantasmales huyendo del amanecer, pasando rápidamente por las ventanas del tren panorámico de Chihuahua a los Mochis.

El trayecto de tren más increíble en el mundo, 300 kilómetros de montañas casi intransitable, túneles con vigas en los techos, y los paisajes coloridos por los que cruzaba velozmente inadvertidos y poco apreciados   mientras ella permanecía con la mirada fija con indiferencia aletargada. El ruido seco del acero de los rieles continúo haciendo oscilar el vagón hipnotizándola y enervando su interés, creando un momento de calma en su atención. Una canción muda de Jimmy Buffet se colaba de los audífonos, perturbando su vacuidad. Ella la apagó y regresó a la ventana, ignorando a un supervisor arropado en gris, bigotudo que caminaba con paciencia practicada, moviéndose con ritmo entre el balanceo del tren, intentando cruzar para el siguiente coche.

Un final miserable para una mala relación, pero al menos eso se terminaba ahora, ella se consoló a sí misma. Sus ojos azules sumergidos para mirarse el dedo anular, ahora sin el anillo de compromiso de Doug. El dedo se sentía desnudo, y esto produjo una respuesta, una punzada de culpabilidad. ¿La culpabilidad de qué? Ella se preguntó. ¿Por terminar una relación tormentosa y condenada al fracaso? Ambas partes estaban de acuerdo que la relación no se había desarrollado al punto del compromiso, dejando a cada uno con la sensación incómoda de que su amor había fallado, sin que ninguno hubiera estando dispuesto a ser el primero en decir, "esto no va a funcionar".

Unas vacaciones de trabajo en Mazatlán había sido una mala idea. Ella debería haber permanecido en Chihuahua y nunca debió haber dejado a Doug convencerla de ir, ella se culpaba a sí misma.

Pero eso no era enteramente cierto, se percató. Chihuahua y su trabajo en el Consulado no marchaban bien tampoco. Gustosamente había aceptado el puesto como Asistente del Cónsul Honorario de los Estados Unidos después de dos monótonos años en Colombia como agregado que se especializó conociendo personas sin importancia en el aeropuerto de Bogotá. Ella había estado eufórica con la perspectiva de codearse con los más poderosos hombres de acción y los agitadores en el Hemisferio Norte. Chihuahua ya no era el punto de partida en el desierto del norte. Incluso los europeos venían con regularidad sorprendente. Iban primero a la Ciudad de México, pero siempre se detenían en Chihuahua, el estado más grande y más rico de México, para hablar y negociar con sus recursos naturales.

El descontento que ella sintió antes de entrar en el cuerpo diplomático se robusteció diariamente. La muerte de su hija y el matrimonio fallido habían dejado a Ruth con una clara conciencia que la vida no podría resultar como ella había esperado. Se había dado cuenta de que poner todo el entusiasmo y el empeño en cada misión no aseguraba el éxito. Algunas cosas estaban más allá de su control, y los otros no podían estar negociando fuera de ella o del Gobierno de Estados Unidos. De hecho, muchos fueron simplemente intratables y no se prestaron a una solución. Ella encontró que la vida no tenía fórmulas fáciles. Para hacer negociaciones, uno debe ofrecer algo deseable a cambio de lo que quiere, y ella sentía que no tenía nada de valor; sólo una sensación de cargo de conciencia por su niña muerta, un matrimonio fracasado, y una serie de trabajos poco satisfactorios.

¿Cómo negocias con Dios? ¿Cómo negocias una relación con un hombre? En estas derrotas, se percató que se encontraba la raíz de su infelicidad. Ella se había convertido en un substituto de los verdaderos jugadores, en un sostén que es usado cuando es necesitado por alguien que tiene otros propósitos: Anteriormente una madre y una ex esposa, y ahora una Asistente del Cónsul Honorario.

Un lacayo. Simplemente un maldito lacayo, y ni siquiera bueno para eso, ella se castigaba a sí misma. Karen empuñó su mano con la cólera desvalida.

Ahogada por la emoción, ella sintió que un calor bañaba su cara. Busco en su cartera un pañuelo para contener el flujo de las lágrimas salobres.

—Señora, ¿está bien usted? Preguntó el canoso checador de boletos, viendo sus lágrimas y deteniéndose alarmado. Señora...

—No...por Favor. Estoy bien. Ella le dijo agitando la mano que sostenía un pañuelo.

—Pero, señora...

7

—No…estoy bien. Gracias. Sonrió con pesar, secando sus ojos, entonces se levantó dirigiéndose al cuarto de baño, obsequiándole una sonrisa al conductor cuando pasó.

Enjuagó su cara en agua fría y ligeramente la secó con una toalla café de papel grueso del dispensador de la pared. El tren continuó cambiando de posición y contoneándose, ocasionalmente avanzando a brincos, por la dificultad de estar sin apoyo. Ella dio un paso hacia atrás y se formó un juicio sobre sí misma en el espejo; una mujer de pelo café, atisbó, de edad madura con cejas estrechas, se quedó mirando. La imagen idéntica, se *movía* síncronizadamente, imitando cada movimiento.

Lucia enferma, se dijo, *como un maldito cadáver.* Necesitaba un cambio importante en su vida. Suspirando con resignación, dio un paso hacia el espejo para reparar el daño de las lágrimas en su maquillaje y ajustar su pelo.

¡Inesperadamente el tren dio bandazos violentamente, arrojándola contra la pared y golpeando su cara contra el espejo y haciéndolo pedazos! Atontada, con sus piernas dobladas y hundida en el piso, vencida por el dolor y la náusea. El vagón avanzó a brincos otra vez, entonces comenzó a chirriar gudamente cuando las cuatro locomotoras de diésel frenaron en un intento de controlar un descarrilamiento.

Las lágrimas mezcladas con sangre le cubrían el rostro mientras ella alcanzó a jalarse a sí misma erecto. El pánico la paralizo y se quedó sin aliento. Un líquido espeso, caliente provino de cortes por encima de su ojo, y ella comenzó a resistir una histeria naciente. ¡No mi cara! ¡No!

Finalmente el tren rechino hasta detenerse. Ella se elevó a la altura de sus rodillas, entonces se levantó y tambaleante se dirigió hacia el lavamanos con un miedo frío que torció su estómago. *¡Su cara! Oh Dios!* Ella lloró lastimosamente. Abrió el grifo, mojó su pañuelo, lo pasó por su cara y limpió la sangre de un corte profundo en su frente.

La puerta del cuarto de baño se abrió ruidosamente, y apareció un checador con uniforme gris. No fue el que ella había visto, el que más temprano se había ofrecido a ayudarla. Este hombre tenía una barba desaseada con una cara cuadrada colocada por encima de sus anchos hombros. Alto y fuertemente armado, sus ojos ardían con afán. Él se veía demasiado grande para su uniforme.

— ¿Señora?

—Ayúdenme, por favor, ella imploró. —Necesito a un doctor…tratando de alcanzarlo.

—Desde luego, señora. Y tomándola de su brazo, la jalo en dirección a él con fuerza y seguridad.

Ella percibió un olor químico lacerante. ¿Había causado el choque el olor tan fuerte? Lo sintió familiar. Ella miró directamente a sus ojos (fue lo último que recordó), el brillo de sus ojos oscuros delante de una tela empapada en éter que cubrió su boca y nariz. Un sentimiento naufragante, plomizo le hizo a ella desmayarse, entonces entró en pánico y luchó e intentó gritar, pero él la sujetó firmemente y aplicó el anestésico hasta que su cuerpo se aflojó.

Él la cargo y la sacó del cuarto de baño, saliendo del tren conduciéndose por un lado de los cañones y los desfiladeros al final de la línea férrea. Él la arrastró a ella una corta distancia, entonces dio un paso detrás de una línea que abrigaba rocas grandes y abajo en una cañada profunda un cómplice le esperaba impacientemente apoyado a un burro.

— ¿Es este? ¿Qué le ocurrió a su cara? Interrogó al cómplice.

El secuestrador ignoró la pregunta y colocó a la cautiva sobre el asno. Rápidamente la amarraron al burro con sogas, atándola apretadamente para no dejarla caer hasta que ella se despertara y pudiera montar.

Empezaron a bajar. Repentinamente el suelo pareció estremecerse, hincharse, apaciguarse, y entonces estremecerse otra vez.

— ¿Qué fue eso?

—Un temblor pequeño...tú sabes. Ocurre varias veces al año.

—Sí, pero eso ha estado ocurriendo bastante últimamente.

El raptor barbado, fray Martin de la diócesis Batopilas, permaneció atento en su tarea e ignoró los comentarios de su hermano menor. Una luna llena iluminó el rastro y lanzó sombras escalofriantes cuando empezaron el descenso lento, tortuoso en el cañón. Un jaguar grande, los observó desde lejos, y entonces comenzó a seguirlos. El sacerdote, sintiendo su presencia, dio vuelta y fue en busca del gato. Él podría sentir los ojos encendidos, amarillos observando cada movimiento suyo. Encontrándolo, él se estremeció de miedo, y entonces rápidamente fijó su atención en el rastro otra vez. Él intentaba ignorar su presencia y ocuparse de una paranoia creciente de que el jaguar les asechaba. Avanzaron lentamente a lo largo de un camino estrecho usado sólo por los indígenas Tarahumaras que conectaba a los pueblos de abajo con la economía extranjera del ferrocarril y sus turistas.

Ruth Johnson, Asistente del Cónsul Honorario, estaba viajando en la parte trasera de un burro hacia su nueva casa, una caverna remota en el Cañón del Cobre en la Sierra Madre.

***

—Odio tener esa maldita bestia alrededor.

—Ella es una amiga, nada más, contestó Mike, hermano menor de fray Martin.

El sacerdote resopló, sin creerlo, y entonces dio vuelta y

10

prevenidamente buscó la ladera para asegurarle al gato grande conservar su distancia. Él se puso encima la soga del cabestro, empujando hacia adelante el burro.

—Su cara está cortada, y tú no trajiste su equipaje, dirigiéndose a Mike.

—Ella no necesita nada.

—Pero ella es una mujer…

—Ella no necesitará nada a donde va. Sería simplemente una carga adicional. ¿Quieres tu cargarlo por ella?

El hermano menor miró adelante en el sendero torcido, y entonces arriba de las paredes de la montaña. Él tembló. —No…supongo que estás en lo correcto. Es el caso que ella es una mujer y nosotros nunca nos hemos involucrado con una mujer antes. Las mujeres tienen necesidades diferentes que los hombres.

El sacerdote detuvo al asno y atisbó a su cómplice. —¿Las mujeres? Tú sólo has conocido a una mujer. ¿Qué sabes acerca de las mujeres? No comiences a retorcer las manos y lloriquear ahora. Ésta fue tu idea, también. ¿Recuerdas? ¿De qué se tratan tus convicciones? ¿De qué se trata nuestro propósito? ¿De qué se trata las necesidades del Raramuri? No trates de esconderte detrás de cualquier proceso complejo razonando. Tú no eres tan listo como piensas. Esto es totalmente a favor de la causa, hermano. ¿Comprendes? Tú no puedes tener una guerra sin ensuciarte. Él sacudió con fuerza la soga del cabestro y continuó abajo de la ruta estrecha de la montaña, sus ojos afilados entresacando las sombras de los escombros de roca y otros peligros ocultos.

Mike hizo una pausa y vio por una última vez arriba de la ruta de la montaña hacia la línea de luces iluminando los vagones descarrilados del tren. Él percibió con la vista a su amigo el jaguar y le hizo una señal con la mano, y entonces él se apresuró a descender detrás del burro que resueltamente reconoció el vello rocoso del rastro en el valle iluminado por la luna.

Secuestro, sabotaje, y asesinato eran negocios sucios, él se dijo a sí mismo; pero de todas formas, así de muerte eran la contaminación, la pobreza, y la desesperación. ¿Por qué no había algunas respuestas más fáciles? Era una vieja historia, tal como Martin lo había dicho: "El fin justifica los medios".

Él se reacomodó en el ritmo del caminar, lentamente descendiendo en el valle. En un par de horas, comenzarían a subir cuesta arriba en las montañas a un lugar tan remoto que además de él, sólo su hermano extraño y su padre conocían. Él se quedaría con la mujer para garantizar su cuidado, pero su hermano el sacerdote, fray Martin, debía regresar a Satevo. Fray Martin llamaría por teléfono a las autoridades en Chihuahua para anunciar el secuestro de la diplomática, y el por qué. En esto no había regreso. La guerra se había puesto fea.

Mike, miro sobre su hombro para ver que su gato había entendido. El jaguar, una forma negra amenazante con ojos amarillos feroces, era solo una silueta a la luz de la luna. Él hizo una moción de reconocimiento para la bestia, y entonces empezó a seguir al burro. Se consoló con el hecho que su amigo, el jaguar, le acompañaba, pero una culpabilidad fastidiosa se apoderó de él. Miró la forma floja de la mujer inconsciente atada al burro, y un sentimiento persistente de vergüenza le atacó.

¿Qué había hecho él? Se preguntó, ya sintiéndose lleno de remordimiento. Él nunca debería haber venido. Esperó otra vez para asegurarse que el jaguar le seguía, y entonces puso su atención en el rastro.

Serpientes
(Una Semana Más Tarde)

El profesor David Wolf estaba sentado en el patio de su cabaña alquilada a gran altura en la Sierra Madre de Chihuahua, apurando una taza casi tibia de té y disfrutando la vista del Gran Cañón de México, Las Barrancas del Cobre (El Cañón del Cobre) en eso el teléfono timbró. Cuando su mujer contestó el teléfono, él puso a un lado la taza y corrió al interior de la cabaña. Inicialmente irritado por la intrusión, él sonrió, agradablemente sorprendido por escuchar a un viejo amigo, Luis Alvarado, anteriormente un capitán en la policía de la ciudad de México y ahora un agente especial de la policía Federal en los estados del Norte de México. David con su nueva esposa desde hacía seis meses, Alexandra, regresó al patio y tiró lo último de sus migas de galletas para sus nuevos amigos, una bandada de pinzones cafés.

— ¿Luis?

—Quién más, gringo? ¿Qué estás haciendo en el lugar más remoto en México? Ya has encontrado el oro de Moctezuma. ¿Has cambiado de profesión para su exploración?

El profesor sonrió abiertamente, apreciando la broma amigable de Luis. Recordó un sentido de pérdida de su amigo habiendo dejado la Ciudad de México un año antes para su nuevo puesto como federal. La pérdida se acompaña siempre de pena, aunque esta beneficie a un amigo.

—Hey…que tengo un teléfono en mi cabaña y dos bicicletas de montaña fuera de la puerta para montar alrededor. Puedo ver al tren panorámico y sus pasajeros, y si quiero puedo dar largas caminatas un poco.

—Dime a mí, David, ¿cuántas veces has montado la bicicleta?

Atrapado en una mentira, pensó el profesor. Él y Alexandra una vez habían tratado de montar una corta distancia hacia abajo en el cañón, cuándo encontraron cinco o seis serpientes de cascabel tomando el sol en la ruta. Así de rápidamente terminó la excursión, y el empinado viaje de regreso le recordó que si bien él se sintió capaz y vigoroso, él tenía cincuenta y dos años. Él y Alexandra lentamente habían respirado con dificultad subiendo la montaña, empujando las bicicletas y deteniéndose intermitentemente para el descanso. Envejecer es una experiencia que humilla.

—Oye, tú me conoces a mí, mintió el profesor, —no puedo quedarme fuera de eso. Son todos esos años en el campo; el trabajo agobiador, por mucho tiempo las horas, trepando pirámides de arriba a abajo veinte o treinta veces al día, y toda esa montón de barro y tierra de años. Tengo la impresión de que tengo diecinueve años de edad.

—Él actúa como eso a veces, también, Alexandra gritaba desde atrás, y deslizó su mano dentro de su camisa a cuadros. Él se apoyó en su abrazo y recibió algunos pedacitos de comida.

—Suena como si necesito perderme en alguna parte si no te molestará eso a ti. Qué tal alguna compañía, ¿David?

— ¿Compañía? ¿A quién tienes en mente? El último tiempo que pasamos juntos se convirtió un poco como demasiado excitante: muchísima gente muriendo, mis

14

estudiantes medios destrozados y, si mal no recuerdo, tu recibiste un par de balazos por tus logros.

—Algo pequeño, profesor, presumió el federal. —Tú sabes qué tan aguantador es el varón mexicano. (El profesor podría visualizar a Luis estando más derecho con lo que decía, y veía su pecho hincharse). Yo completamente me he recuperado y en el trabajo otra vez. Ángela quiere visitar a Alexandra. Además, tengo algo importante para hablar contigo acerca de...tu sabes...una cosa de antropología.

—Oh, ¿sí? dijo el profesor, anteponiendo su interés. ¿Cómo qué?

—Jaguares.

— ¿Jaguares?

—Y asesinatos.

— ¿Asesinatos? Los jaguares no cometen homicidio. Cazan y matan para alimentarse ellos y sus crías. Sólo los primates cometen asesinato, David consideraba desde un punto de vista filosófico, inmediatamente recordando varios ejemplos, especialmente los humanos, como todos nosotros sabemos. Los chimpancés y otros primates no humanos han sido conocidos por cometer homicidio. Él se centró en el modo académico de la retentiva, obviamente proyectándose un poco.

—David...por favor. Eso es todo muy interesante, Luis lo interrumpió.

—Me gustaría intercambiar opiniones...sobre...primates contigo más tarde. Sin embargo, el jaguar que tengo en mente es definitivamente un asesino humano. ¿Te interesa saber de eso?

Ah, un misterio, pensó el profesor. Él amaba un buen misterio antropológico.

—Dime Luis, ¿tú vas a hacerme preguntas acerca de tribus

indias y los temas del jaguar?

—Tú eres un hombre listo para ser gringo, profesor.

— ¿Cuánto tiempo tomaras para llegar aquí?

—En realidad, Ángela y yo estamos llamando por teléfono de arriba de la montaña. Estamos aquí, en Creel, para verles. Acabamos de bajarnos del tren."

— ¡Qué! exclamo el profesor.

— ¿Cómo es eso? Alexandra preguntaba, en un despliegue emocional.

Él la agitó completamente. — ¿Piensas que puedes encontrar nuestra cabaña?

—Soy un detective, David. ¿Qué piensas?

—Estaremos esperando. Y Luis...

— ¿Sí?

—Cuidado con las serpientes de cascabel a eso de la tercera curva. Hay una guarida en alguna parte a lo largo de esa línea de rocas grandes.

—Serpientes de Cascabel, ¿David?

—Y las botas. ¿Te acordaste de llevar puestas las botas, lo hiciste?

— ¿Las serpientes de cascabel? ¿Las botas? Un momento, David. La voz de Luis se hizo pausada, como si él hubiera cubierto la bocina del teléfono.

El profesor sonrió abiertamente y esperó, escuchando la conversación unilateral, urgente. Estando de pie en el portal para escuchar a escondidas, Alexandra sonrió, negó con la cabeza y le hizo una señal de vergüenza con su dedo índice.

—Escucha, David, si tú no estás haciendo alguna cosa ahora mismo, tal vez podrías llevarnos a Ángela y a mí a una excursión escénica hasta ese lugar. Digo...tú sabes...podríamos ver algo importante...una vista o algo por el estilo.

—Estoy bien acá arriba, amigo, David dio vuelta y sonrió

abiertamente a Alexandra, y Luis...

— ¿Si?

— ¿Trajiste tu arma de fuego?

—Ciertamente, David, Yo...

—Bien. Porque hemos divisado a los pumas vagando por los acantilados al oeste de aquí hace dos días.

— ¡Pumas! Luis exclamó.

—Estaré allí en poco tiempo. Simplemente relájate y respira el aire de la montaña.

— ¡Él colgó el teléfono, volteo a ver a Alexandra, y ambos estallaron de risa!

—Eres un sinvergüenza, ella le amonestó. — ¿Cómo les puedes hacer eso a nuestros mejores amigos?

—Estoy seguro de que nos devolverán el favor. Además de...sus disparates machistas necesita un escarmiento. Él será algo más humilde así.

El profesor trató de alcanzar su bordón. — ¿Quieres venir también?

—No. La criada vio a algunas serpientes arriba de la colina esta mañana y yo no quiero correr ningún riesgo.

— ¿Serpientes? El profesor intentó permanecer inexpresivo. — ¿Arriba de la colina?

—Sí, ella contestó, con cara imposible de leer, ella no las podría reconocer con la luz matutina.

— ¿Está bien? Bueno, supongo que sólo tendré que ser precavido, él dijo, tratando de no dejar traslucir su miedo. El profesor odiaba a las serpientes. Treinta años de trabajo arqueológico de campo le habían dejado un sin número de memorias, algunas de ellas de susto, y un temor a reptiles que se arrastran.

Él se inclinó hacia adelante para el beso de Ali, escuchó las instrucciones inevitables que todas las hembras dan a sus maridos cuando salen de la casa, después cerró la puerta de tabla de cedro de la cabaña detrás de él. Una esfera blanca brillante derramó luz sobre el cañón espacioso y las montañas de más allá cuando él lentamente escudriñaba el suelo por serpientes. Él oyó la puerta reabrirse.

—Estaba solamente bromeando acerca de las serpientes, querido, ella sonrió burlonamente. — ¡Algo que tu mereces con el sabor de tu propio humor!

Él hizo una estocada poco entusiasta en dirección a ella, pero ella le cerró de un golpe y le echó candado a la puerta, riéndose con satisfacción. Él sonrió cariñosamente, apreciando el chiste, y recordado a sí mismo de qué tan afortunado él había sido al haber encontrado a una compañera tan estupendamente compatible a una edad avanzada.

Bloqueando la luz directa del sol con su mano, él recorrió la mirada rápidamente arriba del rastro claveteado en roca grande conduciendo al alojamiento entonces empezó la expedición lenta, empinada, viendo a la   izquierda y a la derecha guiándose correctamente. A los 52 años, él sabía que tenía la suerte de ser tan saludable. Ninguna mordida de serpiente había conseguido después de vivir esto por mucho tiempo. Él plantó su vara firmemente en el sendero rocoso, después del rastro gastado hasta la cima, la vara extendiéndose en el ritmo conforme él comenzó a entrenarse a sí mismo para el paseo de treinta minutos. Su anticipación en ver a Luis y Ángela crecía con cada paso. Pronto estarían hablando de asesinatos del jaguar, y así es que él comenzó a soñar despierto poniendo distancia del alojamiento.

Una Reunión de Viejo Amigos

Las águilas calvas con sus alas extendidas se deslizaban a miles de pies de altura por encima del Cañón del Cobre, haciendo un corte rodeaban un cielo azul despejado, perezosamente remontando corrientes nunca vistas del viento iban en busca de un roedor para llevar al nido y a su cría. El profesor se volvió mareado observando sus procesiones lentas incansables, y así es que él se inclinó a mirar hacia abajo y sobre la pared del patio, sus brazos soportando su peso, y su cuello extendido. Debajo, uno de los cuatro ríos principales en el área del Cañón del Cobre se perdía completamente en una serie de cataratas innavegables. Los torrentes de agua espumosa tronaron a través de un cauce esparcido de roca grande, y entonces se lanzaron en nubes delgadas de niebla blanca, chocando violentamente contra un caldero de remolinos.

Él nunca se cansó de mirar directamente al cañón e imaginar que los procesos geológicos y muchos millones de años llevaron para crear esta obra maestra. Un folleto en el alojamiento le había informado que el territorio del cañón comprendía 3,000 kilómetros cuadrados de la Sierra Madre del norte, todo eso transformado en desfiladeros fantásticos, cañadas profundas, y al menos cuatro cañones más profundos que el Gran Cañón en Arizona. Mucho de eso yacía intercalado con bosques densos de roble, cicuta, y el pino escaso, todo esto poblado con más que 50,000 indígenas Tarahumaras que se llaman Raramuri. Un paraíso auténtico, y hasta ahora sin descubrir por los americanos a través de la frontera.

—...de cualquier manera, Luis continuó, —cuando hablé a tu oficina me dijiste que estabas en año sabático en Creel, Ángela y yo decidimos sorprenderlos. Él produjo un sonido metálico con su bota negra llena de rozaduras encima de un banquillo, entonces inclinó una botella de Negra Modelo hacia sus labios arrugados, vaciló por un momento, en ese entonces terminó con, — he escuchado acerca de este lugar y he querido hacer una visita por años pero no podemos permanecer mucho tiempo. Tal vez un par de días. Él dio un largo sorbo de la botella, y entonces se limpió la boca con su antebrazo.

El paisaje se había fijado en el profesor y él todavía buscaba las paredes del cañón y el fondo. Sólo a regañadientes se dio la vuelta y respondió a Luis. — Eso espero. Es un largo viaje para estar solo dos o tres días. Si tuviera opciones…me quedaría por siempre. La Ciudad de México lo corre a uno fuera fácilmente para estar en cualquier lugar que haya estado últimamente.

—He oído eso, estuvo de acuerdo el federal bigotudo, tomando otra bebida de su cerveza, y entonces exhalando fuerte. — Ángela y yo no hemos perdido ningún intento. Chihuahua…ahora es una buena ciudad. La población más limpia en la que alguna vez hemos vivido. Aunque los muchachos están hablando de movernos al norte.

—Oye, dijo David, recordando, entonces chasqueando el fondo de la bota de Luis. — ¿De qué cosa estabas alucinando en el teléfono? ¿Jaguares? ¿Un jaguar asesino? Si no te conociera mejor pensaría que has estado trabajando mucho.

20

Pero eso no puede ser el caso, ¿verdad?

—No tienes ningún respeto, Luis masculló, —ningún respeto para un detective profesional que ha solucionado los incontables crímenes y salvó a miles de niños de las callejuelas infestadas de crimen en la Ciudad de México. Él bajó su bota para el piso, se reclinó en su silla, y metió la mano en su bolsillo y extrajo tres piedras verdes translúcidas, varias piedras verdiazules, y un colgante delicado de oro con una de las piedras en su centro.

— ¿Alguna vez has visto algo como esto antes?

—Podría ser cualquier cosa, propuso el profesor, —les puedo dar a las piedras verdes claras un examen rápido, pero éste es probablemente oro y la piedra turquesa. Una parte de las piedras verde claras brillaron y centellearon, pero unas cuantas habían sido quemadas por fuego. Las piedras verdiazules estaban teñidas de humo negro, irregularmente conformadas y llenas de hoyos. Algo negro quebradizo y cortante en ellas, probablemente el metal derretido del fuego.

— ¿Qué tiene que ver esto con jaguares?

—Aquí, déjame mostrarte.

Luis tomó las piedras verdes claras y las arregló en la forma de la cara de un gato. Se veía familiar. Una máscara de jaguar, las caras, los dibujos y los temas son un tema imborrable y que ocurre frecuentemente en Mesoamérica. Todas las civilizaciones clásicas de México tuvieron constantemente temas del jaguar en su religión, arte e instituciones sociales. Un depredador poderoso, el gato grande por mucho tiempo había sido el objeto de mito y leyenda. El sitio maya clásico de Palenque en las selvas sureñas de estado Chiapas, una ruina espectacular descubierta en aproximadamente en el año 1500, una lista de sucesión de reyes del jaguar que rigieron cuatrocientos años antes de

21

abandonar su ciudad en la selva.

— ¿Está bien…cuál es la historia? pregunto el profesor, con su interés profesional avivado.

—Tal vez nada. Luis frotó sus manos. —Es sólo una suposición...escuche.

Él se reclinó en su silla, tomó otro trago de su cerveza, y entonces comenzó. —Hace un año...

#

Una historia extraña ciertamente, pensó el profesor, quince minutos más tarde. Un eco terrorista había saboteado varias plantas de manufactura a lo largo de la frontera norte. Él había destruido equipo y puentes y bombardeado las fábricas mismas, matando, quizá inadvertidamente a niños durante el proceso. Una insignia del jaguar dejada en la escena le identificó como el perpetrador. Hace una semana una mujer diplomática había sido secuestrada del tren escénico a cinco kilómetros al oeste de aquí. Un secuestrador llamó por teléfono, identificándose como el Hombre del Jaguar, y afirmó tener en cautiverio a la mujer. Él dio una lista de demandas - incluyendo detener la construcción de la presa del Águila propuesta o la diplomática sería asesinada. Él no había dado límite de tiempo, pero los federales creyeron que este acontecimiento podría estar relacionado con los otros a lo largo de la frontera. Luis y otros habían sido asignados a este caso unos meses antes pero la investigación había avanzado muy poco.

—Estos habían sido recuperados de los restos de una choza quemada en un pequeño pueblo llamado Dolores, cerca del primer incidente de bombardeo. Luis extendió su mano grande y reacomodó las piedras.

—Estaban en una bolsa de cuero medio quemada, y esto, él señaló un colgante con una lágrima conformada, —estaba en el cuello de una joven mujer carbonizada por el fuego. La policía encontró otros artículos, pero no nos dicen gran cosa.

— ¿Qué tiene que ver la casa quemada con las características del jaguar? El profesor trató de alcanzar las piedras.

—Un compañero originario de la Ciudad de México dice que nuestro terrorista es un solitario albergando un rencor en contra de alguien. En este caso, probablemente contra las fábricas que están contaminando a los estados del norte gravemente. Es un caso muy caliente, los administradores de las fábricas, por sus actividades negativas, habían observado a este sospechoso de cerca. La gente en Dolores tiene algunas cosas que decir que llaman la atención acerca de él, también. Parece como si fuera él una especie de chaman o curandero de todas partes de aquí en este área del Cañón de Cobre. Tiene una mirada oriental, pero él es definitivamente un indígena, probablemente un Tarahumara. Él tiró montones de mierda en las fábricas, hizo una buena cantidad de amenazas e incluso a tratado de organizar a los obreros en unidades sindicales. Luis tomo unas de las piedras que atrapaban su mirada y la revolvió repetidas veces en sus manos. Satisfecho, él la regreso sobre el tapete.

—No hay muchos testigos. Una comadrona aduce que ella asistió en el parto en su casa la noche del fuego. Dice que la esposa murió dando a luz, pero que el bebé estaba vivo cuando ella salió. Pensamos que él prendió el fuego a la casa y mató al bebé. Luis esparció sus brazos anchos y se encogió de hombros. ¿Eso por qué? ¿Cuál es el motivo? Él frunció el ceño y se puso derecho, y entonces se inclinó sobre el profesor como un conspirador, con sus cejas pobladas anchas con una pregunta. — ¿Has visto una parte de los huecos de mierda que han hecho allá arriba?

23

—No, pero he leído acerca de eso. El profesor continúo; las compañías americanas, con su despojadora avaricia y la culpabilidad minimizada, había concurrido a los estados desérticos del norte de México. Centenares de maquiladoras, algunas enormes, se habían levantado de un salto en un período de cinco años. Centenares de miles de indígenas pobres originarios de la Ciudad de México, Guadalajara, y áreas de agricultura rurales llegaban todos los meses para alimentar las demandas laborales florecientes de las fábricas.

Ya los suelos desérticos frágiles y los ecosistemas se habían desordenado   y habían despojado en una escala imprevista que hubiera sido imposible creer diez años antes. David había leído las historias diversas de horror describiendo la destrucción y contaminación. El crecimiento de pueblos con casas construidas de cajas de cartón, paneles oxidados y techos de lámina, y la madera de tarimas transportada por camión a través de la frontera de los Estados Unidos había surgido de la noche a la mañana. En el mismo instante de inmundicia amplificada que había sido alentado por la indiferencia del Gobierno mexicano. Las fábricas necesitaban a los obreros cómo los consiguieran, de dónde ellos vinieran, y las condiciones en las cuales los trabajadores vivieran eran de poco interés. Los únicos servicios que las maquiladoras proveían eran provechosos para ellas mismas; Los autobuses para transportar a los trabajadores (para lo cual cobraban), y las tiendas cerca de las fábricas se llenaron de bienes a precio elevado. De este modo recapturaban los sueldos del trabajador, y más en algunos casos, si prolongaran sus créditos. Los trabajadores estaban atrapados en deuda permanente, beneficios para la compañía, la última versión del Nuevo Mundo de deberle su alma a la tienda de raya.

Ahora el gobierno mexicano pensaba construir una presa

corriente abajo de dos ríos del cañón que se vaciaban en un gran valle aluvial rodeada por montañas. Era un proyecto hidroeléctrico serio, tan prometido para suministrar una demanda creciente en los estados del norte de electricidad. El mundo de los grandes negocios lo aclamó como una marca que se proyectaba para la economía mexicana y los medioambientalistas la condenaron como una tragedia excesiva.

—Tú nunca me dijiste cuál es tu papel que desempeñas aquí, Luis, interrumpió las reflexiones filosóficas del profesor.

—Estoy en año sabático, pero lo estoy mezclando con trabajo. Estoy haciendo algunas investigaciones preliminares en el área de la presa hidroeléctrica propuesta que esos actos terroristas detuvieron. No puede decir que le culpe, realmente. Tengo una concesión pequeña para encontrar alguna prueba de cualquier sitio prehistórico en el área que se destruirá cuando el vaso sea llenado. El profesor alcanzo un tubo para extraer un mapa. — ¿Estás familiarizado con el proyecto?

—Sí y no. Nunca había oído de eso antes de este secuestro, sino de todo lo que los demás aparentemente tienen. Más electricidad pretende energizar las fábricas. Pero francamente, David, yo estoy en contra de eso. El federal esparció sus brazos y preguntó, — ¿Cuántas malditas fábricas necesitamos de cualquier manera? ¿Por qué no construyen una en alguna parte del otro lado de la frontera?

—Tú sabes la respuesta, Luis, política. Plena y simple...política.

— ¿Cuánto tiempo estarás aquí para esto?

—Alexandra saldrá con destino a Ciudad de México en pocos días y yo tendré que gastar un par de semanas investigando el área de inundación del sitio de la presa. Tengo una cabaña en el cañón de Batopilas. Está cerca y es conveniente para mí trabajo.

—Suena como mucho trabajo. Luis estaba parado y caminó hacia el muro de piedra, con sus anchos hombros y el torso se recargo firmemente por mucho tiempo, las piernas fuertes. — Las alturas me hacen marear. Él recorrió rápidamente con la mirada la vista, entonces se alejó de la cornisa y miró al profesor.

—Escucha. ¿Por qué no va Alexandra a Chihuahua con Ángela por una semana o poco más o menos? Tú me puedes ayudar a lograr terminar algún trabajo y me puedes mostrar el sitio allá abajo. Necesito investigar un par de pistas en la desaparición de esa diplomática la semana pasada.

—No es una mala idea. Alexandra saldría con destino a la Ciudad de México en tres días y eso sería una buena oportunidad para hacer alguna arqueología así como también pasar un tiempo con Luis haciendo un pequeño trabajo policial. Él estaba recordando en el pasado una de sus aventuras previas cuando Alexandra y Ángela aparecieron en el patio con más Negra Modelos, cortaron en rodajas aguacate y emparedados de pollo.

Alexandra fácilmente acordó viajar con Ángela a Chihuahua, y el profesor sentado y escuchando a medias su parloteo. Luis parecía preocupado, ocasionalmente reacomodando las piedras verdes claras sobre el tapete y recogiendo el colgante de oro para un examen más detallado. Se le ocurrió a David que él podría poder ayudar a Luis con la joyería. El profesor ya había enviado muestras de varios fondos de ríos a un colega en la Universidad de Chihuahua. Quizá un análisis por Activación de Electrón podría hacerse en estas piedras también. Los resultados podrían estar listos en un par de días. El informe podría indicar de qué área de los

26

Estados Unidos o México la turquesa había sido extraída de la cantera, y qué tipo de gema o mineral serían las piedras verdes claras. Luis pensó que podría ser una buena idea. Él dio la apariencia de estar renuente a separarse de la pequeña prueba que él tenía, pero la seguridad del profesor le convenció. El federal conservó una de las piedras verdes claras, el pedazo de turquesa, y el colgante de oro, pero enviaría los otros pedazos junto con Alexandra a Chihuahua. Con esta decisión hecha, su estado de ánimo se aligero y tomó parte en la conversación, convirtiéndose en su usual ego animado.

El profesor, por otra parte, estaba intrigado con la joya y distraído en la conversación silencioso consigo mismo. Las piedras venían con una historia y él tenía la intención de conocerla. Considerándolas dentro del contexto de un asesinato, el sabotaje y el secuestro las hacían aún más intrigantes. Eso significaba dejar la comodidad de la cabaña e ir al escabroso cañón de Chihuahua, ¿pero a los 52 años cuántas aventuras ha dejado un hombre? Él atrapó el ojo de Luis y levanto su cerveza Modelo en una salud poco notorio. Luis contestó del mismo modo, alzando su botella y asintiendo con la cabeza en la afirmación. Se asociaban otra vez. Así era. Mañana comenzarían.

Los Secuestradores Discuten

El secuestrador y su cómplice eran hermanos: Martin, el mayor, un sacerdote jesuita, mientras Mike, el menor, un chamán a la manera de su padre. Fray Martin clavó los ojos en su hermano, pero Mike evitó su mirada y volteo al fondo distante del cañón. Estaban sentados sobre un peñasco rocoso pasando por alto un cañón y un pueblo Tarahumara debajo. Inminentemente daba la apariencia de tener una fiesta, con la sombra de las cavernas una muchedumbre se reunía alrededor de un fuego resplandeciente en previsión de la fiesta. Escondidos de los ojos de los indios borrachos debajo, los conspiradores se sentaron en un silencio amenazante mutuo debajo de nubes etéreas ensartadas en capas delgadas como tafetán a través de un cielo azul. Una brisa suave acarició el borde del cañón, rosando las hojas en los nogales americanos y moviendo un pequeño bosque antiguo de pinos para susurrar en concierto.

Habían sostenido sus argumentos otra vez, como en las últimas tres reuniones, y finalmente un llamado a una tregua. No podrían estar de acuerdo, y así un silencio hosco, protegido con una túnica hasta los tobillos que protegía al sacerdote, impaciente y enojado, deteniéndose para salir.

—Esto es hacer lo correcto...créeme...estoy seguro. Él miró hacia Mike, esperando que estuviera de acuerdo, pero no recibió respuesta alguna.

— Dije que estoy saliendo...y escucha...él apunto con un dedo a su hermano, —mantente apartado de la mina y lejos de la mujer. No hables con ella. Es demasiado peligroso. Aliméntala...mírala después hasta que yo te contacte, pero no te entrometas con ella. Podrías echar todo a perder. ¿Me escuchas?

—Qué te importa a ti si...

— ¡No la toques! Martin casi gritó. Incluso no hables con ella. Él comenzó a salir, volvió la mirada atrás y frunció el ceño con repugnancia, entonces bajó precipitadamente a lo largo de un sendero en el valle distante.

Mike se sentó por otros treinta minutos, observando las preparaciones debajo, considerando cuidadosamente las implicaciones del secuestro. Así es que su hermano pensaba que él no había comprendido, ¿lo pensó? Cuando Martin había llamado por teléfono a los consulados americano y mexicano en Chihuahua para dar a conocer sus demandas, nadie se había molestado en responder. No les importó un carajo. Martin fue el que no entendió. ¿Por qué no lo podía ver? Algo diferente debía hacerse. Mike sabía que él nunca debería haber estado de acuerdo con las ideas locas de su hermano. Él pensó en salir, pero entonces Martin apareció como un negro sacerdote cubierto con una túnica, usando sandalias de monje. Un coro de aprobación se levantó de los indígenas y ellos surgieron para darle la bienvenida. El sacerdote saludo de la mano a todos, y entonces señaló hacia el río a cinco hombres acarreando cargas pesadas. Atado por las extremidades llevadas en los hombros de dos indígenas, vino uno gritando agudamente, trillando al cerdo. Tres varones indios corpulentos con cintas rojas sobre la frente y pantalones de algodón siguiendo al cerdo rigidizado con una armazón. Lentamente pero cuidadosamente transportaban tres grandes ollas de barro de cerveza de maíz el tesgüino para la tesgüinada.

A Mike se le ocurrió otra vez irse, pero se sintió obligado para quedarse y disfrutar de las actividades. Las preparaciones le eran familiares y trajeron una sonrisa a su cara, acordándose de otros cochinos asados y otras tesgüinadas, y así es que él se relajó y observó, de un momento a otro olvidando el argumento y la mujer. Él conocía la mayor parte de los participantes del festival y comenzó a recordar sus nombres y su relación de cada uno de los que prepararon al cerdo.

El cañón, en verdad un pueblo Tarahumara, tenía las paredes como picadas de viruela por las cavernas. Las minas anteriormente abandonadas, las cavernas ahora servían de casas para los indígenas durante los meses de invierno cuando el viento soplaba demasiado frío para vivir a gran altura arriba en el borde del cañón cerca de Creel. Los fuegos del campamento formaban cuerdas negras de humo etéreas que se transformaba en una nube gris que revoloteaba a medias arriba del cañón. Los artículos descartados estaban esparcidos de arriba abajo por el piso del cañón, y los niños pequeños estaban sentados sobre montones de basura, cavando y explorando para quién sabe qué. La basura de uno era la riqueza de otro, y los indígenas continuamente movían al revés el montón de basura, reciclando su contenido.

Un fuego hambriento resplandeció en el centro del cañón, y los hombres colocaron al cerdo cerca en una roca plana grande. Un cubo de plástico de cinco galones fue colocado estratégicamente bajo su cuello. El sacerdote habló como él modeló una mazorca de maíz con una punta filosa, diciendo historias que llegaban hondo para cualquier que las escuchara.

Los indígenas circulaban ansiosamente en masa, todo el mundo anticipando la muerte del cerdo y el comienzo de la tesgüinada, la fiesta.

El sacerdote vio el filoso olote. Satisfecho de que hiciera el trabajo, él le habló al populacho como enseñándolos o dirigiéndolos, y entonces dijo una oración breve. Él mantuvo el olote moldeado como daga muy cercano al cuello del cerdo, haciendo una pausa para generar un efecto, creando tensión a fin de que la escena se desarrollara con el drama apropiado. Incluso desde arriba, la tensión en el cañón era palpable, y Mike inconscientemente contuvo su aliento, esperando el golpe de la muerte.

Repentinamente Fray Martin clavó el olote en la arteria del cuello del cerdo, y este chilló agudamente en señal de protesta, avanzando a brincos violentamente y dando bandazos para liberar sus patas mientras los hombres lo sujetaban firmemente. Volvieron al animal a fin de que su sangre saliera a chorros hacia el cubo, y con cada pulsación de su corazón frenético, dejaba su vida en el envase plástico. Gradualmente sus movimientos se volvieron inciertos, y en un momento se quedó inmóvil. Con una contracción nerviosa final bajó la intensidad, con su alma ausente, un regalo para los dioses. ¡Todo el mundo hizo una ovación! Una apoplejía genial, completada con experiencia en el primer intento.

El trabajo serio de preparar al cerdo empezó, pero dos mujeres comenzaron a discutir sobre el cubo de sangre, y el estado de ánimo del populacho se volvió sombrío. Finalmente, el sacerdote intervino para mediar en la disputa alentándolos y las festividades comenzaron de nuevo. El cerdo fue destripado con un afilado cuchillo de monte, cortado en pequeños trozos desde el principio hasta el final, y sus entrañas distribuidas a las manos ansiosas. Dos hombres con hojas de afeitar de dos filos rasparon la piel rosada del cerdo, afeitando cada pelo visible de su cuerpo, incluyendo sus oídos y entre sus pezuñas. La risa hizo eco a través del cañón tanto los hombres y las mujeres por igual se pusieron en fila para probar el tesgüino. Satisfechos de su calidad, comenzaron a beber cerveza de maíz y prepararse ellos mismos para una celebración seria.

Cuando el cuerpo del cerdo vaciado y limpio yació por completo afeitado y lavado por dentro y por fuera, dos hombres lo desollaron y le cortaron por fuera la grasa para echarlo adentro de una olla grande de cobre que, estaba suspendida sobre un fuego resplandeciente. En un plazo de unos cuantos minutos la grasa se había derretido y se había convertido en manteca de cerdo. Después removieron la piel y la cortaron todavía en secciones más pequeñas. Enjuagadas y limpias otra vez, estas secciones fueron echadas adentro de la hirviente manteca de cerdo. Todo el mundo se apiñó alrededor del fuego y el cazo para aspirar el aroma fragante de la carne cocinada que se echó a volar como un soplido a través del cañón. En un momento las tiras grandes de la piel del cerdo cocinadas al vapor se convirtieron en   chicharrones, y estos circularon entre el populacho. Ávidamente se deleitaron con la piel cocida del animal, metiendo porciones grandes en la bocas de uno y otro, relamiéndose los labios en el deleite, y entonces acompañándolo con tesgüino.

Fray Martin, entretanto, circulaba entre los fiesteros, esperando encontrar un grupo con quien entablar una conversación. Él gesticulaba para ponerle signos de puntuación a sus palabras, y entonces señalar al cerdo para hacer alguna observación y enfatizar algún aspecto de esta. Algunas caras se volvieron serias y atentas, pero las otras fruncieron el ceño y caminaron hacia la cazuela del tesgüino, sacudiendo sus cabezas disgustados. El sacerdote se movió de grupo en grupo, explicando cómo había sido, y pronto el ambiente sucumbió con una desaprobación sombría. Unos cuantos mascullaron algo a los otros y recorrieron con la mirada furtivamente, sintiéndose culpables e incómodos, desilusionados con el sacerdote y sus ideas ridículas.

Mike se sentó lejos en lo alto, bien escondido, pero capaz claramente   de discernir la secuencia de los acontecimientos debajo. Él había presenciado todo ello antes: Su hermano tratando con proselitismo de convertir a los indígenas usando analogías egoístas y manipulándolos para participar según el Instructivo de reconversión. Martin usó la frase para engañar y coaccionar al Raramuri a abandonar sus creencias religiosas volviendo a promulgar una escena bíblica utilizándoles a los indígenas y a los propios líderes espirituales e históricos en los papeles claves en lugar de personajes bíblicos.

Aunque les atraía la cerveza y el cochinillo asado, los indígenas se alejaban del sacerdote. Les repugnaba participar, encontrando difícil permanecer en la herejía de sus creencias tradicionales y no queriendo alentar al sacerdote tonto. La mayoría de túnicas negras eran diablos, esto lo sabían los indígenas pero fray Martin parecía inofensivo y amigable, y él siempre había traído algo para ellos. Los otros sacerdotes se comportaron siempre como aduladores arrogantes morales, codiciosos de su Dios; todos ellos completamente ignorantes de la cultura Raramuri.

Mike sin rumbo fijo lanzaba guijarros, profundamente en el pensamiento, sentía un descontento naciente. ¿Por qué incluso se molestó su hermano? Él lanzó un último guijarro e hizo un gesto. Creían que Martin era uno de esos chistes tontos, hechos acerca de él. Mike le disparó una mirada maligna final al sacerdote distante y se levantó a la altura de la cornisa. Pero entonces él recordó la admonición de su hermano. "No hables con la mujer. ¡No la toques!" Esto le enojó. ¿Por qué no? Él discutió silenciosamente. ¿Qué diferencia haría? Además, ella estaba muerta del susto. Él lo podía ver en sus ojos: el terror sombrío y una mirada fija pasiva, desvalida. Ella sabía que moriría. ¡Pero ese no era el plan, maldito él! Pensó coléricamente. Ese no es el plan del todo.

Martin le había reconfortado con que ella sería puesta en libertad, y que sería intercambiada por su gobierno para tener la seguridad de que no se construiría la presa. Excepto que en más que una semana que había pasado no habían oído nada. Ambos gobiernos los estaban ignorando. A nadie le importaba, él pensó fieramente, y ahora él se encontraba en el desorden más grande de su vida. Él nunca debería haber escuchado a Martin, nunca debería haber accedido a un plan tan descabellado.

Con el ceño fruncido froto su cara y su mano se movió para rascarse una barba escasa. Mike pensó otra vez en la mujer bonita, de pelo café. Él todavía recordaba sus expresiones asustadas y los gritos gimoteadores cuando ella montó al asno a través de cañones solitarios, atestados en cactos debajo de la luminiscencia pálida de una luna llena. Excepto por un gemido, ella no había pronunciado un solo sonido incluso cuando a ella le hubieron cosido el corte sobre su ojo. Ella se había quedado con la mirada fija con los ojos muy abiertos y no centrados en la oscuridad, su imaginación atenta a la imagen que le había sujetado a ella muda y distante. ¿Qué había visto ella? ¿Su muerte? ¿Se había imaginado estar en cualquier otra parte? ¿Había escapado su alma por ahora, y entonces había regresado cuando estaba segura de que el cuerpo permanecía intacto?

Mike comprendía asuntos del alma. Como un legado de un chamán por parte de su padre él conocía demasiado del mundo del espíritu y había viajado a través de eso extensamente. Como un adulto, él todavía se pegó al sistema antiguo de la creencia de los Tarahumaras y vivió un tradicional estilo de vida. A veces él comía datura o peyote para darle alas a su alma y hacer un reconocimiento del mundo del espíritu con sus viajes surreales y las realidades inciertas. Era casi imposible dar las alas al alma cuándo estaba despierto, y uno normalmente sólo podría tener éxito con la ayuda de la medicina del alma. Si ella pudiera hacer esto sin las plantas medicinales, él la sujetó en el temor.

Después de que habían cosido la herida, el alma de la mujer había regresado y ella había protestado fuerte cuando la arrastraron a través del estrecho túnel de la mina conduciéndola al salón central. Cuando le removieron la venda de los ojos, ella golpeó con la expresión de alguien con el corazón angustiado por lo que se veía venir. Un terror sereno la había invadido, y el horror en sus ojos todavía le rondó. Él quiso establecer contacto con ella, para tocar su cara y acariciar sus ojos. Él quiso reconfortarle a ella diciéndole que todo terminaría bien, y que ella podría confiar en él.

Un deseo insistente para confortarla le alzó de su asiento en el peñasco rocoso. Él se desperezó indolentemente, ignorando las festividades debajo, y entonces comenzó a caminar una vereda hacia arriba y sobre la pared del cañón. Él debía ir en carrera a seis horas alcanzaría la mina, y él comenzó a andar al paso fuera de la distancia con un empujoncito lento. Un compañero de cuatro patas se unió a él, un jaguar hembra negro y juntos adquirieron el ritmo, caminando a grandes pasos al unísono a través del borde del cañón. Los gritos de sorpresa y reconocimiento aumentaron

35

del piso del cañón cuando los celebrantes divisaron su silueta, pero él les ignoró, su propia imaginación enfocó la atención en la cara bonita de su cautiva. Un sentido de urgencia le cautivó y él le habló al gato negro, alentándola a continuar.

Dos horas más tarde el jaguar comenzó a vacilar, y también Mike desacelerado su paso, pero pronto echó a andar al oeste otra vez. Una neblina naranjada que se extendió emplumó las alas de su corona de fuego cuando el sol se volvió cansado y se movió hacia el horizonte distante, incluyéndole una flama moribunda y jalándole hacia un destino incierto.

Luis Renta Una Camioneta

Un sol amarillo pálido luchó arrastrándose sobre la Sierra Madre del este mientras un aire frio de octubre acarició las paredes del cañón. El viento oscilo, en ese momento bocanadas de polvo formaban remolinos en la cama de la grava del ferrocarril en los ojos del profesor y en la boca. Él escupió en señal de protesta y se restregó los ojos muy calientes hasta que lagrimearon. Alexandra sujeto su falda y un sombrero de paja en su pelo castaño rojizo hasta que el viento se aplacó.

—Esperaba que tú vinieras, ella se quejó. Sus ojos café oscuro transmitían desaprobación mientras ella mantenía unida su chaqueta con sus manos, dando la impresión que ella se abrazaba. Con ella de regreso al viento y sus hombros encorvados, el cuerpo de la chiquita tembló. Ella dio la apariencia de ser miserable e infeliz.

—Sólo será una semana poco más o menos y tendré todos los datos y las fotos que necesito. Luis ayudará.

—Luis te inquietará, ella dijo con seguridad. — Él pasará por encima de todos ustedes buscando a la pobre diplomática y tú no lograrás terminar una cosa. Vendré a buscarlos si no escucho nada de ti en tres días, ella amenazó benignamente, sacudiendo su dedo en él.

—Tú estás equivocada, David protestó. — Luis sólo quiere

que yo le muestre las barrancas y el nuevo sitio de la represa. No me enredaré en su investigación.

Alexandra se vio dudosa. — ¿Qué hay acerca de estas piedras? Ella las sujetó en lo alto.

—Esas no son piedras. Son pedazos de turquesa y una especie de piedra preciosa. Piensa acerca de ellas como parte de su patrimonio mexicano valioso.

Ella rio disimuladamente. —Oh seguro. Algo así como todas esas cajas en el sótano. ¿Cuál es su nombre otra vez? Alexandra a menudo se hacia la tonta cuando era irritada por su marido.

—El profesor Atunez, Fidelio Atunez del Departamento de Antropología en Chihuahua. No lo olvides ahora. Déjalos en la universidad esta tarde cuando el tren llegue. Procederé al pago inmediato en un par de días después de los resultados.

—Se precavido, querido. Ella le ofreció su mejilla por un beso, pero él la alcanzó en lugar de eso a abrazarla y la besó de lleno en los labios.

—Ella se apartó, le hizo pasar vergüenza, esperó a ver si alguien la observaba, entonces se inclinó hacia adelante para susurrar.

— ¡Permanece lejos de las cantinas! Ella le sentenció.

—Alexandra, Yo...

—Luis tiene el sentido de una salamandra. Se precavido. Ella le obsequio una sonrisa coqueta, y entonces pisó el emplomado de la escalera   del tren escénico.

Luis llegó con Ángela, sus faldones grises empujando hacia adentro la brisa. El federal puso la maleta de su mujer adentro, y entonces se unió al profesor afuera para agitar la mano y comprometerse a hacer un buen intento. Prometieron llamar a sus esposas regularmente, cuidarse de las serpientes y tener calma.

38

El silbido del tren sonó y los hombres aguantaron impacientemente en el   brillo del sol de una mañana fría, para decir adiós con la mano, entonces el vapor del tren escénico melancólico y blanco empezó un ruido explosivo corto y apagado lento a través de las montañas y abajo en las tierras de la planicie. El profesor sintió una punzada de pena. Él extrañaría a Alexandra. A los 52 años, él anhelaba las comodidades de la casa y el compañerismo de su mujer, pero tantos años en el campo de la arqueología habían creado una ética de trabajo que él sintió un descontento inquieto a menos que él estuviera trabajando en un proyecto todo el tiempo. *Aww...bien*, él pensó, estaría terminado lo suficientemente pronto.

Él recurrió a Luis, quien ya se marchaba dando media vuelta, sus botas pesadas abofeteando la grava cuando él se acercó al lote del estacionamiento del alojamiento. Luis pasó al lado de un grupo de Tarahumaras pesadamente vestidos descargando sus canastas, artesanías, y baratijas y dijo, — Vamos gringo. Alquilé los servicios de un coche para bajar al cañón de Batopilas.

Esto es iniciar ya, pensó David. Él está haciendo los planes sin consultarme a mí. El profesor hizo una seña con el mentón para estar firme con Luis, o no podrían trabajar hombro a hombro, emparejarse sólo para dos o tres días.

—Luis, no comiences a tomar decisiones sin incluirme. Tengo cosas a las que necesito...

Luis hizo gestos con las manos como si fuera a darle forraje al burro y traviesamente golpeó a su amigo en la espalda mientras le daba cuenta de sus planes para el día. David encontró difícil compartir el entusiasmo del federal, pero lanzó su mochila de viaje sobre su hombro y acompañó a Luis, escuchando su charloteo sociable.

—Primero quiero que me muestres el pueblo, David. En este momento me gustaría pararme en la comisaría para encontrarme con el Coronel Cedras...

— ¡Espera un momento! dijo el profesor, alarmado. Luis se había detenido a lo largo de una vieja camioneta azul Chevy que parecía haber muerto de cáncer y haber sido resucitada como publicidad para un cementerio de coches. — ¿Esto es todo? ¿Éste es el coche que alquilaste? David se quedó con la mirada fija, consternado. Nunca lo harían. Era una trampa mortal.

—No te preocupes, Luis reconfortó a su amigo reticente, — tu sabes qué tan fuertes son los autos mexicanos, y él avanzó a brincos en la agarradera de la puerta lateral del conductor varias veces antes de que se abriera dándole fuertemente un golpe.

Vio que era un modelo 60, y del suelo salieron a la vista claramente visible el oxidado suelo de lámina. Una agrietada tela de araña decoraba el parabrisas, y la manija interior de la puerta estaba en mal estado.

—Lo hará, Luis insistió, haciendo girar el motor varias veces antes de que tosiera, chisporroteado, entonces dando bandazos hacia el borde del cañón donde una vía estrecha, pavimentada de la montaña se conectaba al Camino Real, la vieja vía de minería conducía al fondo del cañón de Batopilas. Una estatua de concreto monolítica de Jesús estaba encima de los acantilados del norte observando su progreso.

—Luis...ten calma, ¿bueno? El profesor tuvo un mal presentimiento acerca de esto, y empezó una búsqueda para encontrar los cinturones de seguridad. Él se reacomodó para tener un agarre firme en el asiento con su mano izquierda y la palanca de la ventana de la puerta con su mano derecha en cuanto Luis manejó el camión en el asfalto sinuoso para

Cusarare.

El federal movió el volante de lado a lado, en ese momento rechinaron las…— malditas terminales de la dirección debían estar desgastadas. El camión se desviaba de un lado de la vía para el otro, apenas quedándose entre las líneas cuando el volante flojo dio vuelta con pequeña resistencia.

—Mantenlo adentro del camino, Luis.

Su amigo ignoró el comentario, desviando en un segundo y experimentando con la dirección algo más.

— ¿Esta cosa tiene frenos?

—Seguro. Luis los bombeó varias veces para beneficio del profesor. Obtendremos un mejor vehículo en la comisaria abajo en Batopilas. Les llamé de antemano...les dije que lo necesitaríamos para tres o cuatro días.

—Luis, yo tengo trabajo de campo que completar, ¿recuerdas?

—Claro, claro...pero me puedes mostrar el sitio por uno o dos días, ¿verdad?

—Simplemente llévame a Batopilas completo y haré cualquier cosa.

La camioneta se deslizo hasta que tomaron la primera curva. Una gran roca había caído encima de la vía, y casi se estrellan antes de que Luis diera un viraje a la derecha. El fondo distante del cañón surgió amenazadoramente repentinamente más cerca y el profesor sintió su corazón caer lenta y pesadamente.

— ¡Oh Dios, Luis! Él gritó. Hacia el otro lado. Hay un acantilado por acá. Luis giró con fuerza el volante otra vez, apenas salvando la roca y asustando a su pasajero.

— ¡Baja la velocidad, maldijo!

—Cálmate, David. He conducido un buen número de kilómetros en carros viejos. Luis comenzó a hablar de su viejo coche convertible un Mercury, Chevy Impala de Ángela, y cada coche que él alguna vez había poseído. Entretanto, los ojos del profesor fijos en el suelo del cañón, unos acantilados de miles de metros. La vía disparadamente abrazaba la pared de la montaña como un listón, apenas ancha suficiente para dos autos para pasar rozando. No tenía acotamiento ni protección y ningún riel lateral para las emergencias.

Al manejar con una mano, Luis comenzó a señalar cosas mientras él conducía; — Mira ese sendero indio abajo de ese acantilado, ¿y ve esas vetas verdes? Esas son venas de cobre.

—Lo sé, Luis. Conserva tus ojos en el camino.

—Tú suenas como a Ángela, gringo.

—Deja de llamarme gringo. He vivido en México casi veinticinco años.

—Tú siempre serás un gringo si no naciste aquí, David.

—Muy bien, Luis. Ve el camino, ¿está bien?

Pasaron una fila de Tarahumaras vestidos con pantalones cortos de algodón y coloridos cintillos sobre la frente. Los indígenas con grandes canastas con una soga en la cabeza con alfarería para vender a los pasajeros del tren escénico cuando el tren se detenía en el Divisadero. Luis metió el clotch del motor y cambió a la tercera velocidad.

— ¿En cuánto tiempo estaremos en Cusarare?

—Eso es decisión tuya. Tú eres el federal. Es simplemente un pueblo turístico. Habla con el policía y pregúntale, pero necesitamos salir en un par de horas si queremos estar en Batopilas para el anochecer.

— ¿Qué hay en Batopilas?

—Mi cabaña. Es simplemente un lugar pequeño al final del Camino Real. Es arcaico y curioso. Las casas dilapidadas y las minas abandonadas le dan a Batopilas la percepción de una ciudad fantasma si bien tiene una vieja iglesia y varios

42

centenares de personas todavía viviendo allí. Durante 1800, fue una ciudad en auge hasta que todas las venas de plata se agotaron. La famosa mina del Potosí está cerca y toda el área es justo un poco salvaje y ha crecido demasiado.

—Justamente como la Ciudad de México, ¿ah?

—Sí, con trescientos metros de altura en las paredes del cañón en lugar de edificios de concreto.

El profesor decidió ignorar a Luis que iba al volante para que se concentrara en otras cosas. ¿Tendría su amigo una oportunidad de encontrar a la diplomática? Su historia tenía poco sentido hasta donde David podría ver. Hacia un año la joyería con la turquesa y piedras preciosas sin identificar habían sido recuperadas de una casa quemada en un pueblo con una maquiladora a centenares de kilómetros al norte. Los incidentes de sabotaje desde entonces habían sido cometidos por un eco terrorista, y ahora un diplomático de los Estados Unidos había sido secuestrado. ¿Cómo podría relacionarse todo ello? ¿Especialmente las piedras, cómo podían estar relacionadas las piedras al terrorista?

—Luis, ¿piensas que encontrarás alguna información de tu diplomática aquí abajo?

El federal encogió los hombros, — ¿Quién Sabe? Incluso no sé si estoy en la derecha de la cadena montañosa. Una cosa de la que estoy seguro, es que todo el mundo en estos pueblos pequeños de la montaña conoce el negocio de todos los demás. Si alguien sabe cualquier cosa, me enteraré.

Viajaron en silencio, pero entonces un descanso apareció en el bosque de   cicuta y los ojos de David se fijaron en el fondo y las paredes del cañón muy alejado. Él vio el terreno escabroso y visualizó su superficie traicionera: bello pero mortífero. Él le echó una mirada furtiva a Luis. El niño de la ciudad, pensó. Si Luis afortunado, no descubriera nada iría a casa con Ángela y las calles limpias de Chihuahua. Si los acontecimientos se volvieran malos, el rastro daría entrada a las tierras peligrosas del cañón y mil formas para que un principiante muriera accidentalmente. Los caminos eran prácticamente inexistentes. En lugar de eso, centenares de senderos indios tejían las faldas de la montaña, sólo algunos teléfonos con suerte podrían encontrar, y el área no tenía virtualmente facilidades médicas.

—Luis, tu necesitarás a un guía si entras en las barrancas. Esta camioneta no te llevará a la mayoría de lugares. Alguien que secuestró a un diplomático estará bien escondido en las montañas.

—Eso es para lo que tú vienes, amigo.

—Tengo mis propias cosas que hacer, Luis. ¿Recuerdas?

—Oye, no te preocupes. Sólo lo investigaremos de oído un par de días y veremos lo que ocurre. Estás comenzando a ponerte un poco blando en tu vejez, gringo. ¿Qué me contaste sobre toda una vida de suciedad de barro y trepando a las pirámides? Mira adelante, David. Te mandaré de regreso a la cama de Alexandra inmediatamente.

El profesor empezó a sentir como una quemadura lenta mientras   rumiaba las palabras del federal. Luis no le tomó en serio. Era más del mismo viejo sinsentido machista. David había gastado toda una vida haciendo trabajo de campo arqueológico en las selvas de Guatemala que en las tierras altas del Chihuahua, y conocía su negocio bien. Luis, pensó, si usted tiene suerte no padecerá de cualquier cosa más que una mordedura de serpiente. Si no, un oso pardo le comerá.

Luis y El Professor Celebran La Muerte

Dos horas más tarde la camioneta se bamboleaba en el pueblo de Cusarare y una gran fiesta estaba en curso. Era El Día de Los Muertos, un feriado nacional, y los muertos estaban en todo lugar. Los esqueletos con sonrisas diabólicas estaban pintados en las ventanas de la tienda y habían colgado una del kiosco en el zócalo del pueblo. Los niños pequeños con caras pintadas de calavera retozaban y jugaban juegos de muertos mientras los turistas observaban divertidos. El exterior destacadamente exhibía la Comisaria Federal de Policía, un esqueleto montaba una bicicleta, y la mayor parte de la policía lentamente pero con firmeza había estado bebiendo mezcal o brandy la mayor parte del día. Un feriado nacional en el cual las animas de los muertos visitan a los vivos, El Día de Los Muertos usualmente duraba varios días.

No era un día productivo, se quejó el profesor, y ni en sueños se pondría   mejor. Habían dejado Creel dos horas antes y David cumplidoramente había seguido a Luis a Cusarare. Se habían parado en una tienda de baratijas para que Luis le comprara una cadena de calavera a su nieto, y entonces se habían detenido a charlar con comerciantes en el mercado externo. La mayoría no sabía nada acerca del secuestro, y el policía sólo un poco más, pero todo el mundo estaba dispuesto a hablar y especular interminablemente.

Sentándose en la sombra de un mirador, David estaba observando a seis hombres de la ley montados y con sus armas de fuego, con sus botas con punta de plata y estaban atentos a la gran fiesta, optimistas de anunciar con grandes trompetas y guitarras rítmicas a los mariachis que movieron al populacho a bailar y cantar para los viejos favoritos. El profesor golpeó ligeramente su pie y sonrió. Una escena colorida, viva fuera del Lejano Oeste, y caramba era bastante mejor que seguir a Luis socializando con todo.

Luis tenía un talento para la conversación y una precisa intuición afilada acerca de las personas, pero el profesor ansiaba salir para Batopilas y su cabaña. Cusarare se había convertido en un pueblo turístico, y David pensó que era improbable que el federal descubriera cualquier cosa de valor. Pero como un arqueólogo, ¿qué sabría él acerca de los criminales? No se preocuparía por eso, se decidió, y comenzó a mover su pie al ritmo de los mariachis otra vez.

—Gran día, ¿verdad? Luis le habló desde atrás.

— ¡Luis! Ya es hora. ¿Has rescatado al diplomático y le has disparado a los secuestradores?

—Muy cómico David ¿Yo creo que estás listo para salir?

—Da miedo estar por aquí con todas estas personas muertas. Vámonos.

Empezaron su descenso en el cañón, el sol estaba guindando bajo en el cielo. Pronto buscó la soledad y se escondió detrás de la pared occidental del cañón. El terreno cambio y el pino, la cicuta, y la jacaranda eran más escasos. Luis movió el volante de la Chevy en un arco constante como siguiendo la cima. Él condujo más despacio, ocasionalmente suspirando, y parecía ensimismado.

— ¿Te da miedo morir, profesor?

—David consideró la pregunta. ¿Cuántas veces había pensado él acerca de muerte? ¿Cuántas veces había estado próximo a la muerte? ¿Cómo contesta usted una pregunta tan introspectiva?

—Tengo un respeto serio por la muerte, pero los americanos no hacen hincapié en él o lo celebran.

—En México somos adiestrados para no temer a la muerte. Tú debes ser más macho. Luis sacudió un puño para enfatizar. Aun cuando somos niños pequeños no le tememos a la muerte.

—Eso es cierto, dijo el profesor. La muerte en México era vista diferentemente que cualquier cultura que él había estudiado. Sus civilizaciones antiguas tuvieron largas tradiciones de sacrificio humano, y los millones que habían muerto durante La Conquista y las subsiguientes revoluciones.

—Sí, contesto David, — eso es porque sus antepasados machistas voluntariamente se permitieron ser martirizados en los grandes templos y   pirámides. El profesor le dio una mirada maquiavélica. Es una forma de selección natural.

Luis devolvió la mirada, consciente que el profesor le había puesto un cebo, un momento esperado, y entonces tragó el anzuelo. — ¿Y qué hace ese término medio?

El académico taimado colocó el gancho. —La selección natural, Luis. Sólo esos, lo suficientemente listos como para evitar la piedra de sacrificios vivieron para hacer circular sus genes. Sólo los asustados listos, permanecieron vivos. Esto no fue estrictamente cierto, pero le daría al federal algo en qué pensar.

—Uh, Luis gruñó, intentando descubrir si sí o si no había sido un insulto para él. Él bombeó los frenos para desacelerar

47

para una curva, entonces contesto, —Bien, así es que mis antepasados han debido haber sido listos.

—O se asustaron, insinuó David.

Luis le miro al profesor sorprendido, y entonces vio la sonrisa abierta en su cara.

—Ese fue un disparo, gringo, le acusó, — me haces caer en una trampa.

—Te recuperaras.

Luis lo hizo. David tuvo que resistir la disertación sobre los valores   machistas durante los siguientes treinta kilómetros mientras el federal lentamente conducía la camioneta alrededor de curvas cerradas, baches y rocas caídas. Cruzaron varios cañones y recorrieron pequeñas aldeas desvencijadas y pueblos Tarahumaras, todo intercalado con huertos y espesuras de roble y cicuta. Llenos con asombros naturales, los cañones habían erosionado peñascos rocosos; creando arcos esculpidos y rocas grandes, como formas curiosas de paraguas. Cruzaron al Basihuare y algunos ríos como el Urique en puentes rudos, pero envejecidos y observaron sus aguas evaporarse completamente a raudales, para caer en cascadas de abismos y desfiladeros distantes.

La manejada era cansada y Luis se encorvó adelante encima del volante cuando iniciaron el descenso vertiginoso en el enorme cañón de Batopilas. A medio camino, la camioneta empezó a fallar y hasta se apagaba repetidamente.

— ¡Pinche camioneta! Luis maldijo y le dio un golpe con su puño al tablero cuando empezaron a deslizarse por una pendiente cuesta abajo en el pueblo.

—Estamos sin gasolina, David acuso, irritado.

—Él me dijo que le llenó el tanque un par de días atrás.

— ¡Un par de días atrás! dijo el profesor, incrédulo. El

medidor de gasolina dice que está vacío.

—No sirve, pero lo haremos. Se ve toda cuesta abajo desde aquí.

Sus nervios se deshilacharon, el profesor agarró con fuerza su mandíbula y permaneció mudo cuando Luis bordeó por la orilla del camino antiguo del pueblo. Indudablemente viviría para conducir otro día, pero el profesor ya no se sentía tan confiable acerca de él.

La camioneta entró rodando por la única estación Pemex de gasolina del pueblo, que desde hacía mucho tiempo había cerrado sus puertas, y se estacionaron afuera para desperezarse y quitarse de encima su fatiga. Pero esto hizo poco bien. El profesor se sintió emotivamente exhausto e irritado con Luis. Alexandra había estado en lo correcto. Él debería haber rechazado esta aventura para la seguridad y la familiaridad de sus libros y el trabajo de campo.

— ¿Hambriento?

—No...cansado. Encontremos un sendero para mi cabaña. Él empezó a dar la pauta en el pueblo. Pasaron por las ruinas de San Miguel Hacienda, anteriormente la casa grandiosa del rancho de un rico dueño de una mina, pero ahora cubierto de malas hierbas y con alfombras de buganvilias que caían en cascada como diluvió del techo en brocados de rojo y púrpura. Cruzaron el puente del Rio Batopilas y caminaron a través del pueblo de una milla de largo de adobe y techos de tejas rojas bordeando las orillas del río. El aire se humedeció con el rico aroma de árboles cargados de fruta, y las palmas antiguas estiradas para el cielo. El clima parecido a un balsámico comparado con las tierras altas de Creel en el borde del Cañón, y así el profesor se quitó su chaqueta.

David se había encariñado de Batopilas y había disfrutado del campo rustico. Se movía a paso lento, y él no sabía cómo había mantenido su economía. El rumor afirmaba que mucho de su dinero provenía del contrabando del opio en trenes pesadamente embarcados que recorrían todas las semanas sobre las montañas tortuosas con destino al litoral en el Golfo de Baja California, se cargaba en botes en Topolobampo, una ciudad en una bahía pequeña en el estado del norte de Sinaloa, y se enviaba a través de La Paz en la costa de Baja California. De La Paz, viajaba para Tijuana y esta se dispersaba en cien formas a todo lo largo de los Estados Unidos.

Ningún taxi podían encontrar y el profesor no recordaba haber visto uno alguna vez en Batopilas antes. Los sonidos de una fiesta crecieron más fuertes con cada paso. Luis se detuvo enfrente de la cantina "El Perdido Otra Vez".

—Detengámonos aquí, David. Tengo hambre.

Los mariachis con máscaras de calaveras salieron de la cantina, pero continuaron tocando mientras caminaban. Una matrona corpulenta con una cara extremadamente pintada ahuyentó a un grupo estable de parranderos de la cantina.

—Están cerrando, Luis es tarde. Vámonos, David le rogo.

—No te preocupes, Luis dijo, dejando al profesor pensando en el mezcal y las cervezas y mientras él se acercó a la entrada de la cantina. La Policía con ametralladoras observaba prevenidamente cuando él se acercó al propietario. La mujer gorda con cara artificial trató de cerrar la puerta de tabla del cedro de la cantina en la cara de Luis, pero él metió su bota dentro de la batiente. Él extrajo algún dinero de su cartera y lo agitó en frente de la mujer. Ella sonrió, pero declinó, y comenzó a apartarle a la fuerza. Rápidamente, él enseño su credencial y le habló seriamente a la mujer que frunció el ceño, pero escuchó. Ella recorrió otra vez con la mirada el distintivo, entonces arrebató el dinero de su otra

50

mano y abrió la puerta.

La boca del profesor se abrió sorprendida. ¡Él no lo podría creer! ¿Luis había perdido el juicio? Alexandra le había advertido a él que permaneciera fuera de cantinas, y aquí él estaba parado, al borde de una aventura no deseada. Ella le mataría si él siguiera a Luis adentro.

—Ven David, ordeno el federal, — han decidido reabrir.

—Luis, Yo...

—Ven, Luis hizo gestos con las manos otra vez, y entonces entró en la cantina. Los mariachis lo siguieron y los patrocinadores achispados animados como todo el mundo pusieron reversa en dirección a la cantina.

Por qué yo, Señor, era el pensamiento del profesor. Malhumoradamente trepó las escaleras y jaló fuerte la puerta, entonces entró en un patio abierto, lleno de árboles rodeado por mesas cuadradas. Tres de las paredes interiores del edificio tenían puertas idénticas, uniformemente espaciadas aparte. La barra, la rockola tragamonedas y los cuartos de baño se alineaban a la cuarta pared e inmediatamente se convirtieron en un centro de actividad. Mientras él estaba parado formándose juicios sobre la situación, David notó a varias jóvenes entrando y saliendo a cada rato de los cuartos. Las camas de cuatro patas claramente visibles estaban puestas dentro de cada cuarto. Los ojos del profesor se volvieron anchos con ojos de comprensión. ¡Luis había comprado a la manera de ellos una casa de putas! ¡Esto no podría ser! Él caminó hacia donde Luis se sentó, ya se había involucrado en una conversación con una puta india picada de viruela llamada Lasa. Alguien enchufó la rockola tragamonedas, y el profesor discutió con Luis por varios minutos antes de estar de acuerdo para tomar una bebida. Luis prometió sólo una bebida y un bocadillo y ellos se irían.

51

Entretanto, el policía había regresado y el capitán de la policía estaba parado discutiendo con la matrona pintada que había tomado el soborno. El profesor observaba cuidadosamente, con su ansiedad aumentando. Frustrado, el capitán chasqueó sus dedos a un subalterno, quien prontamente jaló el cable de la rockola tragamonedas. Discutieron otra vez y finalmente la matrona   extrajo de su pecho el dinero y se lo dio al capitán. La rockola tragamonedas se encendió otra vez y dos latas de Tecate aparecieron en su mesa a la par de una calavera de azúcar que sonreía abiertamente. El profesor se quedó mirando a su amigo, y le ofreció un festín en la boca. Él le debía a Luis esto. El federal guiñándole, hizo una señal a una de las jovencitas para sentarse a la par del profesor.

Machista ciertamente, fue el pensamiento del profesor. *David, cállese la boca la próxima vez.*

Entretanto, el policía con ametralladora había venido para estar parado cerca de su mesa. El profesor se estiro, en condición de alerta. Su cara se puso roja pero la puta bonita, intento meterlo en una conversación.

—Luis, no me gusta esto, él masculló, mirando las ametralladoras.

—Relájate y deja de preocuparte. Están trabajando para nosotros. Nos están protegiendo.

De que, pensó el profesor, seguramente no de las putas. Lo que necesito es protección de Luis.

David rápidamente bebió una cerveza y ordenó otra. Cada media hora el policía jalaba el cable para desconectar la rockola tragamonedas y más dinero cambiaba de dueño entre la señora y el capitán. Luis se rió y le gastó una broma a la puta, tomando una lata tras otra lata antes de finalmente decirle no a ella y yendo a buscar al capitán afuera.

Ambos putas rápidamente perdieron interés en el académico avergonzado. — ¿Por qué es usted tan serio? preguntaron.

Las putas salieron, y Lasa, la puta con la cara picada de viruela, fue a coquetear con uno de los policías. Ellos, también, desaparecieron en uno de los dormitorios, dejándole al profesor con su cerveza y expresando con una sonrisa de calavera mientras cargaban su ametralladora, la protección comenzó a verse vulnerada.

El profesor rompió un pedazo del hueso del parietal de la calavera y la masticó y chupó. Estaba hecha de azúcar de caña y él le dio varias mordidas a los pedazos, dejándoles lentamente transformarse en una mezcla viscosa antes de tragar. Después ordeno un brandy.

Luis y el capitán se apiñaron como conspiradores, y en ese momento Luis comenzó a escribir sobre su libreta. — ¿Algún indicio? David preguntó. El trabajo loco siendo un polizonte, obtiene su información en lugares extraños y trabaja en horas malas. Luis probablemente amortizaría esta escapada entera. Los contribuyentes pagarían la cuenta.

Dos horas más tarde, el profesor se sentó atrás del coche del policía mientras Luis y el capitán contaban historias policíacas. El capitán conocía al profesor, si bien nunca se habían encontrado, él los llevó directamente a la cabaña del profesor bajo el acantilado del este de la pared del cañón al sur de Batopilas. El capitán les estrechó la mano, les ofreció un trago de cierre de una botella de brandy medio vacío, y entonces lentamente regresó en su coche hacia el pueblo. Los faros traseros rojos oscilaron de arriba abajo y avanzaron a brincos en señal de protesta cuando el coche brincaba o daba un viraje sobre las calles empedradas.

—Luis, dijo el profesor, — ni una palabra de esto a Ángela

o Alexandra, o soy un hombre muerto.

—Un poco de pelea, no es eso, ¿gringo?

— ¿Qué quieres decir?

— ¿Hoy es el Día de los Difuntos, lo entiendes?

La Pesadilla

Una oscuridad hosca, opresiva amortajó la caverna. Si Ruth se quedara con la mirada fija, ella podría ver áreas oscuras ovales en las paredes distantes, la caverna tenía muchos pasajes. Desafortunadamente ella no sabía a través de cuál podía salir, había entrado, vendada y tropezando, para llegar a este salón grande, oscuro. El aire se sentía caliente y húmedo y un olor apenas perceptible de sulfuro dimanaba de una fuente termal de la caverna mientras un gorgoteo sostenido, sonoro surgía desde el manantial.

¿Qué día era? Ella se preguntó. ¿Y cuánto tiempo había estado en la caverna? Alarmada por una pesadilla, se había despertado. En el sueño, ella había sido una niña otra vez y estaba buscando a su gato blanco. Ella se había alejado de su padre de la cabaña en las montañas Ozark de Arkansas y había vagado en el bosque circundante yendo en busca de su mascota. Ella se volvió sin dirección, y al divisar un hueco en el lado de una montaña, ella se había acercado, fascinada. Ella entró y encontró un pasaje estrecho que la guio a un enorme salón con un gran sumidero. Ella tembló, se asustó, y empezó a salir, pero un enjambre de murciélagos había descendido volando rápidamente y la había sobresaltado. ¡Ella se agazapo, gritando, se introdujo en el barro húmedo y cayó hacia atrás en el sumidero! Ella se despertó con un sudor frío.

Pero esto era real, ella pensó. Una pesadilla, excepto real.

Su nueva vida como un cautivo: a solas en una caverna excepto por el hombre quieto extraño que diariamente venía a averiguar cómo estaba y ocuparse de sus necesidades. Ella alcanzó a tocar la costra gruesa por encima de su ojo. El indígena quieto había sacado las puntadas hacia dos días. Él y otro hombre, a quién ella apenas recordaba, dolorosamente habían cosido el corte después de su secuestro del tren.

El pasaje de la caída en el cañón había sido una pesadilla, y Ruth podría recordar asustada episodios cuando ella había alucinado. Un gato negro grande con ojos amarillos le había asechado a ella implacablemente todo el viaje. Se mantuvo justamente fuera de vista, dificultando verificar su realidad, pero siguió de cerca, sus ojos amarillos curiosos nunca estaban lejos. Hacia el amanecer había desaparecido, y ella se había convencido que nunca existió.

Adolorida y casi muerta, ella había llegado completamente exhausta. El viaje duró dos días, vendados los ojos y ocultos a la luz del día, y había sido un viaje bastante difícil y por la noche en la parte trasera de un burro. Ella todavía podía recordar que la luz blanca pálida de la luna en una estrella salpicó de manchas el cielo en la noche de su llegada. Después de dejarla ver el cielo, con la paciencia que el indígena tuvo quito la venda de los ojos y le ayudó a ella a trepar y caminar, tropezando y mareándose con mucha fatiga cuando él la guio hacia dentro.

¿Él se había ido dos días ahora o quizá tres? El tiempo era ahora   intangible. Inicialmente temerosa, su estado de ánimo había cambiado hacia una cólera que se cocía a fuego lento. La paciencia no era su fuerte. Ella comió y tomo agua; La carne seca llena de humo, probablemente de cordero, y una colección variada de plantas y raíces comestibles.

Ella finalmente se había convencido de nadar en el

manantial de burbujas calientes después de que el indígena le había dicho que estaba a salvo. Aclimatada a la oscuridad y menos temerosa, ella se bañaba diariamente ahora. El chirrido ocasional de los murciélagos los escucharía en su despertar y ellos volarían alrededor del cuarto mientras ella salpicaba y tomaba su baño, pataleando en el agua y como perro remando para que en esas largas temporadas hiciera algo de ejercicio.

¿Pero cuándo terminaría? ¿Por qué a mí? ¿Por qué me quieren? Ella se preguntaba. Ruth no sabía por qué había sido secuestrada, y se sentía renuente para conjeturar sobre lo que le podría ocurrir. Sólo un pensamiento era recurrente con toda certeza, un tema ocupaba su mente: Ella debía sobrevivir. En cierta forma lo tenía que hacer a través de esta pesadilla. Estar en la caverna inicialmente la había aterrorizado, pero ella se había acostumbrado a la oscuridad fresca y al silencio solitario de su prisión. Debía aguardar para el momento oportuno y debía esperar para que a la primera oportunidad huyera de este infierno.

Sintiéndose aburrida y llena con una melancolía incierta, ella se paró y se desperezó. Sus ojos anduvieron de aquí para allá por la caverna, y entonces arriba de la pared hacia el hueco dentado, irregular lejos en lo alto, simplemente debajo del techo. Medio metro de ancho y casi metro y medio de largo, se filtraba justo la adecuada cantidad de luz para anticipar la oscuridad completa, excepto por la noche cuando ella lloraba despavoridamente y rezaba por la mañana. Una luna llena había derramado luz a través de la grieta cuando ella primero llegó, pero ahora su luminiscencia débil se retiró y cada noche conforme comenzó a decrecer. Podría ver algunas estrellas, pero no podría fluir su luz, y cuando la oscuridad total caía, su imaginación la empujaba a ella al borde de la locura, acobardándose en el miedo, insomne y esperando el amanecer.

Sus ojos continuaban buscando en la caverna hasta que descubrieron uno de los pasajes oscuros. Ella una vez había tratado de explorar un par de los túneles, pero había regresado a la seguridad de la cámara grande cuando ella se asustaba. ¿Qué ocurriría si ella escogiera incorrectamente y tratara de regresar sin dirección? Ella no tenía forma de marcar su rastro y ningún sentido intuitivo de la orientación para guiarse, así es que ella esperó. Pero este tiempo le debía de decir algo. ¡Ella tenía que saber! ¿De qué se trataba todo esto?

El indígena quieto no la mataría, al menos todavía no. Él estaba esperando algo. Cuando él recibiera la orden, ¿qué pasaría entonces? ¿Ella seria puesta en libertad o la mataría? ¡Ella tembló convulsivamente, y entonces se dijo a ella misma basta de esto! Tienes que agarrarte de algo, mujer. Tú no estás muerta aún.

Los ojos de Ruth regresaron al centro del cuarto y ella los clavó en los suministros. Lentamente caminó arrastrando los pies hacia adelante, y entonces rebuscó hasta que ella encontró las tiras de la carne seca envueltas en hojas de maíz. Ella masticó la carne picante dura, y entonces extrajo una raíz bastante nudosa de una canasta. La cortó en dos pedazos y masticó la planta crujiente, fibrosa. Blanda, que tenía un sabor como de cebolla.

Sus pantalones vaqueros y su blusa le quedaban bien holgadamente, ella se sintió sana considerando su situación. Si saliera viva, podría escribir su propio libro de recetas y se volvería famosa. ¡*Hah*! Humor negro, pensó. Pero entonces, ¿sobre qué más podría bromear? ¿Con quién más hablar? Dios sabe que el indígena no hablaba mucho.

Ella suspiró, intentando suprimir un sentimiento de

inquietud, y el aburrimiento bien definido era su problema inmediato. Ella daría cualquier cosa por un buen libro de misterio de Tony Hillerman. Ningún sentido tenía preguntarle al indígena, él probablemente no podría leer, y si él lo hiciera estaría en español. Él siempre habló en español. Ella hablaba español diestramente, su trabajo lo requería, pero ella anhelaba una buena conversación en inglés.

Sus dientes los sentía espumosos y su pelo almacenando enredos, así es que sus pensamientos regresaron a la piscina caliente; era un placer en una prisión oscura, espartana de roca. Ella caminó por el borde de la piscina, cuidadosa para no resbalarse, y se desnudó completamente. Ella estaba sentada sobre la cornisa rocosa, dejando colgadas sus piernas en el agua, ajustó su pelo, y entonces se deslizó hacia la piscina efervescente. Ella nunca había nadado desnuda antes en su vida y ahora ella lo hacía diariamente, o cada vez que la noción se lo pedía.

Ella nado alrededor de veinte minutos, y entonces se zambulló para lavarse la cabeza y enjuagar su boca. La salpicadura despertó a los murciélagos, y comenzaron a chillar. Unos cuantos se libraron del compromiso del cielo raso y comenzaron a bajar en picada y deslizarse, desviando simplemente como cortocircuito de la pared, acróbatas ciegos en una caverna oscura.

En ese momento ella sintió su presencia, observándola, silencioso, estaba parado cerca de los suministros en medio del salón. Él había llegado silenciosamente, entrando a escondidas en el cuarto como un fantasma.

El miedo torció su intestino y ella contuvo su aliento. ¿Qué quería él? ¿Cuánto tiempo había estado de pie en la oscuridad observándola nadar desnuda?

Con una voz timorata, ella gritó. —Por favor váyase hasta

que esté vestida. Quiero hablar con usted. ¿Puede regresar usted por favor más tarde?

Él desapareció. ¿Él en realidad había estado allí, o su imaginación le hacía trucos? Ella escudriñó la caverna, pero no sintió ninguna presencia. ¿A dónde había ido él? ¿Cuál pasaje había usado?

Su voz había sobresaltado a los murciélagos y ellos comenzaron a bajar en picada hacia ella, parando repentinamente al último instante, asustándola, recordándole a ella de la pesadilla. Miró alrededor del salón otra vez, esperando que él se hubiera quedado, y entonces se deslizo por el borde de la piscina para esperar que los murciélagos pararan de volar. Oh, Dios mío, pensó. ¿Saldría ella alguna vez viva?

La Investigación Comienza

La mañana comenzó lentamente. A pesar de la indulgencia excesiva de la noche previa y las horas avanzadas de la noche, el profesor se despertó temprano por las pezuñas pesadas de una carreta de pasajeros tirada por mulas. Las herraduras cascabeleras de mulos puestos el arnés y los silbidos lancinantes del látigo de los conductores hicieron eco en contra de las paredes del cañón, energizando una mañana indolente y sobresaltándole para el desvelo. Él hubiera querido regresar a dormir, pero un objeto curioso insistente le alzó de la cama y lo empujó a la ventana. Seis mulos librados del agobio, y dos asnos guiados por tres arreadores bigotudos, los guiaban lentamente al sur hacia el siguiente valle. Para quién o para qué el propósito él no supo.

Es extraño que no lleven nada cargando, pensó. Es un desperdicio. Pero tal vez tendrán mucho más carga más tarde.

Muy cerca de su tronco de árbol y su cabaña de adobe, la vía pavimentada terminaba y se transformaba en una miríada de rastros y caminos estrechos que iban en todas las direcciones; el sur para los valles fértiles, al oeste en los cañones y las montañas de la Sierra Madre, y al este en la región montañosa desértica de Chihuahua. Los rastros y las vías yacían descuidados y reparados pobremente, sus superficies se erosionaron y dejaron una seña. Hace cien años habían cargado vagones pesados y bestias de carga, el acarreo da abasto para un número tremendo pero desconocido de plata y las minas de oro que puntearon las barrancas. Muchas de las minas eran muy remotas, sin vías o los rastros se habían borrado después de la actividad.

Las toneladas y un montón de mineral valioso habían sido extraídos de la Sierra Madre, y uno no tenía que ir lejos para oír historias de minas famosas como el Potosí, o las leyendas de minas con historias ensangrentadas, ahora irrescatables a pesar de eso todavía eran fabulosamente enriquecedoras en mineral. Los mapas sin valor con historias sospechosas yacían olvidados o sin descubrir en viejos troncos, en las bóvedas de los banco, e incluso en viejas latas, enterradas o fijadas con cemento en paredes por los dueños muertos.

Cuando observó al último mulo desaparecer sobre una colina pequeña, el profesor recordó sus recientes excursiones de estudio en las tierras del cañón. Los habitantes prehistóricos de los cañones y los valles habían dejado atrás muchas pruebas de su existencia, pero la mayor parte de cualquier cosa que valía estudiar se había destruido durante trescientos años de fiebre del oro intermitentes, ciudades en bonanza, erosión natural y climatológicas, y por los indígenas mismos. Las leyendas y los informes tempranos de civilizaciones antiguas con ciudades de oro empujaron a los Conquistadores que residían en el norte para entrar a la fuerza a Nuevo México, Arizona, Tejas, y California, pero no era una empresa favorable. Las únicas civilizaciones clásicas se ubicaban al sur en el Valle de México y las selvas sureñas.

Él miró los estantes de madera que mantenían los fragmentos recogidos en sus correrías breves en el campo. Detrás de su mente él había esperado encontrar algo importante, cualquier cosa que podría anticipar la construcción de edificios y el desarrollo inevitable que seguiría. Literalmente centenares de sitios arqueológicos se destruirían. Él lamentó la falta de fondos para el personal auxiliar profesional. De muchas formas, se parecía a la clase de proyecto en contra de lo que él frecuentemente hablaba; uno con bajo financiamiento, pobremente concebido, de emergencia y anteponía eso con proyectos de gobierno que debía ser completado antes de que la construcción real pudiera comenzar. Él incluso no tenía un tránsito o teodolito para levantar un plano o el transporte correcto. Él había comprado una Honda de tres ruedas para el terreno áspero, y una vez que había salido y que se estacionó cerca del Río de la Roca. Al regresar ya no estaba, por partes probablemente había sido cargada encima de un carretón de mulas con rumbo al oeste. Él había caminado casi por ocho horas en el territorio áspero, montañoso antes de llegar a Batopilas. Con llagas y exhausto, casi habían abandonado el proyecto. Excepto después de dos días de socializar, de limpiar, y escribir en su publicación le había refrescado, y él decidió quedarse en el trabajo, para la gran desilusión de Alexandra.

Sus subsiguientes excursiones, todas pasando la noche acampando en sus viajes en las barrancas, habían sido emprendidas con asnos alquilados y habían contratado un guía Tarahuamara para guiarlo a través de la tierra salvaje. Esto desaceleró su trabajo, pero le proveyó otro modo de transporte en las montañas.

El proyecto no había ido como él había esperado. Muchas áreas de la reserva propuesta no se volvían a investigar y no levantaron un plano por falta de dinero y de tiempo. David debía regresar a la Ciudad de México en unas cuantas semanas, y no podía continuar antes de lograrlo. Él acababa de comenzar a recibir una percepción de qué debe hacerse y donde ir, y sólo recientemente había entablado una amistad con muchas de la gente de la zona. Lo habían cubierto de consejos de dónde mirar y habían llenado sus oídos de leyendas e historias de lugares secretos, personas misteriosas con poderes sobrenaturales, y las incontables mitologías de acontecimientos en lugares remotos: Una generosidad de historias fascinantes. El profesor se sintió un poco triste que solo podría darle seguimiento a una pequeña fracción de la base local de conocimientos.

Luis gimió y se acostó casi rodando, jalando una manta de lana sobre su cabeza, que a su vez expuso sus pies. Él suspiró, bajó la manta hasta su barbilla, y con un ojo escudriñaba el cuarto, como buscando una razón para abrir el otro. Pronto ambos ojos estaban rastreando. Él tosió, inhaló por la nariz, se restregó los ojos, y entonces meció sus pies sobre el lado de la cama. Bostezó y se estiró, y entonces trató de levantarse, casi tropezando al tratar de hacerlo. Él vaciló, con su cara colorada, y ruidosamente eliminó gases, gimiendo con satisfacción. Empezó a mirar al profesor.

—Que infierno en una noche, David.

—Así es el infierno en una noche, Luis.

—No me digas que no la pasaste bien.

—No pasé un buen rato, Luis. Estuve asustado hasta la muerte la mayor parte de la tarde.

El federal inhaló por la nariz. —Son solo negocios. Conseguí algunas buenas pistas. Él bostezó. Necesitamos comenzar. ¿Es café lo que huelo?

#

Dos horas más tarde, con sus estómagos llenos de chorizo y tortillas, recogieron su nuevo vehículo en Batopilas. Una Toyota Land Cruiser gris azul estaba estacionada delante de la oficina, pero el Coronel Cedras daba la apariencia de estar reacio para separarse de su vehículo. Él parecía enfadado en tener que aguantar a Luis, y curioso en lo que se refiere a lo que el federal le estaría diciendo. Cedras no había recibido instrucciones de Chihuahua y el filtro deliberadamente ignorado por la cabeza de región. El Coronel les prestó el vehículo pero sólo después que Luis insistió que de Chihuahua le habían llamado a Cedras para verificar el derecho de Luis para solicitarlo. Esto puso al Coronel en un agrio estado de ánimo, creyéndose como al que se le dio empujones por los niños de la ciudad otra vez, y él no se molestó originándose de la broma de buen humor de Luis.

Luis y el profesor se dirigieron hacia el mercado tradicional tan central para la vida mexicana del pueblo indígena. Era la fuente económica de la comunidad, y David amaba estos mercados. Eran una fuente increíble de chisme de pueblo y la mercadería barata, para lo cual, el esperaba fieramente pelear cada precio, algo tan sano como el acceso rápido a las costumbres indias tradicionales. El poco dinero o la riqueza que circulaba en los pueblos indios venia de los pueblos cercanos, así los indígenas mantenían una producción estable de calidad, y los precios bajos en el mercado.

El Mercado de San Mateo olía a diésel de los tubos de escape, aceite de cuero, carne podrida, la basura, y el olor mohoso de ropa de lana humedecida y de algodón. Luis y el profesor cuidadosamente se condujeron con extremo cuidado por corredores oscuros, estrechos esparcidos con canastas y alfarería. Agachándose para evitar un montón de huaraches colgados, esquivaron a una horda de niños que persistían con sacarles brillo a sus zapatos, parándose en un puesto de la carnicería en dirección para la Joyería, el joyero. Una fila de pollos pelados, con pieles rosadas colgaba chorreando sangre sin cabeza de un cordón amarillo de poliéster, sus patas rigidizadas amarradas de una soga, las gotitas diminutas de sangre haciendo un charco en el piso. El carnicero hábilmente recortó unas costillas y le quito la grasa de un perchero a una cabra, aplicando el cuchillo filoso con habilidad quirúrgica, no permitiendo que nada fuera al desperdicio como él los mostró para su satisfacción. Se detuvo, los volteó a ver un par de veces para evaluar su trabajo manual, y entonces miró con atención sobre la parte superior de sus anteojos. Y señaló con su cuchillo.

—Por allí...el del mostrador...su nombre es Omar. Cuando usted vea sus dientes, usted sabrá que es él, y él trató de alcanzar otro perchero de costillas. Él los evaluó críticamente, les miró de nuevo a los dos hombres, y entonces les ignoró cuando él le aplicó el cuchillo a las costillas.

¿*Los dientes*? Pensó el profesor. Esto evocó muchas imágenes, no todas muy bonitas. Caminaron por el pasillo estrecho, cruzaron un área abierta rebosando de clientes, y arribaron al puesto del joyero. Omar sonrió ampliamente, pensando que eran clientes, dando a conocer los dientes frontales con un solo diamante brillante que enfocaron a cada uno. Centellearon a la luz y correspondieron al color de sus ojos grises. Tenía que ser él. Obviamente no un mexicano, él daba la apariencia de ser un indígena del este o un árabe, aunque él hablara español como un nativo.

— ¡Buenos días, señores! Saludó retumbando.

—Buenos días, contesto Luis, sonriendo abiertamente a cambio, incapaz para apartar la vista de la boca del joyero. Pero la sonrisa de Omar desapareció y él se volvió serio al ver el distintivo de Luis. Inmediatamente se volvió reservado y cohibido, cautelosamente considerando las preguntas de Luis.

— ¿Alguna vez ha visto alguna cosa como esto antes? Luis sacó la piedra verde de su bolsillo.

El profesor estudió al joyero y pensó que él vio que las

cejas de Omar ascendían perceptivamente cuando él lo volteo repetidas veces en su mano. Omar trató de alcanzar una lupa de Joyero para magnificar e investigar la piedra verde translúcida.

—Sí y no, dijo el joyero, finalmente. — Sí, he visto a unos cuantos, pero no sé de donde vengan de...no sé de cualquier manera.

— ¿Qué quiere decir? Luis dijo, enfatizando la pregunta.

—Simplemente eso, se encogió el joyero, los he visto antes. Su cara se volvió ilegible y él dio la apariencia de ser indiferente. Usted ha visto algo de este tipo de cosa. Podría ser cualquier cosa: Ágata azul, cuarzo, malaquita o algo por el estilo con cobre en eso. Es de ahí de donde el color verde viene. Él miró de nuevo con la lupa del Joyero, y entonces frunció su boca pensando.

— ¿Podría ser jade? propuso el profesor.

Un indicio de irritación ardió inconstante de un momento a otro, y entonces Omar mostro sus diamantes al profesor. — Usted debería tener mucha suerte, sonrió. —Especialmente esto, es de la calidad de joyería. No...no es jade. Confíe en mí, él sonrió. —El único lugar que usted encontrará jade es en el sur en Guatemala y arriba al norte en California, Washington, y Canadá. Nada es de muy buena calidad, sin embargo.

Él se veía que era un conocedor a la manera de un experto aburrido, dejándolos con la impresión que él había olvidado más acerca de piedras preciosas que lo que alguna vez sabrían. En treinta años de arqueología el profesor había adquirido un conocimiento sustancial de geología, pero él no sabía acerca de piedras preciosas, así es que él fácilmente cedió ante la opinión del joyero.

Luis devolvió las piedras a su bolsillo entonces pregunto, — ¿Algún otro por aquí en este negocio?

—Es un pequeño pueblo, señor. Hay tan poco negocio que un hombre puede hacer en un lugar como este. Él sonrió, se encogió de hombros, y alzó sus brazos con resignación antes de continuar. — Las minas están cerradas o produciendo apenas lo suficiente para permanecer abiertas. Ocasionalmente alguien encuentra un regalo pequeño en las corrientes y el oeste de los ríos en el cañón, él señaló, y el gobierno envía a los geólogos de Chihuahua a levantar un plano y hacer pruebas del suelo. Pero los descubrimientos grandes son todos conocidos; todo está manoseado. No sé por qué me quedo. Es un sustento pobre para un hombre honesto. Él le dio al profesor una sonrisa amarga. Todo se reduce a comerciar con los indígenas sucios, y me defraudan.

En cierta forma el profesor dudó de eso. El joyero se veía próspero, y toda pobreza mexicana del grupo de comerciantes se comportaba como víctimas de robo. Era un constante esperado, casi ritual comúnmente oído en el mercado. Nadie lo creía, pero todo el mundo lo decía o esperaba oírlo.

Luis vio la oportunidad de irse, pero el profesor permaneció curioso y preguntó, — ¿Entra usted en las barrancas para el comercio con los indígenas, o vienen aquí?

—Ambos. Tengo presencia en una parte de los pueblos, y todavía viajo a veces, pero sólo si debo. Cuando joven conocí cada cañón y cada caverna dentro de cien kilómetros a la redonda.

El profesor le creyó. Él conocía a muchos como él en Batopilas; el joven aventurero o el explorador, ahora viejo, con sus sueños fracasados con un futuro pequeño adelante de ellos. Pero todavía esperaba, el descubrimiento grande o el trato grande que lo devolvería a dondequiera que habían venido.

—Ahora mi hijo hace la mayor parte de mi corrida y mis

viajes al extranjero, Omar continuó, señalando a un indígena mixto de apariencia severa en sus años veinte. El joven los ignoró y miró el suelo. — Su madre es india, él explicó, como si no lo pudieran decir, o les podría importar saber.

—Dígamelo a mí, Luis preguntó, — tiene que haber oído algo acerca de un chamán indio. Él tiene como 35 años, barba negra, alto para ser un indígena, con una reputación como de alborotador que habla mal acerca del gobierno.

—Todo el mundo habla mal acerca del gobierno, señor, expresándolo con una sonrisa el joyero. — Son todos ladrones. Además de…esa descripción es por lo menos de una docena de indígenas sucios, de pelo largo vagando por los cañones buscando datura y peyote. Y si él tiene barba, él probablemente no es un indígena, es mezclado. Los indígenas no tienen barbas.

Luis miró al profesor, quien afirmo con la cabeza. Él no supo por qué   no había pensado acerca de eso.

Luis tomo con entusiasmo el amuleto. —A este le pueden gustar los animales, él dijo, — especialmente los jaguares.

El joyero le agitó completamente, — Dan lo mismo. He visto…

—El Jaguar Feroz, interrumpió su hijo indio desaseado, repentinamente cobrando vida, — El Jaguar Feroz que camina por los Cañones Perdidos. El joven volteo y dijo algo en Tarahumara a su padre. El joyero negó con la cabeza, hablo con coraje, y discutieron hasta que el joven repentinamente se paró y se marchó dando media vuelta. Él no daba la apariencia de estar enojado, justo renuente para hablar más. Alto para un indígena, el joven tenía pies y manos grandes, y él se movía ligeramente en sus pies calzando huaraches, hábilmente caminando por el mercado abarrotado. Su cara ancha mantenía una expresión estoica, y él parecía ser más indio que mexicano en su educación. Tenía un aura salvaje, pero daba la apariencia de estar seguro de sí mismo. Su pelo estaba suspendido y se bamboleaba rítmicamente cuando se fue caminando.

—Él es un indígena, dijo el joyero otra vez, como disculpándose y explicando el comportamiento de la juventud al mismo tiempo. — Él no conoce nada mejor.

Esto lo dudó el profesor. A él probablemente no le importaba, y en vez de la convivencia con hombres blancos, él salió, prefería la familiaridad y la certeza de su propia compañía.

— ¿Quién es El Jaguar Feroz? preguntó el profesor, curioso en la reacción rápida, positiva del joven. El joven no había titubeado al oír la descripción de Luis y había contestado con convicción. ¿Por qué debería estar molesto el joyero con su hijo ofreciendo voluntariamente la información?

—Él no existe, señor. Es simplemente un mito indio; una leyenda acerca de un hombre de Dios que está viviendo con los jaguares en alguna parte al norte de aquí en los Cañones Perdidos.

— ¿Cañones Perdidos? Luis le miró seriamente y recurrió a su amigo por la afirmación, pero el profesor se encogió de hombros y se sintió estúpido. Él había restregado los mapas de esta área por meses y no recordaba ver nada acerca de los Cañones Perdidos.

—No están perdidos, Inspector, pero nadie va hacia allá más que algunos indígenas. No hay registro de oro o plata descubierto en los Cañones Perdidos, y es un área muy difícil para alcanzar. Él pareció reflexionar un momento, y entonces dijo, — veinte años atrás exploré esa área, pero nada de valor pudo ser encontrado allí, simplemente algunas aguas termales en el peor terreno que usted puede imaginarse. Si alguien

70

viviera allí, no serían la clase de persona que usted anda buscando. No pienso que haya algunos pueblos indios en esa parte de la tierra del cañón.

Luis había perdido interés y comenzó a desviar su peso y mirar alrededor impacientemente, pero David permaneció insatisfecho. Algo en las maneras del joyero le había molestado, especialmente la forma en que él diestramente dirigió la conversación cuando pensó que era la apropiada. Sería sabio comprobar su historia o, respecto a eso, investigar a Omar.

—Usted conoce mucho, señor, alabó el profesor. Tuvimos la suerte de encontrar a un hombre como usted para ayudarnos.

Omar enseño sus dientes montados con diamante como respuesta.

—Pero necesitamos hablar con alguien más que ha vivido aquí por mucho tiempo, alguien quien nos pueda decir más.

—Mire alrededor, señor. El joyero no había sido de mucha ayuda. —No demasiados saben, no les interesa acerca de lo que ocurre allí afuera, él le dio un golpecito a su mano señalando hacia las paredes del cañón. —Excepto la buena suerte. Y él empezó a caminar para la parte trasera de su pequeña tienda, permitiéndoles salir a sus interrogadores abruptamente ignorándolos.

Empezaron a salir, y no habían caminado más de diez gradas cuando una mujer ojerosa, de cara sucia le puso un rebozo colorido en la mano a David.

—Vea al sacerdote, señor. Ella frotó la parte trasera de su mano venosa azul a través de ella sorbiéndose la nariz acatarrada. — Sí, como si, se lo dijera a ella misma, —vea al sacerdote. Sus ojos legañosos, rojos cerrados miraron al profesor hasta que los de él miraron a otro lado, haciéndolo sentir vergüenza. Ella tiró fuertemente en su mano otra vez, así es que él dio algunas monedas de su bolsillo.

—Gracias, señora, él dijo, intentando ser educado y aliviar su vergüenza al mismo tiempo.

Luis lo jalo del otro brazo, ansioso por salir de allí, y comenzaron a caminar por los corredores llenos de obstáculos. David empezó otra vez a mirar con rumbo al joyero. Omar estaba parado en su banco otra vez, su cara una máscara de cólera y su puño apretadamente agarrando la lupa de Joyero y clavando los ojos en la mujer de avanzada edad.

—Gracias, fue el pensamiento del profesor, mirando de nuevo a la vieja. Esa será nuestra siguiente parada.

El ruido y el clamor amainaron como luchando a través del estrépito. Luis siguió un resquicio de luz que lentamente pero con firmeza se volvió más grande hasta que se libraron del desorden opresivo y olor penetrante del mercado. El profesor quiso decirle lo que él había visto en la cara de Omar, pero Luis insistió a David que siguiera y se encaminó hacia El Zócalo, la plaza en el centro de Batopilas. Cuando el profesor se puso al lado de Luis este se puso su dedo índice en su boca.

—Ya sé, dijo simplemente.

— ¿Él sabía qué? Luis, dijo el profesor, — ese joyero es...

—... un mentiroso y un bandido. Luis terminó la frase. Lo sé, pero nosotros hemos conseguido encontrar a ese joven indio. Ayúdame a   buscarlo.

Ambos escudriñaron el área, en ese momento Luis dejó de buscar en las tiendas mirando hacia la plaza mientras el profesor se quedó en la periferia y las personas que observaba iban y venían. Por aquí no encontrarían al joven solo si Luis inadvertidamente le buscara adentro.

Casualmente, excepto permaneciendo alerta, el profesor caminó a grandes pasos a lo largo del perímetro turbio del zócalo flanqueado de árboles, alguien disfrutando un cigarro de mariguana o borrachos, crótalos de variados colores, y palo verde melancólico, todo el tiempo esperando ver al joven y Luis rápidamente buscaba en los restaurantes, el billar, y los negocios surtidos en el flanco del parque. El Zócalo es una institución en todos los pueblos mexicanos, un plan traído de España y usado en cada pueblo en México, y el lugar más probable para encontrar a alguien o algo por el estilo de lo que se busca.

Una tira cerúlea de cielo esparcida con nubes blancas etéreas se volvió a velocidad constante más brillante. El sol había arrastrado la barrera del este del cañón tres horas más temprano y eso ahora flotaba a gran altura en el cielo, bañando el cañón con una luz clara, estable. El profesor estaba de pie en la sombra del mirador y observó las conversaciones animadas de hombres de negocios vistiendo guayaberas y observó las preparaciones de los mercaderes de la calle vendiendo comida casera en la parte trasera de carretas con ruedas de bicicleta. Un grupo de Tarahumaras comenzó a realizar un despliegue de canastas, tejeduras, alfarería, y artesanías. Sus hombres permanecían por ahí sin rumbo fijo mientras las mujeres trabajaban diligentemente, preparando sus mercancías y atendiendo a los niños pequeños al mismo tiempo.

Treinta minutos más tarde Luis abandonó su búsqueda e invitó a que David que se uniera a él para tomar café en el porche de un restaurante pequeño, pero limpio. Construido de madera cruda de cedro, el entarimado de madera olía al cedro aromático. Dos ventiladores colgantes daban vuelta lentamente para no levantar el polvo. Se sentaron sorbiendo café y comparando apuntes.

— La pregunta es ésta, Luis dijo, limpiando con un paño

el sobrante de café cargado de su bigote con su dedo grande,
— ¿qué es lo que él esconde y por qué?

— ¿Tal vez las piedras? propuso el profesor.

—Tal vez, pero no pienso así.

— ¿Qué entonces?

—Tiene algo que ver con el joven indio. Él nos dijo algo que su padre no quiso que nosotros supiéramos.

— ¿Cómo Qué? ¿Usted piensa que él está involucrado?

—Con qué, ¿el secuestro? Tal vez, pero no pienso así. Eso es poco probable. Es algo más. No lo puedo señalar, pero pienso que es importante. Él le añadió incluso más leche a su café, la revolvió con su dedo, y entonces lo lamió con deleite.

La mujer de avanzada edad hizo sugerencias del sacerdote.
— ¿Qué piensas?

—Ese, Luis dijo, — es un lugar tan bueno como cualquiera para comenzar. Él clavó los ojos en el líquido café en su tasa como buscando una respuesta.

—Tú sabes, David, él comenzó de nuevo, tú sabes cómo es esto en estos pequeños pueblos. Mil secretos, pero algunos son bien conocidos por muchas personas. Tú simplemente has conseguido encontrar uno que está dispuesto a hablar. Estas personas saben más que los que se ofrecen como voluntarios. El truco es hacer las preguntas correctas. Todo el mundo conoce el negocio de todos los demás, pero tienen que ser cuidadosos de lo que dicen o eso se regresará a ellos. Las personas mantienen rencores y tienen recuerdos de antaño. Alguien recordará su indiscreción y les cobrara la deuda. El joyero y su hijo no pueden tener nada que ver con el secuestro, pero están encubriendo algo, y este Omar está preocupado de que hacemos o que no hacemos. ¿Excepto qué? ¿Qué es eso que no quiere que nosotros sepamos o hagamos? Él tragó el resto del café al mirar por encima del borde de la taza a su amigo.

Los instintos del profesor le dijeron que Luis había leído la situación correctamente. Para su tonta postura exagerada y sus afectaciones machistas, Luis realmente tenía un buen olfato para este tipo de cosas. Sus preguntas estaban ansiosamente presentes en la mente de David cuando dejaron el restaurante y cruzaron la plaza para meterse en el Land Cruiser.

Ciertamente, pensó el profesor, si Omar está siendo veraz acerca de las piedras, ¿entonces *qué* anda escondiendo? ¿El mito del hombre del jaguar y los Cañones Perdidos? ¿Es el joven indio realmente su hijo? ¿O por qué se enojó con la mujer mendiga que estaba en el mercado por decirnos a nosotros que viéramos al sacerdote? No tenía sentido aún.

A veinte pasos de la Toyota, él sintió la primera ola y el zangoloteo del suelo que como un suave temblor de tierra se movió a través del área. Luis tropezó al lado de él, perdiendo el paso, y se dobló al suelo mientras el profesor se agarró encima de su hombro como soporte. El estremecimiento cesó tan repentinamente como había empezado. Luis se quedó parado y ambos miraron alrededor con un sentido de miedo que aumentó. Entrando en pánico, todo el mundo había corrido afuera de los edificios circundantes y ahora estaban alrededor. Un silencio ensordecedor de un momento al otro como una regla, y entonces risas y gritos de alivio se oyeron a través de la plaza. Luis sonrió tímidamente.

—Odio estas malditas cosas, David.

—Sí, y han sido dos o tres en la última semana. Le hace a uno preocuparse, dijo el profesor, ociosamente, volviéndose ensimismado. Los temblores de tierra de magnitud pequeña son comunes en México. El país tiene varios volcanes activos, y las placas del Océano Pacífico ocasionalmente ceden terreno cuando se acomodan inexorables debajo del continente, causando terremotos muy dañinos en México central y sur. El profesor había sobrevivido el terremoto de la Ciudad de México en 1985, y las terribles imágenes de destrucción, edificios derrumbados, las calles cuarteadas, y los gritos de la gente dañada y enterrada estaban frescos en su mente. Él literalmente había sentido centenares de pequeños temblores en sus veinticinco años en México, pero sabía que él nunca se acostumbraría a sentir ese vacío en el estómago y la pérdida de la orientación que acompañaba a los más grandes.

Luis lentamente guio a la Toyota sobre el empedrado, pasando las casas de adobe, alrededor de un carretón jalado por burros cargados con botes de leche cruda, y finalmente hacia la iglesia. La iglesia tenía en la sombra de la entrada una cruz, un patrón tradicional para iglesias, y tenía una cúpula y un campanario visible del exterior. Se estacionaron en el Hotel Mari al otro lado de la calle, y entonces caminaron para la casa parroquial y tocaron. Un hombre viejo, probablemente el sacerdote, atendió la puerta. Pequeño y canoso con mejillas hundidas, sus ojos se escondieron debajo antes de proyectarse con cejas pobladas. Él estaba encorvado por la edad y se apoyaba en un bastón. Él también dio la apariencia de estar menos que feliz por verlos. El sacerdote suspiró con resignación al ver el distintivo de Luis, pero los invitó a entrar, dándole una instrucción a una mujer que estaba agazapada, de cara ancha, india para traer té.

Luego de una hora de conversación, fray Leo no resultó de ninguna ayuda. Él había estado en Batopilas por solo tres semanas y había indicado que él no estaba en condiciones de salir. Fray Martin, el Pastor, había salido   para un año sabático religioso de cuatro semanas a experimentar, a solas, alguna suerte de Ejercicios Espirituales Jesuitas a diez millas al sur en una cabaña pequeña fuera del pueblo de Satevo. Fray Leo les dio té y conversó atentamente. Se enteraron demasiado de fray Leo y su vida, incluyendo su infelicidad en ser enviado a Batopilas, y él les dio la impresión de ser muy serio, las cuestiones sin resolver existían entre fray Martin y la iglesia, asuntos que tenía, condujeron al fraile al año sabático de Fray Martin. Lo que eran estos asuntos fray Leo no dijo, pero él pareció aliviado que Luis quería sólo información general del pastor ausente.

—Fray Martin, bendice su alma confundida, estará triste de no estar aquí para escucharlos, el fraile Leo dijo a David. —Él consiente a los indígenas y sus creencias paganas tontas, y estoy seguro de que él habría disfrutado de la compañía y conversación de un antropólogo. Él ignoró a Luis, y su mano nudosa se agitó cuando él sorbió su té y entonces sacudió ruidosamente la taza en contra del platito, intentando centrarla. No hay duda que usted tiene mucho en común, él inhaló por la nariz de manera condenatoria. Yo en lo personal no veo valor en aprender cualquier cosa de los cimarrones, descabellados. ¿Qué tienen para enseñarnos? Nada...es lo que se. Él contestó su propia pregunta con la convicción de ser un acérrimo intolerante en extremo. —Son quienes deberían aprender de nosotros. A la mayor parte de ellos les falta unirse a la fe cristiana y experimentar el linaje santificador, depurador de Jesús en sus vidas. Son paganos y sus almas están condenadas al tormento eterno. El Ángel de la Oscuridad hará con ellos lo que a él agrada. Él sonrió agradablemente, los satisfizo con la idea, y entonces los miró impacientemente, esperando a los dos pecadores en su oscura sala de estar para debatirles.

El profesor creyó que él tenía una idea bastante clara del tono y el contenido de las homilías del sacerdote. Aunque

Fray Leo se habría indignado en la comparación, él le recordó a David de un pastor protestante intolerante que él había oído un poco hacia como treinta años en Missouri que los   alojaba en tiendas de renovación. Quizá Jesús mismo se mostraría sorprendido de los estándares de piedad del sacerdote, pero el profesor tenía sus dudas si cualquier otro lo haría.

Luis y el profesor hicieron sonidos apropiados de compasión y aceptación en el fraile Los juicios menos profundos de Leo, y entonces se disculparon ellos mismos. Cuando caminaron para el Land Cruiser David podía ver que Luis se había sentido fastidiado. Habían empezado bien el día, pero repentinamente se habían encontrado sin ninguna nueva pista. Los dos detectives se sentaron en el jeep un momento, entonces Luis dio la vuelta y preguntó.

— ¿Qué piensas, David? ¿Vamos directamente ambos al Infierno?

—Tendremos un montón de compañía, Luis. ¿Cuál alma piensas que realmente se preocupó?

Luis ignoró la pregunta, puso la llave en la ignición, y entonces dijo, — ¿Algunas ideas?

— ¿Acerca de qué?

—El joven indio, el sacerdote. ¿A dónde vamos de aquí?

— ¿Qué hay acerca de todas esas pistas que conseguiste anoche en el cantina? El profesor quiso que él admitiera que él había estado metiendo la pata y jugando anoche, no investigando un secuestro.

—La razón está de tu parte, Luis chasqueó sus dedos. Vamos.

— ¿Adónde? preguntó el profesor sorprendido.

—Para la oficina de correos. Dónde este, ¿de cualquier manera?

La Murmuración del Pueblo

El sol se ocultó en la pared occidental del cañón y las sombras oscuras de muros de altura imponente vistieron con una capa el pueblo. En el reloj de pulsera del profesor marcaba 4:11 p.m., Y él sintió que había desperdiciado el día siguiendo a Luis y sus pistas fantasmas. Él esquivó un sentimiento de ansiedad, queriendo estar en sintonía con Luis y la investigación. Cuando el Toyota lentamente avanzo las calles empedradas hacia el río, él empezó un inventario mental de tareas inacabadas referente a su encuesta y mapeo de sitios arqueológicos en la cuenca de la Reserva del Águila. Mañana él estaría firme e insistiendo a Luis que le acompañe, o el federa tendría que ir solo.

La oficina de correos estaba a dos calles, pero eso tomaba diez minutos para lograr llegar. Una barrera bloqueaba la vía y los montones de piedra levantados yacían en todas partes a lo largo de la Calle Reyes, el lugar de la oficina de correos. Se tuvieron que estacionar cuatro calles adelante al otro lado de la plaza, cerca del camino real. Luis dejó a la Toyota en la sombra de una arboleda de ciprés y el profesor dio a un niño pequeño 10 pesos, cerca de medio dólar para cuidar el coche. El niño inmediatamente asumió una apariencia de propiedad; sus ojos se iluminaron, su pecho se hinchó con importancia, y él caminó con autoridad, ocasionalmente deteniéndose a apoyarse en el coche con un brazo.

Los rápidos de aguas espumosas del río del cañón sisearon y gorgotearon desde atrás cuando cruzaron al Camino Real y caminaron hacia pueblo. La pared del este del cañón, de mil metros de altura, se ocultaba en la sombra de las montañas occidentales, escondiendo las venas verde oscuras de cobre oxidado que le daban ese color brillante cuándo era iluminado por la luz del sol en línea recta.

Cuando cruzaron la carretera principal, vieron a varios indígenas acarreando leños pesados en sus hombros y trotando. Luis estaba atónito.

—Increíble, dijo, al detenerse y clavar los ojos en los leños. — ¿A dónde van ellos?

—Esos probablemente terminarán en el techo o una parte de un granero o tejaban. Transportarlos así es más barato que alquilar los servicios de un camión.

— ¡Pero son tan pesados! exclamo Luis.

—Es impresionante, estuvo de acuerdo el profesor, cuando los observaron darles un empujón al sur a lo largo del Camino Real, los Raramuri, los Tarahumaras, son personas sorprendentes. Han estado adiestrados desde la infancia para caminar largos trechos sobre los caminos de la montaña por horas, a veces por días. Son increíblemente aptos.

Hablaron más acerca de los indígenas, Luis, no teniendo experiencia personal con ellos, y David le dijo más acerca de los Tarahumaras y la geografía montañosa del Cañón del Cobre y la cultura. Luis fingió interés, distraídamente mientras el profesor recordó la comida esotérica de los indígenas. Él caminaba con un paso corto atrás siguiendo la pauta que el profesor le daba por la Calle Reyes.

Una calle empinada, escabrosa, la Calle Reyes con secciones tremendamente destruidas hasta que fueran reempedradas. La larga fortaleza se bloqueaba de estucos coloniales de todo estilo, colocados por encima de escalones y banquetas altas dando entrada a tiendas, puestas en orden de cada lado. Batopilas no tenía señales de neón. Cada entrada parecía virtualmente así como la siguiente, pero todo el mundo en la ciudad conocía el lugar exacto de cada negocio.

Dieron un paso sobre la acera en la calle para evitar a tres burros pesadamente cargados cuyas colas afanosamente espantaban a un enjambre de moscas negras de un lado a otro. Una pila de estiércol en la acera y los burros lo esparcieron con sus pezuñas, desviando su peso desasosegadamente de una pierna para la otra, ocasionalmente avanzando a brincos impacientemente en sus sogas del cabestro. El dueño del burro, entretanto, comprometido desde adentro animó la conversación con el dependiente en la abarrotera, la tienda de comestibles. El dependiente a escobazos trataba de barrer el estiércol en la calle cuando los burros salieron. Una chica descalza, de cara sucia en un vestido café deslustrado estaba parada enfrente del dependiente comiendo un helado, un barquillo de helado, y observó a Luis y al profesor curiosamente. La incógnita en la comunidad, Luis les causaba algunas miradas fijas, muchos de ellos audaces y obvios, un desconocido es siempre combustible para la especulación en un pequeño pueblo.

Pisaron uno que otro cien pies, y entonces se detuvieron a mirar un hueco grande llenó de barro y agua. Los trabajadores estaban alrededor con indiferencia, su bomba ociosa, en espera para hacerla funcionar. El profesor no tenía duda que el hueco estaría allí al final de la semana.

La oficina de correos siempre tenía algunos merodeando, hombres discutiendo negocio o política y su exterior exhibía una fachada de yeso blanco sucio con grietas cubiertas de telas de araña en todas las direcciones. Luis inclinó su sombrero

81

blanco saludando a un grupo en la acera antes de entrar en la oficina de correos. Una sola bombilla de cuarenta vatios alumbraba débilmente el techo alto del cuarto, lanzando sombras encima de las paredes rosadas descoloridas. El yeso agrietado del techo colgaba flojamente, amenazando con caer, mientras un hombre viejo barría una pila de suciedad a escobazos, renuente para ponerle a ella en un bote y terminar el trabajo temprano. Un hombre delgado, quedándose calvo, era el dependiente postal recostado perezosamente en un mostrador forrado en formica quebrado los observó con interés.

— ¿Sí? dijo, moviéndose.

—El administrador de correos, por favor, Luis indico, colocando ambas manos en el mostrador e inclinándose hacia el dependiente.

—Él no está hoy, señor. El dependiente apartó la mirada.

— ¿Entonces quién es ese? El profesor señaló hacia una oficina en la parte trasera donde un hombre clavó los ojos en ellos a través de una ventana de vidrio.

—Ese es el administrador de correos, pero él está ocupado hoy, señor. ¿Qué puedo hacer por usted?

—Usted puede ir por él...ahora mismo. Luis le lanzó su identificación para que la inspeccionara.

El dependiente frunció el ceño. —Sí, señor, él dijo a regañadientes. Veré si él puede hablar con usted, y camino hacia adentro.

—Espera, Luis dijo, agarrando su brazo, — me presentaré. Él invito a que David se uniera a él cuando doblo la esquina del mostrador y se dirigió hacia la oficina trasera.

Luis abrió con un empujón la puerta, descubriendo al administrador de correos en una silla acojinada con sus pies en la parte superior de un escritorio. Él tenía una botella verde de refresco en una mano y su otro brazo descansaba sobre un estómago voluminoso. El administrador de correos, Mario Cifuentes, los invito a sentarse en dos sillas vacías. Mientras se sentaron, él los evaluó.

—Policía, manifestó rotundamente.

Luis, — federal, se presentó, enseñándole su identificación, pero Mario lo ignoró.

— ¿Qué quiere usted? Él articuló mal su pregunta tampoco era amigable más bien ceñuda. Apenas desembriagándose, su cara rojiza colgada en entramados de cáñamo alrededor de su cuello y sus vasos capilares explotando coloreaba su nariz bulbosa. Un hombre de gran tamaño, casi dos metros, su estómago estiraba los botones de una camisa guayabera.

—Información, señor. Luis atisbó la botella de la bebida gaseosa.

— ¿Bebe usted siempre tequila en el trabajo?

—Es mezcal...y sólo cuando estoy trabajando, él replicó sarcásticamente. ¿Qué información tendría un bajo administrador de correos que sería de beneficio para la policía?

La cara de Mario expresó una pequeña emoción y él no mostro miedo del distintivo de Luis. Él esperó haber sobrellevado un buen número de quejas y numerosas batallas políticas, y probablemente había sido el administrador de correos en Batopilas por veinte años. Le pertenecía al PRI, el partido político gobernante del país, y su familia probablemente tenía dinero. Las conexiones lo mantuvieron firmemente arraigado en su posición; él tenía pocos motivos para temer a los dos investigadores. Y eso es lo que él tenía, una posición, no un trabajo. Él probablemente no había ordenado el correo o había hecho cualquier trabajo postal relacionado durante su tenencia como administrador de correos. Daba la apariencia de ser inmediatamente reconocido como un burócrata presumido, políticamente conectado, como muchos de los otros funcionarios públicos de clase media en el país, todos ellos debiéndole su posición al partido político PRI.

—El coronel Cedras me dice que usted es un hombre muy informado. Él dice que muy poco ocurre en la tierra del cañón.

—Chingada, Mario replicó, tomando un sorbo de la botella de Sidral.

— Podría decir lo mismo del Coronel Cedras. Él es el que conoce contrabandistas que rastrean los federales e indígenas que roban.

Luis dejó a la declaración pasar sin rencor, consciente de que ese Mario fácilmente podría ayudar si él deseara, u obstruir la investigación ahí, no cooperando.

— ¿Qué ha escuchado usted acerca del secuestro? Luis observó a Mario de cerca.

—Nada. Mario recorrió con la mirada a Luis, después a David, esperando para un reto por su negativa.

— ¿Nada? Luis repitió, como encontrando la declaración curiosa. Él se movió para estar sentado sobre el borde del escritorio lleno de cicatrices del roble de la revolución, del administrador de correos.

— ¿A quién le ha hablado usted? Mario tomó otro sorbo del mezcal.

—El joyero Omar, y fray Leo.

Mario gruñó, les sonrió astuto, y dijo, — usted frecuenta compañía áspera, capitán.

— ¿Así? dijo Luis. — Me dice a mí, señor, por qué le diría usted al Coronel Cedras que el diplomático pensaba quedarse y tomar vacaciones en el Hotel Mari, ¿por qué no compartir la información conmigo?

Mario, tomando un sorbo de la botella, casi respiró fuertemente y con dificultad. Él se limpió la boca, miró primero al profesor, después a Luis.

Sus quijadas temblaron. —Vi una tarjeta de reservación que la señorita   envió al hotel y le mencioné a ella de paso al buen Coronel. Estoy sorprendido él recordó. El administrador de correos desvió su peso, incómodo.

— ¿Cualquier otro sabe de la reservación? ¿Alguien oyó sin intención su conversación con el Coronel Cedras?

Mario se encogió de hombros, pensó un momento, y entonces dijo, —el hijo del joyero, Ribi, estaba recogiendo el correo de su padre. No sé...Fray Martin pudo haber estado por ahí. No recuerdo. Él fingió indiferencia.

—Está bien, entonces. Cuénteme sobre sus problemas con fray Martin.

Mario palideció. —Lo Que lo...él arrancó sus botas de la parte superior de un escritorio y se sentó derecho en su silla.

— ¿Qué sabe usted de mi...ah...mis pláticas con el buen capellán?

—Sé que no se volvieron tan buenas. Sé que le acusó a usted de abrir el correo del Obispo de Chihuahua...

— ¡Mentiras! Mario dijo a gritos. — ¡Un montón de malditas mentiras! Su cara rojiza se puso pareja más ruborizado y los vasos capilares quebrados en su nariz se volvieron morados. El Coronel Cedras no tiene derecho de hablar...

El profesor observó el drama desarrollarse. Luis no le había contado nada sobre sus conversaciones con el policía anoche o con Coronel Cedras esta mañana. Pero el coronel casualmente había implicado al administrador de correos revelando una conversación. ¿Cedras tenía una cuenta pendiente, o él quiso auxiliar en la investigación? ¿Quién más

85

supo de la visita inminente del diplomático? Mario ya había mencionado a Ribi, quien le pudo haber dicho a su padre, y fray Martin pudo haberlo sabido, también. Seguramente el personal del hotel sabia, ¿y a quién le pudieron decir? David sintió una excitación familiar en crecimiento que siempre acompañaba a un descubrimiento o una cuestión sin resolver. La tensión palpable permeó el cuarto.

Luis interrumpió al burócrata matamoros.

—Escuche, señor. No estoy aquí para jugar. Fácilmente podría llamar a la oficina del obispo en Chihuahua quien, estoy seguro, estaría encantado de archivar otra queja estimando su comportamiento inescrupuloso.

—El asunto se ha resuelto. No hay necesidad. Mario aspiró profundamente, en ese entonces dio un tirón de la botella, hizo una mueca y dijo, — ¿Qué quiere usted saber? No sé nada acerca del secuestro. Todo el mundo ha hablado acerca de eso, pero es vieja noticia ahora.

— ¿Entonces cuál es la noticia reciente? ¿Qué ha estado siguiendo por aquí? Ninguna espera...Luis rápidamente cambió su línea de dudar. Cuénteme sobre el joyero y su hijo. En este momento quiero saber todo acerca de fray Martin.

— ¿El joyero? ¿Omar? Mario estudió la cara de Luis, para revisar lo que él sabía de Omar y cómo podría relacionarse con el secuestro, evaluar su importancia. ¿Estaba el joyero planificando algo de lo que Mario no sabía?

Abriendo sus brazos a lo ancho. — ¿Qué puedo decir? Él es un estafador bien conocido...y tal vez más. Depende con quién usted platique.

— ¿Qué hace ese término medio? Luis se acercó bastante al burócrata gordo.

Mario se encogió de hombros otra vez. —Oigo historias...historias de Omar ocasionalmente matando a un

86

indígena o defraudando a alguien. Usted sabe, las cosas usuales.

¿Las cosas usuales? David pensó.

—Él es un bandido, Mario continuó a regañadientes, enunciando cada palabra lentamente. Omar ha residido alrededor de Batopilas por treinta años. Él vino de alguna parte, Afganistán, pienso, para trabajar como un explorador y joyero. Su familia tiene dinero, pero todos ellos viven por allá, él señaló, en ademán de indicar el otro lado del océano, pero no tienen nada para hacer con él ya; algo acerca de dejar a una esposa y una familia atrás. Él ha esperado por años, tratando de hacer un descubrimiento grande, intercambiando y defraudando a los indígenas. Él es un ladrón y un mentiroso, y por ahí dicen que él ha matado a más de un indígena. Los Tarahuamaras le evitan si pueden, si bien bromean y cuentan historias sobre él. El niño es su hijo ilegítimo con una mujer india que murió dando a luz a su segundo niño. El niño murió en el nacimiento también. Ribi se crió por una nodriza y lo oculto en la misión. A veces él está viviendo con Omar, a veces con los indígenas. Él actúa como un indígena, sin embargo. Omar le utiliza como un mediador para intercambiar con los indígenas, pero él no es de fiar. En verdad, a mí la clase como él...tanto como a usted me pueda gustar un indígena, eso es. Él tomó otro sorbo de mezcal. — ¿Por qué pregunta usted?

Luis ignoró la pregunta. — ¿Por qué él no querría que nosotros habláramos con Fray Martin?

El administrador de correos se encogió de hombros, — ¿Quién sabe? El sacerdote oye confesiones. Él conoce a muchas personas, y hay siempre una tonta en condición de confiarle sus problemas a él. Él es mero...cómo diría usted eso...activista con los indígenas.

— ¿Activista? Las cejas de Luis se arquearon, enigmáticamente.

Mario vaciló, combatiendo el impulso para exclamarlo de repente.

—Él es un maldito buscapleitos, un capitán. Él es un medioambientalista que se amarra a un árbol y un alborotador entre los indígenas. Que no vale una mierda como sacerdote tampoco, si usted me pregunta.

— ¿Por qué dice usted eso? David preguntó, interesado en cualquier cosa que tuviera que ver con indígenas.

—En primer lugar él es un indígena por sí mismo, o medio de cualquier manera. He conocido a su familia por años. Su madre es una antropóloga china de Los Ángeles que vino a estudiar a la Tarahumara. Ella se enredó con el padre, una persona que cura, y tuvo un par de niños con él antes de intentar llevar a los niños de regreso a California con ella. Los niños terminaron viviendo en una misión jesuita. Uno de ellos, nuestro Fray Martin, eventualmente se hizo sacerdote.

— ¿Qué le ocurrió al otro?

—Él no podría decidir ser un indígena o un mestizo. Él residió en la misión, fue a los Estados Unidos por algún rato con su madre, cuando volvió se fue para estar viviendo con los cimarrones, los salvajes. No le he visto en años. Él está probablemente muerto hora. Pregúntele al sacerdote si usted en realidad quiere saber.

—Por qué dice usted que ese fraile. ¿Martin es un alborotador? Luis preguntó.

Mario gruñó con repugnancia. —Él pasa más tiempo con ellos que lo que él hace aquí en Batopilas. Además...oigo historias.

— ¿Qué clase de historias? El profesor le presionó más.

—Las historias acerca del buen sacerdote participando de

sus ritos religiosos paganos. Él entra en los cañones y los arranca de sus cavernas sucias para predicarles y decirles que su religión es similar a la Cristiandad. Su padre fue un chamán y le enseñó toda la base vieja india de conocimientos y los rituales. Mario vaciló, renuente para decir más, pero el mezcal había hecho que se aflojara la lengua. El obispo está furioso con él.

Aha! pensó David. Mario había revelado la razón de su disputa con el sacerdote. El administrador de correos había estado leyendo la correspondencia del obispo para fray Martin y el sacerdote se habían quejado. El administrador de correos había puesto su trasero gordo quemado por la Iglesia. Tan descontentos estaban con fray Martin, que estaban parejos porque lo que más les disgustaba era que alguien leyera el correo oficial.

— ¿Qué más? Luis quería más.

— ¿Qué quiere usted? Le he dicho de todo. Uno debe ser cuidadoso en un pequeño pueblo, capitán. Hasta un hombre como usted pueda hacer enemigos rapidísimo. Dios es clemente. Excepto Fray Martin... ¿quién sabe? Él es un hombre de gran pasión y cree muy fuertemente en lo que él hace. Un sacerdote es más poderoso que el gobierno a veces, usted debería saber eso, especialmente en un pequeño pueblo como Batopilas. Fray Martin se forma un juicio sobre todo, y él es consultado antes de que casi cualquier cosa esté acordada en esta comunidad. Le aconsejaría a usted que se moviera con precaución con su investigación.

Luis masticó su labio inferior y consideró la admonición de Mario. El federal pareció renuente para salir, pero entonces dijo, —Gracias por la información. ¿Puedo asumir que usted será así de cooperativo la próxima vez que hablemos?

—No habrá próxima vez, capitán. No a menos que usted

pueda hacer arreglos para venir cuando todo el pueblo no sepa que usted está aquí. Él comenzó a beber de la botella pero lo tragó de un golpe en lugar de eso, miró hacia arriba y dijo, —Si usted anda buscando a fray Martin, él está en Satevo.

—Sí, el profesor interrumpió. El viejo sacerdote en la rectoría nos dijo que él está experimentando alguna suerte de ejercicios espirituales.

Mario bufó. — ¿Los ejercicios espirituales? Ni en sueños. Busque a Fray Martin en la iglesia abandonada. Si él no está allí, siga a los indígenas a una tesgüinada si usted quiere encontrarle.

Le dejaron al administrador de correos en su cuarto débilmente alumbrado y casi su botella vacía de mezcal. Él nunca miro cuando empezaron a salir. David le siguió a Luis a través de los pasillos polvorientos, pasando por el dependiente curioso, en la luz menguante. El Cañón de Batopilas fue envuelto en un gris, y el profesor ansió regresar a la comodidad de sus libros en la cabaña.

— ¿Qué es un tesgüinada? Luis preguntó cundo caminaban a grandes pasos hacia el Camino Real y su jeep.

—Una tesgüinada es una celebración india. Beben una buena cantidad de cerveza de maíz y actúan como indígenas. El profesor le dio una tonta pero simple explicación.

— ¿Oh sí? Luis se vio interesado. ¿Eso quiere decir que a nuestro sacerdote errante le gusta hacer fiesta con los indígenas?

—Podría ser.

— ¿Has asistido a una tesgüinada, David?

—Algunas, el profesor contestó, débilmente. Él sabía a dónde iba la pregunta.

—Bien. Tú me puedes mostrar cómo actuar mañana

cuando vamos a Satevo. Pienso que podemos aprender más participando de acontecimientos culturales locales, ¿Y tú? El federal sonrió con picardía.

—Luis, tu eres un buscapleitos que se confabula, masculló al profesor.

—Gracias, profesor. Pienso que tú eres un buen detective, también. Él respondió el insulto bromeando y devolvió una sonrisa. Qué absurdo, te compraré una bebida en "El Perdido Otra Vez".

— ¿Qué? Tartamudeando el profesor, contestó asombrado.

—Tenemos una cita con el Coronel Cedras a las cinco. Él rápidamente miró al profesor para confirmar su incomodidad. — Te estás poniéndose rojo, gringo. Pero no te preocupes. Las chicas no salen hasta la oscuridad.

Omar Maquina Planes Secretos

Omar irritablemente golpeó ligeramente la bañera de metal. Con la conciencia que los acontecimientos habían ocurrido sin que él tuviera el conocimiento colocó a personas de mucha importancia sobre su mente. En lo que se refiere a quienes eran él no tenía la pista. Tomó un sorbo de té de ginseng y consideró cuidadosamente este dilema mientras remojaba su trasero desnudo en la bañera de metal de agua caliente y hierbas. Sus piernas yacían recargadas sobre el borde de metal, él ociosamente rastreaba burbujas en la superficie del agua con su dedo. Ese hijo bastardo que él había criado era una parte del problema. Él nunca debería haber dejado al niño vivir. Habría sido mejor estrangularle en el nacimiento en vez de sufrir la deshonra de hacer que su semilla resultara tan mala.

Cuando el joyero más lo necesitaba, Ribi siempre se comportaba como un maldito indígena, y cada vez que Omar lo dejaba regresar a la casa lo mismo ocurría. El joven había prometido echarle una mano, pero Omar supo que él no lo haría. Lo que él quería del joven, Ribi no era capaz de dar. En primer lugar, él no comprendía el concepto de ganancia. ¿Por qué hubo escogido Alá en lugar de enviar a un hombre de negocios a un niño que no tenía comprensión de la cosa más importante en la vida?

Hace seis meses Omar había enviado a Ribi a la tierra del cañón con un inventario sustancial de bienes a comerciar con los indígenas. El joyero había sido muy específico y había dado a Ribi las órdenes sobre qué   comprar y qué comerciar: una tarea simple. El joven había vuelto dos semanas más tarde llevando una caja de rocas coloridas sin valor, acero, pirita y turquesa, si usted lo puede creer, y una caja de títeres de juguete comprados al El Hombre de la Serpiente en el Cañón del Hueso. Cuatrocientos dólares se perdieron.

Y ahora su hijo había cometido un error diciéndoles al federal y al arqueólogo acerca del Jaguar Feroz. No es que la información no estuviera allí afuera, todo el mundo había escuchado acerca de él. Omar no creía cualquiera de las historias por un segundo, viéndolas como disparates supersticiosos de los indígenas ingenuos, crédulos promoviendo el mito. Y aunque él se sintiera bastante confiable de la identidad real del Jaguar Feroz, Omar pataleó de irritación que su hijo inadvertidamente había, puesto a esos dos entrometidos en el rastro del hombre. Él pensó las oportunidades de encontrarle si fueran algo, pero nada era cierto, y Omar quería llegar a él primero que cualquier otro. Él sentía ciertamente que El Jaguar Feroz sabia la respuesta del secreto que él había buscado tantos años, el lugar de las piedras verdes que el federal tenía en su poder.

Omar tendría que encontrarse con lo que estaba ocurriendo. ¿Quizá una llamada para el Coronel Cedras ayudaría? O, si él se desesperara, él le podría pagar a ese Cifuentes infiel borracho para obtener la información. Ambos le debieron decir, especialmente Cedras, pero el Coronel cambiaba de piel como una serpiente y él le podría malherir si no fuera precavido. Todavía, Omar podría tener que llamar a su anterior cómplice del crimen. Aunque el Coronel ya no le ayudara a pasar de contrabando artefactos precolombinos, Omar frecuentemente oyó rumores que el Coronel Cedras estuvo en el negocio de la heroína pasándola de contrabando.

Omar había sido cuidadosamente curioso en lo que se refiere a por qué no había habido movimiento para investigar el secuestro de la diplomática. Pero de todas formas, él no habría esperado que alguien viniera a investigar aquí. Batopilas, un pueblo estancado colonial, no prometía nada para el aventurero; ningún terrorista, ciertamente ninguna vida nocturna, y la mayor parte de las minas de plata desde hacía mucho tiempo habían cerrado o producían tan poco como para ser apenas lucrativas.

Él casi había olvidado a la diplomática secuestrada, como él había estado preocupado con la glándula de la próstata dolorosamente hinchada, y a él le podría importar menos acerca de la desaparición de una mujer de edad madura, aunque ella afirmara ser una diplomática. La idea le dio la apariencia de ser cómica, en verdad. ¿Un diplomático femenino? ¿Qué sabe una mujer? Sólo un país de no creyentes dejaría a las mujeres alzarse sobre su condición. Una mujer correspondía a la cama de un hombre o a su cocina, y las pretensiones ridículas de las mujeres de la novela del Oeste nunca dejaron de asombrarle.

Después de estar parado y doblarse todo el día, la llegada del federal y el arqueólogo había atrapado a Omar por sorpresa. Él había sospechado del profesor cuando recién llegó a Batopilas dos meses atrás, y así también había vigilado sus actividades. Pero el profesor nunca había vagado lejos del cañón del Águila, y Omar pronto perdió interés. Los estadounidenses no presentaban amenaza para encontrar la fuente de la joya del jaguar, y él probablemente incluso no había sabido de su existencia hasta que su amigo el federal, apareció y que Ribi, habló acerca del Jaguar Feroz. Condeno a ese joven, igual.

Omar había reconocido las piedras inmediatamente. Habían sido   propiedad del viejo chaman que Omar había despachado al infierno. El hombre viejo había sido rudo, y había muerto poco a poco, pero él no había revelado el lugar de la joya maravillosa que él ocasionalmente traía para intercambiar cuando él necesitaba dinero.

Y ahora un arqueólogo y un federal estaban olfateando alrededor. ¿Cómo podían estar relacionadas las piedras al secuestro del diplomático?   Debería haber preguntado, se percató, y esto envenenó su estado de ánimo más aún. Él tuvo cuidado con mostrar el interés mismo o los otros podrían haberse dado cuenta de su valor verdadero. Peor aún, los cañones serían inundados de idiotas yendo en busca de la vena originaria. Él tendría que proceder con precaución. Primero llamaría a ese bandido, Cedras, y si eso no produjera nada más que la información, tal vez él tendría que visitar al profesor y el federal cuando no estuvieran en casa.

Un calambre suave siguió una punzada de dolor en su próstata y él fijó su atención en su entrepierna. Él se sentó en la orilla de la bañera grande de agua caliente en su embaldosado cuarto de baño, uno diariamente era un ritual ahora, fantaseando acerca de la joven chica india esperando en su dormitorio. Ella había sido una buena compra y fue bien informada de sus labores rápidamente. Omar alcanzó a darle masaje a su ingle, ansioso para que ella le aplicara el ungüento grasiento que él había comprado a la mujer de avanzada edad. La chica se había vuelto avezada. Ella frotaría la medicina maloliente en su entrepierna y le daría masaje a su próstata hasta que fuera absorbida. En ese momento ella le persuadía con ruegos y le acariciaba produciéndole una erección, entonces terminaba con su boca.

Un método meramente terapéutico, él sonrió abiertamente, divertido en su propio ingenio, recomendado y establecido como una norma por el doctor. Pero el doctor no tenía credenciales, y por Alá que ella era fea; una indígena, de ojo legañoso, una chamana, la hermana de su primera mujer de la casa y la tía de Ribi. Pero ella sabía sus cosas. Omar no quería saber el contenido de la poción; él quería asegurarse que él puso más de eso. La medicina o la chica ayudaban, él no supo cuál, y dos veces en la última semana él había experimentado erecciones espontáneas en el trabajo cuando fantaseaba acerca de su masaje nocturno.

—María llegó la hora, él le llamó a ella. — Tráigame una toalla y prepare la cama. Tengo planes especiales para usted esta noche.

Un delgado vestigio de una chica, apenas de trece años, parada a pie pelado en el cuarto con una toalla y el frasco de ungüento. Cuando ella se dobló para ayudarle a salir de la bañera, él la abofeteó tan duro que le produjeron lágrimas en sus ojos.

—Tú tienes algo mejor que eso, él le reclamo. — Nunca me toques sin preguntar primero...y quítate ese vestido sucio. Odio esa mierda india que llevas puesta.

La muchachita cumplidoramente se quitó su vestido colorido y ropa interior. Ella esperó sus instrucciones esta vez, su cara era una máscara de desesperación y miedo.

Es importante que tú te entrenes bien, le dijo Omar, y todavía más importante es que tú te agaches por tu propia voluntad antes de ir al dormitorio. Esta noche te he prometido que será una noche para recordar.

Un Ejercicio Espiritual

El éxtasis fue anunciado con grandes titulares por Fray Martin cuando él se quedó con la mirada fija como invidente en una cruz suspendida de la viga de cedro del techo en forma de domo de la iglesia bastante desierta.

Construido con el trabajo de los indios en los inicios de 1700, había sido terminado. Una luminiscencia pálida se filtró a través de las ventanas con vidrios con dibujos coloreados, y el sonido del agua espumosa precipitando del exterior del rio Batopilas. En sus rodillas por dos horas ahora, Fray Martin había trascendido todas las distracciones iniciales de rezar el rosario, devotamente susurrando la tercera década de los Misterios Entristecedores. El ritmo repetitivo del Ave María le sujetó cautivado, encubierto en la prenda abrigadora del amor de Dios.

Doscientos años de polvo y escombros yacían virtualmente ecuánimes. Las estatuas chillonamente pintadas estaban sobrepuestas sobre el altar, y el jugo púrpura (la sangre de Cristo), manchando las paredes. Una plétora de fetiches, máscaras de madera, coronas de espinas, hasta una cruz de cedro esparcidas a todo lo largo de la iglesia. Habitaban las esquinas y enclaves oscuros, testimonio para las tradiciones religiosas enredadas feroces y confusas de fe, irremediablemente trenzadas entre las creencias indígenas y la

Cristiandad criolla. El sangrante Cristo, su cara retorcida en agonía, había estado pintada encima de la pared de la izquierda. Descolorida ahora, la imagen había sido "retocada" por vándalos para presentar a una deidad más india, creíble. No obstante, representaba un símbolo y retrato energético de sincretismo religioso, la mezcla de creencias.

Fray Martin, un sacerdote jesuita, casi completaba su tercera semana de Los Ejercicios Espirituales, un sistema de contemplación y las disciplinas religiosas diseñadas por San Ignacio de Loyola para despertar la convicción del pecado y sus consecuencias, para inspirar una conciencia de vida terrenal de Jesús, y saber Su pasión y su resurrección. Si se completaba correctamente, los Ejercicios Espirituales desarrollarían en el mendigante una constante condición de calma interior que auxiliaría para hacer una decisión crítica o determinar la ruta general de vida de uno.

Fray Martin, un individualista brillante, experimentó una crisis de vocación. El obispo en muchos casos recibió informes alarmantes del fraile. Acerca de las actividades de Martin y tuvo que llamarlo dos veces a Chihuahua para explicar sus actividades y sus métodos a un concejo incrédulo de teólogos. Habían escuchado sorprendidos y con cierta alarma como él explicaba sus interpretaciones de los Evangelios y cómo los usó para convertir a los indígenas.

Todo ello parecía muy simple para fray Martin. Hasta un niño lo podría comprender. Las religiones nativas de México eran imágenes idénticas de creencias cristianas. Usted sólo tenía que abrir su imaginación para reconocerla. Considerando la costumbre india antigua del sacrificio humano, él les dijo, ¿no puede ver usted un paralelo espiritual en la doctrina de la iglesia de la transmutación? Es simplemente una forma de canibalismo ritual. Lean la literatura, él presionó, estas personas creen en el pecado, cielo e infierno, y el Sacramento del Matrimonio. Estas personas usaron la cruz de nuestro Salvador como un símbolo antes de que los Conquistadores vinieran.

Para Fray Martin, las enseñanzas de Cristo habían validó una miríada de mitos y fábulas indias. Estas historias existieron en todas las culturas primitivas, pero habían sido reducidas y se habían corrompido para reabastecerse de una forma significativa sólo dentro del contexto del sistema de creencia de esa cultura. Fray Martin creía que él tenía la llave para la traducción. Él afirmaba comprender estos principios universales, y él sabía, con una convicción anclada en su fe, que Dios le había hablado a estos hombres primitivos y les había instruido. La Iglesia necesitaba a una persona que comprendiera a los indígenas y sus creencias religiosas, alguien como él mismo: medio indígena, brillante, y culto como un jesuita en la tradición más fina de excelencia académica.

Fray Martin se había convertido en un forajido religioso; en esto estaban de acuerdo sus colegas y sus antepasados. No tuvieron objeciones estimando su intento, los Conquistadores fácilmente habían construido iglesias en sitios sagrados paganos y habían promovido creencias religiosas sincréticas, pero sus métodos permanecían dudosos y   sospechosos de la teología. Además, éste es el siglo veinte, no el año 1500, y los métodos de la vieja iglesia habían estado condenados. Pero la Tarahumara quedó inflexible, una de las pocas tribus indias no convertidas, más que 50,000 de ellos, todavía siguiendo viejas creencias religiosas y practicando un estilo de vida esporádico, tradicional ileso por la sociedad moderna.

Esto incrementó muchas preguntas. ¿Podría el fraile Martin convertir a los Tarahumaras usando sus incuestionables métodos? ¿Era eso ético y moral para dejarlo proceder? Deberían volver la espalda y ver si el Espíritu Santo realmente avanzara con dificultad a través de fray Martin, ¿o le deberían disciplinar por su activismo y acerca de sus creencias cismáticas? Estos estaban muy molestosos por los antepasados cómodos, ortodoxos, y se sintieron renuentes para actuar.

Su respuesta, típicamente, no conllevó hacer nada. En lugar de eso estuvieron de acuerdo con Fray Martin, sin embargo inteligente y bienintencionado, necesitaba examinar su propia vida y sus propias convicciones para la fuente de su motivación. Él estaba fuertemente animado para regresar a Chihuahua, comenzar el ejercicio espiritual Jesuita, y experimentar y recibir consejos. Si bien él sabía que la decisión estaba mal, él aceptó la invitación para meditar, pero rechazó ir a Chihuahua, y decirles que él sabía de una mejor iglesia para aguantar este período intenso de reflexión y meditación.

Él había escogido esta iglesia del siglo 17 abandonada, y aquí había gastado la mayor parte de tres semanas meditando, deteniéndose sólo a involucrarse a sí mismo en una aventura crítica con su hermano y convertir   a los indígenas.

Durante la primera semana, él a regañadientes hubo resistido sus propias recriminaciones de pecado, un área en el cual Fray Martin no se sentía completamente seguro. Tomando por ejemplo, los actos de sabotaje que él ayudó a su errante hermano a ejecutarlos. Permanecía como un dilema moral. Seguramente él podría asumir estas actividades en la causa de Cristo, ¿verdad? ¡Las fábricas destruían la cultura india y contaminaban la casa de Dios para el hombre! Todo el mundo se beneficiaría cuando las fábricas cerraran, incluso los accionistas. Los salvaría del pecado y la condenación que era el resultado de poseer acciones en un negocio deshumanizante.

El secuestro de la mujer diplomática, eso había sido necesario también, ¿no lo era? El fin justifica los medios. Los políticos y las corporaciones no tenían conciencia y eran capaces de todo para construir la presa del Águila. Miles serían desplazados y sin hogar, la tierra dañada y contaminada y un antiguo estilo de vida desaparecerían de la tierra. Fray ¡Martin tenía su propia herencia! Sólo Dios y la Cristiandad podrían salvar al Raramuri, los Tarahuamaras. Sólo la Cristiandad le podría tener a su gente algo en común con el resto del mundo cristiano, y sólo esta conciencia los podría unir y los podría facultar a controlar su propio destino.

Desafortunadamente los Raramuris se comportaban como niños y necesitaban un guía. La salvación llegaba comprendiendo su sistema tradicional de creencias a través del punto de vista cristiano, y sólo fray   Martin los podría guiar hacia esta meta. De esto él estaba seguro. Como un Tarahumara Cristiano, todo ello le daba un perfecto sentido. La iglesia necesitaba ser menos ortodoxa y los indígenas más maleables.

Hasta ahora los Raramuris habían mostrado un interés pequeño en sus ideas y las interpretaciones de sus creencias. Pero confiaban en él, y le llevaban la corriente en sus intentos para reinterpretar y volver a promulgar sus rituales con él como coreógrafo, especialmente cuando él pagaba por la cerveza de maíz y patrocinaba la celebración. Fue un comienzo. Él esperó que el obispo se mantuviera apartado de eso, y para esto Fray Martin rezó fervientemente, viendo una analogía entre su trabajo entre los indígenas y el ministerio de Jesús entre los judíos. Ambos eran personas antiguas con tradiciones enriquecedoras, pero sus creencias religiosas necesitaban una fina sintonía y reexpedición hacia la verdad de la Cristiandad.

Él se movía hacia la cuarta década de los Misterios atormentadores, nunca perdiendo el pulso en su ritmo devoto. El enfoque esta semana fue la pasión de Cristo, era el ejercicio favorito de Fray Martin hasta ahora. En particular pertinente, así él lo creía, en vista de su propio involucramiento en ayudar a secuestrar a la mujer diplomática y su persecución por el obispo. La fe era el motor y la pasión el combustible. Los hombres menores tenían que moverse a un lado. Fray Martin era un hombre de acción.

Luis Decide Ir a Solas

Una brisa tibia matutina del valle fértil sureño en el cañón Batopilas llevó el perfume dulce de humus caliente y la vegetación decadente del río. Luis yacía dormitando en su catre en la cabaña, pero el profesor se había levantado a las 6:00 a.m., inquieto y ansioso para comenzar el día. Él había declinado la invitación de Luis para encontrarse con el Coronel Cedras en la cantina "El Perdido Otra Vez", optando en lugar de eso por llamar a Alexandra y reportarse y, finalmente, llamar a Dr. Pascual Atunez en la Universidad de Chihuahua para conocer el resultado del análisis de las piedras preciosas.

Los resultados le intrigaron; especialmente dentro del contexto de la información que él había recibido en el contenido de las muestras del río enviadas dos semanas antes a Chihuahua.

Las piedras verdes bellas daban la apariencia de ser jadeíta, una piedra preciosa. Aún más notable, brillantes casi translúcidas y cercano a perfectas. Aunque el jade venga en diferentes tipos de piedra nefrítica de colores, y al menos otra variedad, estas piedras acaparaban atención. Por sus cualidades especiales, podrían valer miles de dólares cada una.

Una pregunta fascinante ¿De dónde eran originarias? El

103

Análisis por Activación del Electrón las había mostrado ser jade, pero ningún registro conocido de cualquier piedra originaria comparable existía. Aunque el jade se hubiera encontrado en Guatemala, California, y Columbia Británica, ninguna vez habían sido descubiertas en el norte de México, si bien hubo muchos ejemplos de jade precolombino en entierros y las obras de arte saqueadas durante La Conquista. Esta jadeíta no correspondía a la estructura molecular de otros especímenes conocidos, y ninguno de los ejemplos de jade aparecía incluso cerca de la calidad superior de estas piedras. El profesor una vez había visto una sortija con un cabuchón de un centímetro de jade birmano, el jade más alto de calidad, que había costado sobre treinta mil dólares. La mejor calidad costaba tanto como cincuenta mil dólares una onza, una cantidad increíble. ¿Vinieron estas piedras de Birmania?

El Dr. Atunez no pensaba así. Una de las muestras del río había presentado trazas de jadeíta. El profesor había tomado la muestra del Rio Urique, un subafluente que serpenteaba a través de una sección remota, deshabitada de las sierra antes de desembocar en el área de la planicie de la Reserva del Águila. Muchas corrientes más pequeñas salían de los cañones más altos y en el Urique, y muchas de ellas venían de un área que no figura en el mapa del norte y al este de Batopilas que Omar, el joyero, habían llamado los "cañones perdidos". David había estado en su periferia y él se acordó de cómo se habían formado así de adustos. El Rio Urique fluía con una serie de cataratas innavegables en un cañón estrecho, puro, y las paredes del cañón de trescientos metros con peñascos llenos de riesgos y solo caras de los acantilados rodeaban muchas de las corrientes más pequeñas. Hasta los Tarahumaras tenían dificultad para internarse y explorar el área.

Si el Dr. Atunez estaba en lo correcto, la fuente primerísima de jadeíta mexicana podría yacer en alguna parte del área Perdida del Cañón. Pero sería casi imposible localizar la enorme área que daba la apariencia de ser imposible de cruzar. Era como ir en busca de una aguja en el pajar.

Luis meramente hubo arqueado sus cejas pobladas cuándo distinguió esto, y el gringo contestó, —necesitamos tener más que una idea, entonces se quitó sus botas en el catre. Cinco minutos más tarde él estaba roncando.

El profesor, por otra parte, no podría pensar acerca de nada más. El jade mantiene una fascinación especial para arqueólogos porque se encuentra frecuentemente en conjunción con símbolos religiosos y las obras de arte. El jade encarna los ejemplos más bellos de una parte del mundo del arte. Él sintió el cosquilleo familiar que siempre acompañaba un misterio, así como también una picazón que sólo podría desaparecer buscando y encontrando la roca originaria. Esta picazón probablemente   no se la rascaría, sin embargo, porque él no tenía intención de emprender un viaje tan lleno de riesgos, especialmente con Luis conduciendo una expedición.

Las cejas de Luis se contraían, necesitamos darnos más que una idea, acarreaba una inferencia fuerte. ¿Luis supuso que si encontraran la fuente de jade encontrarían al secuestrador? ¿En los Cañones Perdidos? No lo permita el Cielo. Si fuera así, ella podría permanecer secuestrada. Luis podría ir a eso a solas si él tuviera la intención de poner en escena una excursión en la tierra del cañón del rio Urique. El profesor lo llevaría a Satevo a buscar a fray Martin si él se esperara, pero eso sería todo. David tenía un montón de trabajo, y Luis igual.

Como él estaba sentado sobre el borde de la ribera sobresaliendo en altura a una catarata hirviente, él alcanzó a oír una risa remota y empezó a rastrear su fuente. En el banco opuesto, cerca de una curva en el río, cuatro mujeres indias en blusas coloridas aguantaron con sus faldas largas caminatas a gran altura, y lavaban ropa sucia en el río. Lavaban cada parte individualmente, golpeándolas contra rocas grandes en el río y entonces fregándolas antes de extenderlas sobre rocas secas en la luz del sol brillante. Dos mujeres más se unieron a las otras, y pronto más risa y más murmuración fueron a la deriva abajo del paisaje del río.

Luis se levantó y salió fuera de la cabaña, bostezó y se desperezó, entonces en voz alta pronunció un saludo antes de cruzar el camino de tierra y aparecer por el lado del profesor.

—El río es bonito y poderoso, David. Él bostezó otra vez.

— ¿Cuándo salimos para Satevo?

—Alrededor del mediodía.

— ¿Cuándo me puedes mostrar donde conseguiste esa muestra en el río?

—No puedo. Es una caminata de dos días con un guía, y necesito ponerme a trabajar en mi propio proyecto, Luis. Necesito juntar los cabos sueltos aquí, terminar de empacar y enviar algunas cajas de madera a Chihuahua. Le dije a Alexandra que estaría cansado al extremo una semana o poco más o menos.

Luis aguantó quedamente con los labios fruncidos, y el profesor casi podría predecir su siguiente argumento.

—Si esa diplomática secuestrada está todavía viva, ella está presa en esa tierra del Cañón Perdido sobre el que tú me estabas contando.

—Cómo sacas esas conclusiones...

El federal se agitó completamente. —David...todo ello hace sentido. ¿No encontraron esa muestra de roca en el río?

—Sí, pero eso no quiere decir que las gemas vinieran del

106

mismo lugar.

— ¿El jade se encuentra en otros lugares en el norte de México?

—No que yo sepa, sino...

—Entonces está aquí, gringo, en estas montañas. Él esparció sus brazos.

—Es probablemente sólo una coincidencia.

—No creo en coincidencias, David, soy un detective. Necesitamos hablar con ese sacerdote, si le podemos encontrar, y conseguir más información sobre el Jaguar Feroz. Entonces necesitamos organizar un viaje a esa área del Cañón Perdido.

—Luis, no puedo ir. Lo siento, pero no puedo ir con usted.

Luis hizo una pausa un momento entonces dijo, —En ese caso entonces iré por mi lado, profesor. Él se desperezó indiferentemente, se agacho tomo a su elección una roca pequeña, y la tiro adentro del río.

—Está bien, gringo, él condescendió, —el trabajo peligroso no es para todo el mundo. Me las ingeniaré en cierta forma. Tomaré en alquiler a algunos mulos, agarraré a un guía, tú sabes....

Por favor, Señor, pensó el profesor, no el acto machista otra vez. Él se sintió tentado para decir algo rudo, poniéndose de pie en lugar de eso   empezó a regresar a la cabaña.

—Café, ¿Luis?

— ¿Ah? Oh, sí...suena bien.

Un chirrido seguido por una salpicadura y una carcajada resonó a través del canal del río. Las mujeres indias jugaban festivamente al trabajar duro. Algo que muy evocaba en un estilo primitivo de vida que siempre había dibujado David en el campo. Pero no satisfacía a todo el mundo. Las áreas subdesarrolladas con personas indígenas podían ser intimidantes y peligrosas para desconocidos e inexpertos. Él pensó otra vez en Luis, y también en las paredes del cañón de altura imponente del Rio Urique. Él se estremeció. Luis podría resultar muerto. La conciencia de David tiró de él. ¿No debería permitir que fuera Luis a solas o? Condenarle a él y sus piedras verdes, de cualquier manera. Él caminó a grandes pasos hacia la cabaña sumergido en su dilema. Oh bueno, él pensó, él iría a Satevo y encontraría al sacerdote y podría decidirse más tarde.

Del Infierno al Cielo y de Regreso

¿Terminará esto alguna vez? Era el pensamiento de Ruth, deslizándose sin esfuerzo alguno a través del agua, contando sus brazadas al arribar al lado contrario de la piscina. ¿Cuántos días ahora? Seguramente decidirían algo pronto. Ella continuó nadando, perdiendo toda noción del tiempo. ¿Cuánto tiempo había estado nadando, se preguntó? ¿Una media hora? ¿Una hora? No tenía importancia. Era ahora un taladro sin sentido para pasar el rato, y así es que ella se deslizó a través de la piscina, se aburría pues carecía de contacto humano. Ella habría dado cualquier cosa por una conversación.

Demasiado mal, el indígena no hablaba, se dijo a si misma. ¿Y dónde estaba él, de cualquier manera? Habían sido varios días desde que ella por último le había visto, estando quedamente de pie en la oscuridad, en secreto observando por un rato que ella cruzaba a nado desnuda. Ella recordó el incidente, y su cuerpo sintió un hormigueo como de electricidad. La carne de gallina lleno de granitos su piel. ¿Por qué la espiaba él? ¿Quiso él asustarla, o él sentía una emoción observando a una mujer desnuda nadar? Ella en realidad esperaba que él regresara. Parecía como por siempre desde que él la había observado, y ella quería hablar con alguien, incluso su secuestrador.

Ella nadaba como perro y tratando de no mover el agua al paso de un momento al otro, entonces quedamente enrollando su parte trasera para no despertar a los murciélagos. Ella flotó indolentemente, sus brazos y las piernas extendidas con la forma de una X. El agua caliente se sentía muy agradable, como raso en contra de su piel, y ella abría y cerraba sus piernas letárgicamente, disfrutando de la comodidad tranquilizadora del líquido.

En ese entonces un cosquilleo de premonición tiró de ella, y se tensó, conteniendo el aliento. ¡Se quedó sin aliento! Allí, estaba el parado cerca de los suministros en medio del cuarto. Se movió tan quedamente, como un fantasma entrando a escondidas en el cuarto, él siempre la asombró.

Su presencia, no anunciada, la asustó.

—Estoy tomando un baño, ella dijo con una voz timorata.

—Ya veo.

—Usted me asustó. ¿No podría esperar?

—No le lastimaré. Él estaba parado dándole la espalda, parecía   vacilar al contemplar su salida, y entonces volteo hacia la piscina. —Saldré en un minuto. ¿Está usted bien?

—Sí pero no se vaya...todavía no. Quiero hablar con usted. Ella comenzó a salir de la fuente termal entonces se detuvo.

— ¡Usted habla inglés!

—Sí...un poco.

Él es diferente hoy...algo ha ocurrido, ella pensó. Una punzada de miedo tiró de su estómago cuando salió de la piscina.

—Sea todo un caballero y voltee su cabeza.

—No le lastimaré.

—Usted sigue diciendo eso. Ella se vistió rápidamente, consciente que él le observaba cada movimiento.

— ¿Tiene usted un nombre?

110

—Llámeme Mike. Usted probablemente no pueda pronunciar mi nombre real.

Ella luchó con sus ropas, y su piel mojada resistió la tela pesada de sus pantalones vaqueros. Todavía él la observaba, pero no hizo maniobra alguna para interferir.

—Póngame en libertad.

—Eso no es posible...todavía no.

— ¿Por qué? Para qué me quiere usted, ella imploró. — No soy alguien importante. No valgo nada para nadie.

—Sus sentimientos de valor personal y su valor como un rehén político son diferentes. Pronto sabremos si vale algo para su gobierno.

Al fin, ella supo por qué. Ella debía ser un rehén para alguna causa política desconocida, ¿un cordero siendo alimentado o martirizado, a merced de quién? ¿Para qué?

—Usted debe estar loco. Soy simplemente un asistente del Cónsul Honorario. Reemplazo temporalmente a los verdaderos representantes. Nadie negociará un trato por mi vida. Usted agarró a la persona equivocada.

—Veremos. Pero la confianza había desaparecido de su voz. Él vaciló. ¿Le gustaría a usted ir afuera?

— ¿Qué? ¡Ella se quedó sin aliento, aturdida! ¿Afuera de...vaya? Oh...no me agrada que juegue conmigo.

—Venga aquí. Déjeme vendarle los ojos.

— ¿A dónde vamos nosotros? Un dardo de miedo apuñaló sus órganos vitales. ¿Tal vez ella no debería ir? ¿Ella no tenía opciones?

—Qué Absurdo...no le lastimaré, él la persuadió con ruegos.

Ella terminó de atar sus zapatos y rápidamente jaló y se sujetó el pelo en una cola de caballo. Ella aspiró profundamente y caminó a él, temblando con anticipación.

¿Miedo? No, ella se decidió, él no me lastimará.

Él puso la venda a los ojos, y entonces comenzó a guiarla lentamente, su brazo firmemente asido en su mano grande.

—Baje su cabeza...más, él la guiaba, presionando ligeramente cuando ella se agacho. — Quédese así hasta que le diga a usted que se levante.

Él la guio lentamente pero con firmeza hasta que salieron del túnel a gatas. Los arbustos y las ramas les rozaron en la boca de la caverna, la jalaba a ella como si estuviera renuente para darle su permiso. Todavía sujetando su mano, ella se deslizó y fue a tientas hacia el fondo. Él la condujo a corta distancia, se detuvo, y repetidamente la volvió en círculos. Ella se sintió mareada, perdió el pie y casi cayó antes de que él llegara en su ayuda.

—Está bien. Aquí...él desató la venda de los ojos. Ella se enderezó, y entonces miró hacia arriba. La luna se escondía de un momento a otro detrás del movimiento rápido de las nubes, entonces resplandecido brillantemente, se fundía suave la luminiscencia que se ensombrecía entre las rocas grandes. Ella dio vuelta en el sonido familiar de una caída de agua y vio el reflejo brillante de la luz de la luna en una corriente que se colaba tan fluida de una fuente termal con grandes burbujas. Los humos del vapor, formaban las delgadas trenzas fibrosas que ascendían lentamente en el cielo antes de desaparecer en la oscuridad.

Cuando ella se acercó, él quedamente se había quitado para sentarse cerca del borde de la poza en una roca suave. Ella caminó en dirección a él y se quedó parada a la par de la poza con sus manos en sus caderas.

—Dígame qué pasa Mike. ¿Por qué estoy yo aquí?

—Siéntese...allí, él señaló. Él miró la luna, entonces a ella, y empezó su historia.

Diez minutos más tarde ella sentía aumentada su intensidad y entumecida, incapaz para moverse, su mente digiriendo todo ello conforme escuchaba su narración divagadora.

Increíble, ella pensó, y el estúpido. Nunca surtiría efecto. Este indígena y su hermano eran más que ingenuos más allá de la creencia y ellos seguramente fallarían. ¿No conocían ninguna historia? ¿Solo tenían la perspectiva? Dos gobiernos poderosos no detendrían un multibillonario proyecto hidroeléctrico por ella. Ella no era nadie. En una escala política de importancia extendiéndose del 1 al 10, ella se daría uno o dos, tal vez. Seguramente perderían, y probablemente serían torturados y morirían en el proceso y ella podría morir por su estupidez.

Resistieron un silencio embarazoso, cada uno departiendo en la introspección serena. Finalmente, incapaz para permanecer quieto, si bien podría apurar su muerte, ella sucumbió para un deseo abrumador para decirle cómo el mundo real trabajaba, qué tan poderosos eran los individuos y los negocios que determinan las políticas de los gobiernos y las economías mundiales. Ella aspiró profundamente y comenzó, hablando seriamente y relatando todo lo que ella sabía, hablando como si su vida dependiera de ella.

Cuando ella terminó, él frunció el ceño y dijo, —Eso lo sé.

— ¿Entonces por qué? ¡Ella exclamó! Por qué, ¿si usted sabe que no tendrá efecto?

—Podría surtir efecto, y es importante que un hombre viva sus convicciones. Es importante que más personas y su estilo de vida que no pase a la historia haciendo caso omiso e inadvertido, destruido por una nueva generación de Conquistadores.

—Mike...

—Mis gentes son simplistas y crédulas. Son impotentes ante el gobierno y el mundo de los grandes negocios, y somos tratados como niños condescendientes. No somos nunca consultados...estamos alejados del estado.

Él estando parado, y con un enorme suspiro, dijo, —Mira a tu alrededor.

Ella lo hizo, y en la tristeza ella vio una enorme cara circular del acantilado. ¡Ninguna...espera, había formas debajo de la montaña! La sombra oscura del saliente del acantilado escondía algo.

— ¿Qué pasa? Ella caminó hacia la pared del acantilado, se detuvo y miró fijamente el área oscura debajo de las cornisas. Una excitación creciente la sujetó jadeante cuando ella examinó la pared. ¡Un acantilado habitable! Un acantilado antiguo habitable y probablemente sin descubrir.

— ¿Qué es este lugar?

—Es mi casa ahora, él dijo con convicción, — y quinientos años atrás, el grupo familiar de mis personas hasta que los españoles vinieron y los esclavizaron en las minas. Nadie solo mi hermano y yo sabemos de eso. Mi padre lo descubrió largos años atrás y nos pasó el secreto.

—Pero cómo...

—Está completamente escondido. Es un cañón con una entrada pequeña. Las viviendas no son visibles del aire y un alud cubrió la entrada hace centenares de años. Es un lugar sagrado. Él miró alrededor con un aire orgulloso de tener un sitio. Los espíritus de mis antepasados moran aquí. Los indígenas escondieron este lugar a fin de que los españoles no lo pudieran destruir.

— ¿Pero por qué harían eso?

Él ignoró su pregunta y comenzó a caminar por el perímetro, aparentemente profundo, pensado. Finalmente él se sentó otra vez y comenzó a lanzar lajas pequeñas en la poza. —Cuénteme sobre usted misma

— ¿Ah?

—Cuénteme sobre su vida, Señorita asistente del Cónsul Honorario.

—Ruth.

—Ruth. Cuénteme sobre usted misma o nosotros tendremos que regresar adentro.

— ¡Oh no! Ella no lo podría soportar otra vez. Todo pareció bello al exterior, casi un paraíso tras la caverna.

— ¿Qué quiere usted saber? Ella se sentía extrañamente atraída a él, y así es que ella estaba cerca, casi queriendo tocarle, para rogarle a él que no la tuviera en la caverna otra vez.

—Algo importante. Cuénteme sobre su familia.

Ella le dijo de todo, derramando todo ello, culpándose a ella misma de sus fracasos y sus sueños inalcanzados; Escuela, matrimonio, su niño muerto, divorcio, y finalmente su trabajo desafortunado en el servicio diplomático y consular.

Él no dijo nada, y un silencio agridulce entró sigilosamente en el cañón pequeño como ella silenciosamente consideraba la historia de su vida. Aunque las cosas no hubieran empeorado desde la muerte de su niño, no habían mejorado mucho tampoco. Pero ella nunca se había dado por vencida, siempre creyendo que si trabajara lo suficientemente duro lo podría arreglar, hasta esto. Ahora ella pensaba acerca de su muerte diariamente. Incluso había considerado el suicidio los primeros dos o tres días cuándo primero la habían acomodado en la caverna. La muerte habría sido un respiro de la constante ansiedad y el terror, pero el horror había disminuido y ella se sintió más fuerte, emotivamente y físicamente. Últimamente su enemigo más grande había sido inutilidad y aburrimiento.

115

Ruth le echó una mirada furtiva a Mike y sus ojos se volvieron anchos, conmocionada para ver uno refulgiendo, una lágrima iluminada por la luna veteando su cara. — ¿Qué mundo?

Él pasó un paño sobre la lágrima con su mano y empezó a mirarla.

—Tuve una niñez una vez, también, él comenzó, y entonces se detuvo, indeciso para revivir una memoria que se encona.

Ella se movió a él intuitivamente y se sentó a sus pies. Sin pensar ella colocó su cabeza en contra de su pierna, confiando en él, desnutrido para el afecto y sintiéndose vulnerable, renuente para tenerle todo al fin tan pronto.

—Fue después de que salí de la escuela en Chihuahua. Estaba estudiando antropología cuando conocí a esta chica. Nos enamoramos y nos movimos para Nuevo León a fin de que pudiera tener un trabajo en las fábricas...el peor error de mi vida...

Mike habló por una hora. Ella se sintió cautivada, extasiada pendiendo de cada frase mientras él hablaba de su mujer, su vida, y la contaminación por las fábricas y las condiciones infernales de los pueblos de la maquiladora. Él se detuvo brevemente, como si volviera a vivir la experiencia, en ese momento él hablo de su bebé deforme y su esposa muerta.

—No lo podría dejar pasar, y no podía dejar que continuara ocurriendo. Si la represa se construye, les pasaría a los otros, también. Preferiría morir antes que someterme. Soy un hombre, y alguien debe conducir la pelea. Los Raramuris se han debilitado con las constantes intrusiones y las tentaciones de la sociedad moderna. Nuestros niños olvidan nuestra religión y dejan a sus familias para trabajar en las fábricas del norte. Cuando la familia se va, todos nosotros morimos. Alguien tiene que pelear.

Un silencio confortable llenó la nada, y ella todavía se sentó y le contemplo a su secuestrador en contra de su pierna. Una brisa suave, fría la acarició y ella empezó a mirar su cara, en ese entonces arriba en el cielo con lentejuelas. La luna viajó detrás del borde del cañón y las sombras se volvieron por mucho tiempo, amenazando con una manta de oscuridad antes del amanecer. Él le miró a ella, quedándose con la mirada fija atrevidamente, y su mano le alcanzaba para acariciar su pelo; un gesto íntimo cometido sin culpabilidad: lo natural, el acto casual de afecto.

Ruth le dejó a la mano acariciarla, asombrada por sentirse como correspondiente a la caricia. Ella se sintió atraída así de suave, el hombre fuerte y ella tenía dificultad viéndole como un terrorista y un secuestrador. El tiempo para la cólera había pasado. A ella le gustó él, ella se decidió, si tal cosa fuera posible, y ella empezó a mirarle de frente.

— ¿Qué va a hacer usted, Mike...conmigo quiero decir?

—Nadie va a lastimarle. Él vaciló, y entonces dijo, necesito hablar con mi hermano. Nosotros hemos conseguido encontrar una salida de esto. No pienso que esto funcione ya. Necesito ir y verle...él sabrá qué cosa hacer.

— ¿Quién es su hermano? ¿Cómo él sabrá qué cosa hacer?

—Él es un hombre listo, pero él ha cometido un error serio esta vez. Saldré esta noche y le encontraré. Estaré de regreso mañana, y él se paró en ademán de ir.

Ruth le miró tímidamente, confundida en sus sentimientos y atracción repentina de afecto para él, queriendo tocarle otra vez, pero renuente para dar el primer paso.

—Mike, ella dijo con una voz suave, — ¿mató usted a esas personas en Tex Mex Chemical?

Sus hombros se combaron, y su cara dio indicios de culpabilidad y muchas horas de introspección atormentadora.

117

—Fue un accidente. Pensamos que el edificio estaría vacío cuando la bomba detonara. Mi hermano hizo cálculos incorrectamente y nosotros nos sentimos mal acerca de eso. Pero no les podríamos dejar detenernos, tuvimos que continuar la pelea. La pena matizó su palabra.

— ¿Un accidente?

—Sí, nunca he lastimado a otro hombre en mi vida. Soy una persona que cura...un curandero para mis gentes. Su cara se combó con el peso de la memoria.

—Mike, ella dijo en una voz trémula, sintiéndose envalentonada, está bien si usted quiere tocarme. Ella se sentó sintiéndose vulnerable, asustada pensando que él no lo haría. En ese entonces él sonrió por primera vez.

—No le lastimaré.

—Lo Sé. Confío en usted. En ese entonces ella dejo caer su cabeza al hombro de él y sus brazos fuertes la jalaron y la sujetaron hasta que ella devolvió su abrazo, abrazando fuertemente y temblando de deseo. Ella   sintió que las manos fuertes comenzaron a vagar. Él ligeramente acariciaba la parte pequeña de su parte trasera, y entonces movió su dedo arriba y a través de la nuca de su cuello antes de trazar una línea abajo de su columna vertebral otra vez. Los cosquilleos de placer hicieron erupción detrás de su toque y ella tembló, metiendo su cabeza en su pecho.

—Ruth, él susurró. Cuando ella miró directamente a sus ojos, él buscó sus labios, ávidamente jalándola a él como un íncubo devorador.

Ella se sintió insensata. *Oh Dios*, ella pensó, permitiéndose ser guiada. Sus hombros se sentían como el mármol, y cuando él la abrazó fuertemente, ella respiró fuertemente y con dificultad.

—Con cuidado, ella le advirtió, tratando de alejarlo, tú eres demasiado fuerte.

—Lo siento...esto ha sido demasiado tiempo, yo...

Ella le trató de alcanzar, y con una moción muy fácil que él la comenzó a rodar al suelo. Ella lo dejó exponer sus pechos, y el aire frío de la noche le causó a sus pezones como contracciones en piedras diminutas. Él gimió y ella jaló su cabeza para un pecho al mirar la manta de diamantes brillando intermitentemente en el cielo. Ella se sintió afectuosa y viva otra vez, y su cuerpo comenzó a entregarse en sus abrazos inquietos.

Rápidamente se desnudaron y comenzaron a hacer un reconocimiento de los cuerpos de uno a otro, tiernamente tocándose y acariciándose hasta que sus movimientos se volvieron febriles y urgentes. Con sus largas piernas divididas él se arrodilló entre ellas, ligeramente acariciando sus muslos interiores con sus callosas manos, y miró perdidamente hacia sus ojos. Él vaciló, temblando de deseo, esperando a que sus ojos revelaran presteza.

Él la montó, comenzando lentamente, entonces moviéndose urgentemente, sucumbiendo para su pasión y casi ahogándose en el éxtasis cuando él cerró la brecha y arqueó sus caderas en ella. Él tembló y ella suspiró. Un sentimiento inherente de corrección, de finalmente haber llegado húmedamente a través de ellos conforme empezaron el ritual primitivo de los amantes. Se movieron en ritmo, cuidadosos para traer al otro cuando se remontaron hacia su placer.

Ella voluntariamente se había dado a si misma a su capturador; los días de terror y aceptación demente ansiosamente hacían una fundición aparte. Ahora ella tenía en la mira su cuerpo fuerte y movimientos urgentes como él la guiaba hacia el desuso. Sus ojos, sus piscinas líquidas de pasión, reflejadas como puntas de alfiler de luz de centenares de estrellas pestañeando en aprobación en el cielo. Repentinamente se ensancharon incluso, y un gemido bajo, gutural fluyó profundamente dentro de su pecho cuando su orgasmo llegó, emocionándola y conmoviéndola como una ola espumosa del océano atravesando rápidamente un espacio de arena blanca.

Mike se rigidizó y gritó en un lenguaje que ella no comprendió, y entonces colapsó dentro de su abrazo.

#

Con su pasión exhausta, yacían doblegados en un abrazo enredado de piernas y brazos, que miraban fijamente en el cielo. La flama divina había comenzado a languidecer y la noche para huir del amanecer como un ladrón que se quedó demasiado.

— ¿Me vas a llevar a la parte de atrás de la caverna?
Ninguna respuesta.

—Dime, Mike, se recargo a ella misma en un brazo y empezó a afrontarle. Dime.

—Debo, él suspiró.

— ¡No iré a ningún lugar! lo prometo, ella imploró.

—Tengo que hacerlo. Es demasiado riesgo.

Ella lloró con frustración, su pecho levantándose con emoción cuando ella pensó en la caverna oscura, lúgubre.

— ¡Odio esa caverna! Ella gritó. ¡La odio!

—No es una caverna, es una mina.

—Cualquier cosa. ¡Por qué no me matas sólo y terminamos esto de una vez por todas! Te odio también. ¡Tú eres la causa de esto! Ella le acusó.

Él alcanzó a confortarla, pero ella se apartó a la fuerza y trató de alcanzar su ropa. Él vaciló, y entonces se vistió también.

— ¿Cuándo estarás de regreso? Ella preguntó, con mucha importancia y con voz con cólera hosca.

—Mañana por la noche si corro.

— ¿Corres? Ella empezó a mirarle.

—Toda la carrera Raramuri.

— ¿Por cuánto tiempo?

Él se encogió de hombros. —Es igual. De cualquier forma por el   tiempo que se requiera.

Ella evaluó su cuerpo alto, musculoso.

—Nadie puede correr tanto aunque lo desee.

—Cualquier Tarahumara puede correr por horas, a veces por días, sin parar, él manifestó rotundamente sin indicio de jactarse. Somos enseñados de niños pequeños para correr en las montañas sobre largos trechos. No es nada realmente.

Ella ya había dejado de escuchar. Ahora pensaba sólo acerca de la mina. Su estado de ánimo descendió rápidamente y la desesperación la cautivó cuando ella consideró la caverna y sus pisos húmedos, rocosos y sus paredes. Sus ojos parecían un torrente de lágrimas cuando ella recurrió a él, pero una cólera incipiente aumentó desde el interior.

—Terminemos esto de una vez por todas, ella dijo fríamente, lanzándole la venda de los ojos, preparándose duramente para lo inevitable. No me importa si tu alguna vez regresas.

Él la miró, sintiéndose desvalido por su misión, pero culpable por tener que devolverla al interior de la mina, paralizado por la indecisión.

—Hazlo, Mike, ella dijo repitiendo suavemente, su cólera fallándole a ella, y por favor vuelve rápidamente o yo pienso que podría matarme.

121

Una Carrera a Traves del Cañon

Un carnaval de formas oscuras se extendió de la pared del este del cañón, cubriendo la ruina antigua dentro del resentimiento de las primeras luces del amanecer. Una tira gris oscura apareció en el horizonte. Aclaró y la luminosidad ganada y el color, hasta que una neblina de coral esparció sus alas sobre los Cañones Perdidos, bruñendo las montañas en una niebla de oro.

El viejo jaguar hembra, su negro pelaje moteado andrajoso por la edad y lleno de cicatrices de una vida indomesticada en los bosques y los cañones, estaba sentada sobre su grupa, esperando pacientemente para que su amigo llegara. Ella bostezó, se cansó de pasar sin dormir toda la noche, pero renuente para acostarse en el saliente sombreado del acantilado morando primero viéndole otra vez. Su amigo reaparecería pronto y ella podría acostarse. El jaguar sabía lo que los viejos extraían de la cantera exterior, pero permaneció, consciente que ella no podría entrar con tal de que la mujer del joven viviera adentro. La entrada de la mina se escondía detrás de una arboleda de mezquite y arbustos desaseados, y el jaguar quedó a corta distancia, alguna vez alerta por la intrusión no deseada de un puma errante o un oso pardo.

Sus oídos se crisparon. Ella oyó el susurro de sus pies y empezó a mirar el punto de Mesquite y arbustos que escondían la entrada de la mina. Los segundos pasaron, y Mike surgió a la vista, se encorvó y se dobló de la vereda poco honda de la caverna. Él se enderezó, y entonces apartó a un lado el matorral, la mitad caminando y la mitad corriendo abajo de una colina de piedras. Él miró rápidamente hacia el norte donde ella se sentó en la sombra del acantilado. Sus oídos de los que se tiró bruscamente en el reconocimiento, en ese momento ella apareció.

Mike, el hermano menor de fray Martin y El Jaguar Feroz para sus hermanos supersticiosos, aguantaron al lado del manantial efervescente que almacenaba el centro de las ruinas. Una nube delgada de niebla flotaba por encima del agua caliente. De allí el fluido del agua corría cuesta abajo, hasta resbalarse debajo de un montón estrecho pero alto de rocas grandes   que cubrieron la anterior entrada en el acantilado morando. De no ser por el arroyuelo que libraba el agua, nada llamaría la atención hacia el montón de grandes rocas, una barrera poco interesante de piedra en unos escombros esparcidos del cañón.

La cara barbada de Mike daba la apariencia de ser rígida y sombría. Él se dio apoyo para no caer con los hombros, lentamente pelando una ramita verde, sus emociones en guerra. Él miró la superficie suave de la roca alrededor de la piscina y visualizó la piel suave de raso, de Ruth y la presión de sus muslos cuando ella le abrazó con pasión. Él había saboreado la fruta prohibida y ahora él se sentía confundido. Él no podría envolver su mente alrededor de eso. Cómo iba a permitirle a la mujer entrar en su mundo, su Edén, ¿cambiaría su vida? Martin le había advertido de no tocarla, pero Mike fue vulnerable y había sucumbido ante la diplomática bonita, desvalida. El compartir de historias y la pasión de su hacer el amor profundamente le habían conmovido, le había cambiado. La cólera muy encendida a la que él le había dado alas después de la muerte de su mujer y su bebé ahora parecía desaparecer ante la corriente que se colaba en sus pies.

Él se sintió triste y lleno de descontento. Repentinamente todo había reculado. Arriba hasta el secuestro, él había permanecido enfocado. La pelea en contra de las fábricas y el gobierno eran correctos. Una Cruzada es una causa justa, Martin había asegurado. Las ideas afanosas de su hermano habían incitado a Mike adelante, metiéndolo a la fuerza en una alianza donde planificaron y ejecutaron varios actos terroristas y sabotaje de fracaso total. Ahora todo ello pareció poco importante. Él sólo podría pensar acerca de Ruth y el daño en sus ojos. Ella había llorado cuando él salió y dijo que ella le odiaba. Él quiso ir a ella. Él quería salvarla y mantenerla para sí mismo.

Otra vez él recordó la voz de Martin. No la escuches y no la toques, él le había amonestado, pero la soledad de Mike había sido su desatadura. Había sido un año desde que él había hablado para un compañerismo propio de las mujeres buscando considerar a una mujer incluso. ¿Por qué él no se había sentido de esa manera antes, él se preguntó? ¿Qué era diferente de esta mujer? Ella le dio la bienvenida a él, su soledad y vulnerabilidad tan grande como la de él, y se habían trenzado como polillas en la luz.

El horror de los pueblos de la fábrica y la importancia de su esposa muerta y el niño ahora parecían distantes. Es más, la valoración de Ruth parecía verdad. El plan de Martin para aguantar dos gobiernos en su cabeza bloqueando la presa del Águila de no ser porque las viviendas del acantilado ahora parecieran fantasía inspirada. El mundo no trabajaba de ese modo. Sin embargo probablemente demasiado tarde, él tuvo que decirle a Martin que todo había cambiado, que Mike quería estar fuera. Martin podría volver a sus disparates cristianos y podría omitir a Mike de eso.

¿Pero entonces qué? ¿Él se preguntó? Mike había vivido como un niño pequeño con su padre indio y más tarde paso tres años en California con su madre china. Ninguna de estas situaciones fueron tolerables, así es que él había compartido la morada con su hermano en la misión jesuita por cinco años. Esto, también, se volvió inaceptable como Mike siempre se sintió fuera de sitio y rechazado por los sacerdotes desaprobadores. Sus ritmos circadianos estaban fuera de sincronía con la civilización. Mientras Martin prosperó en la misión, Mike había salido de las diócesis para vivir entre los salvajes. Él se sentía sin dirección: un hombre con un pie en dos culturas, excepto aceptado por ninguna.

Él había gastado los inicios de los veinte años residiendo con su padre, un chamán solitario alejado de sus personas, vagando por los cañones perdidos y viviendo una vida aborigen. Él alimentaba su cuerpo cazando y recogiendo una cornucopia de plantas silvestres y animales. Él tomaba medicina de plantas y sostenía sus necesidades espirituales con peyote y datura, buscando visiones en el mundo del sueño.

Su amigo exclusivo durante este período había sido el jaguar. Él la había encontrado como un cachorro, atrapado en una trampa colocada por un cazador. Muriendo de hambre y sed, su pierna rota, Mike la había soltado y había colocado la pierna. Él la cuidó de regreso a la salud y la había observado agrandarse y volverse flexible. Un animal salvaje, pero ella decidió quedarse cerca, formando una unión con el hombre quieto. Al principio ella salía por días enteros a la vez pero siempre regresaba, atisbándole desde un peñasco distante en la pared del cañón o esperando en la sombra del bosque a que el apareciera. En ese momento ella comenzaba a correr con él, buscando su compañía y compartiendo la pura alegría de moverse a través de los cañones.

Cuando él regresó al área del Cañón de Cobre le encontró a ella viviendo de la cacería en la misma área como antes. El gato le dio la bienvenida allá a su modo, eligiendo vivir cerca de él. Raras veces juguetón, ella no actuaba como alguien igual, no como una mascota. Fueron compañeros y amigos. Mike sabía que los otros criticaban su relación tan extraña, Martin raras veces dejo pasar una oportunidad para desacreditarle a su mascota. Pero el gato se hizo un buen compañero y no padeció de los numerosos desperfectos de la personalidad humana.

Mike evitaba a las personas y se había acostumbrado para pasar el tiempo para sí mismo. Pero al cabo de un rato la soledad lo había conducido hacia su hermano que a su vez le había dirigido a la universidad en Chihuahua. En un año él había conocido a Lisa Medina y rápidamente había perdido interés en el colegio. Ellos se habían casado, y movido para Nuevo León y hubieron vivido una existencia infernal por dos años.

El sabotaje del último año había comenzado como la venganza justa envuelta en la validez de una causa justa. Pero ahora sólo la soledad permanecida dónde un estanque de pasión pudo contener su cólera. La mujer que tuvo por ahora sació la sed y calmó su fervor. Ahora él debía convencer a Martin en la insensatez de su empresa, y debía hacerse pronto. Al sudeste diez kilómetros a Satevo sobre terreno escabroso, castigador. Sería difícil, incluso para un joven en la condición física de él. Sin embargo era temprano en la mañana, se requeriría la mayor parte del día y parte de la tarde para ir en carrera a Satevo. Él debía comenzar inmediatamente, pero primero comería.

Mike entró en una morada cercana y tomó una canasta de un escondite de suministros. El cuarto contenía una mezcla de implementos y unas mezclas de artículos de menaje; Las herramientas de joyero, las vasijas de cocina, las tiras de cuero y otros artículos necesarios para mantener su existencia solitaria. Con la canasta en mano él caminó hacia la barrera rocosa que bloqueaba la entrada en el cañón. Él fue a paso rápido sobre su parte superior, y entonces caminó algunos minutos hasta que él divisó lo que buscaba, un puesto de árboles de Madroño en una arboleda pequeña de pino y roble. Él arrancó los capullos de larva de seda de las crisálidas de la mariposa Madroña de las extremidades del árbol y los dejó caer en la canasta hasta que almaceno un montón sustancioso y cerca de derramarse. Las larvas Madroñas, llamadas Iwiki por los indígenas, son grasosas pero elevadas en proteína.

Él regresó a las viviendas del acantilado y se sentó escuchando la   explosión de las Iwiki crujiendo en un fuego pequeño. Lanzó unos cuantos en su boca y entonces mezcló el resto con una papilla de avena delgada de maíz. El Jaguar observaba con interés y ocasionalmente inhalaba por la nariz, pero de otra manera no mostraba interés en su comida.

Mike comió rápidamente, inmerso en el pensamiento. Él pensó acerca de lo que él le debía decir a Martin, entonces pensó otra vez en Ruth. Él estaba tentado de entrar y sacarla otra vez, pero supo que él no podría. No importaba lo que ella le había prometido, ella intentaría escapar y al verse irremediablemente perdida en los cañones. Ella seguramente moriría. Una serpiente, un gato montés, o un oso la agarrarían si ella no quedara suspendida en una pierna. No, ella tendría que esperar su regreso. Él recordó su amenaza de suicidio y una urgencia repentina le sujetó. Se levantó y se desperezó, apagó el fuego y esparció los carbones con una taza de agua, y entonces separó sus guisados.

La cabeza del jaguar subió. Interesada, ella observó las preparaciones abruptas de Mike. Ella bostezó, tentada a regresar a su somnolencia, pero cuando él preparó un paquete muy pequeño y se desperezó en previsión de su largo viaje, ella estaba parada también, desperezándose y bostezando. Cuando él se sentó a la par del resorte del burbujeo el jaguar se unió a él, estando parada silenciosamente mientras Mike cantaba una canción familiar. Terminó, echó una última mirada en las viviendas del acantilado, y entonces arrastró el montón de escombros y caminó cuesta abajo junto a una corriente estrecha clara formando remolinos y cayó en una cascada interminablemente hasta que alcanzó lo más grande, el Rio Urique turbulento en su viaje sureño.

Un parche de cielo azul claro le dio marco a una esfera magenta pálida cuando el sol avanzó a rastras a gran altura por encima del cañón estrecho. El borde montañoso se vio árido excepto para grupos ocasionales de cicuta y peñascos rocosos. Miró de arriba a abajo el río, y entonces se decidió. En vez de seguir la corriente sinuosa con su cascada, desvío el rumbo a las caras del acantilado, y numerosas barreras naturales, él trotaría para la pared del este de la montaña entonces saldría a través de la grieta estrecha que conducía al Cañón de la Roca, este lo caminaría en una hora. Desde allí él escalaría el acantilado del este de la pared del cañón Urique y correría al sur sinuoso en la ruta de la cresta del cañón por algunas horas. Entonces él descendería y treparía otra vez a través de una serie de cañones estrechos por otras tres horas antes de un ascenso final en el del Cañón Batopilas y unas tres horas de carrera para Satevo cuando estuviera oscuro.

Había pasado una semana desde su última visita a Satevo

para encontrar a Martin en la vieja iglesia por el río. Correr se sentía bien, y él inmediatamente asumió un paso familiar, trotando con holgura a lo largo de la corriente que fluía estrecha, alimentada sólo por los manantiales   naturales en el área, pero que sabía cómo manejar este tiempo del año. En la primavera se convertía en un río henchido de precipitación, empujando en contra de las paredes del cañón, excepto ahora que sus bancos proveyeron una tierra enzacatada y con grava en una pendiente pequeña en la cual podía correr. Detrás de él, el jaguar adquirió su ritmo fácil y corrió lentamente pero con firmeza con él, nunca variando su zancada mientras ella avanzaba al mismo paso que el hombre alto, musculoso.

Dos horas más tarde, el jaguar a regañadientes le siguió arriba de la pared del Cañón Urique , y no obstante anduvo a paso sostenido a su lado cuando él eligió echar a andar por una ruta sinuosa a lo largo del borde del cañón por varias horas. Aquí el cielo grande, azul e interminable, y el sol brillando como un diamante en el centro de la parte superior en forma de domo, esparciendo luz como un faro en el Cañón de Cobre.

Cuando él empezó el descenso vertiginoso en los cañones más pequeños, el jaguar se sentó a gran altura arriba, observando su constante progreso abajo en un cañón, entonces arriba del otro lado y por la vista, abajo en otro cañón. Aunque notablemente bien, el viejo gato jadeó con cansancio excesivo. Ella se sentó con su lengua pendiendo por lo lateral, exhausto y dejando pasar el aire rápidamente, y entonces se rindió, sus oídos crispándose prevenidamente. Finalmente ella se levantó y anduvo detrás de una roca grande buscando la sombra. Las penumbras de la tarde se habían llegado, era simplemente el momento correcto para una siesta.

Luis Y David Se Pierden La Tesgüinada

Una brisa caliente le hizo cosquillas en el cañón del río mientras una neblina color pizarra cometía un robo amenazadoramente a través del cielo, haciéndolo más hondo y alargando las sombras de la pared occidental del cañón, lanzando una palidez sombría sobre el valle del río.

En una perpendicular oculta de la cañada profunda del el río, pequeñas fogatas dispersas del campamento ardían a fuego lento a lo largo de ambos lados del acantilado. Los fuegos creaban nebulosas, las etéreas oleadas de humo que estuvieron guindando en el cielo sobre el cañón estrecho, y los grupos de tres o cuatro indígenas, una cierta cantidad en túnicas blancas sucias y los otros con su piel pintada de blanco, caminaban impacientemente por entre las fogatas. Bebían tesgüino, una cerveza fermentada de maíz, y comían ruidosamente tamales y carne seca de cabra. Comían y bebían en un silencio inquieto mientras el fraile Martin conmovido caminaba de grupo en grupo tratando de juntarlos en uno solo, hablando seriamente y con gran animación cuando él explicaba y adulaba a sus ovejas para completar su propia función haciendo la coreografía de una escena bíblica. Los Tarahumaras evitando sus ojos y oídos, incapaces de ignorar su comportamiento persistente, pernicioso.

Los indígenas se habían cansado de su charla y estaban ansiosos por beber en serio. La irritación claramente salía a la vista en la cara de unos cuantos, y los otros escuchaban pero permanecieron estoicos como una oleada de resistencia pasiva barrida a través de la cañada profunda de la roca. ¿El sacerdote loco no sabía cuándo claudicar? Habían hecho su parte, permitiéndose ser parte de la coreografía y dirigidos en esto, nuevos, aún en cierta forma familiar, de la recreación de Jesús alimentando a las multitudes. El padre Martin, vestido en una túnica negra, sandalias, y con su rosario meciéndose de un cinturón de soga, había desempeñado el papel de Jesús. Pero la ruptura mantenía un pequeño significado por los indígenas. El Fraile Martin que distribuía las tortillas y el tesgüino no daba la apariencia de ser milagroso. Era bienvenido, pero no un milagro. Los Tarahuamaras querían una cierta cantidad para beber, y su paciencia menguaba. ¿El entusiasmo del sacerdote decrecía? ¿Cuándo él vería que habían tenido bastante?

Los indígenas confiaban y respetaban a fray Martin que, después de todo, era un hombre de Dios. Aunque su mancha era que llevaba puesta la indumentaria de las caras blancas, él hablaba su lenguaje al menos así como también   él era muy ducho en todas las cosas Tarahumaras. De no ser por su desaprobación crónica y su discurso bíblico, les gustaría él aún más. Excepto este rasgo que él compartía con todos los caras blancas: La desaprobación y la ignorancia, e irremediablemente por el toque con el estado de ánimo y los seres sobrenaturales que habitaban las tierras del cañón Tarahumara.

De no ser por el tesgüino comprado por fray Martin en la tienda en Satevo y que sabía maravilloso, los indígenas comenzaron a rellenar sus tazas plásticas y beberlo con deleite. Antes de mucho tiempo, las sonrisas aparecieron en sus caras y músculos faciales decrecieron y una carcajada ocasional invitaba a más risa. Pronto todo el mundo ignoró al sacerdote barbado desaseado y comenzó a caminar hacia otras fogatas del campamento, buscando a fondo a amigos y parientes.

Fray Martin, renuente para hacer que su trabajo terminara prematuramente, había puesto en una esquina un grupito de indígenas con las manos vacías que lentamente estaban retirándose poco a poco de él, moviéndose subrepticiamente hacia la cerveza. Finalmente, uno agarró el brazo de otro y salieron abruptamente con destino a la cazuela del tesgüino, dejando a un discípulo desventurado con el sacerdote. Abandonado por sus amigos, este indígena, también, se movió furtivamente a la cazuela del tesgüino. Finalmente él sacudió con fuerza su brazo del sacerdote y caminó para unirse a sus amigos. Se veía en su mirada una cara de dicha. Era tiempo para la fiesta.

Fray Martin buscó a una nueva víctima para el aburrido tratado estudioso, pero todo el mundo le ignoró, ocupado con la bebida y la plática. La recreación olvidada, se fragmentó la conversación de la que se hizo eco a través de la cañada profunda; "Diez cabras y una manta", de un grupo, y "le requirió tres días, pero él los mato cerca de los cañones perdidos", y "ella tenía grandes pechos y un niño en cada uno".

El sacerdote estuvo parado en la entrada de la cañada profunda volviendo a los recesos turbios, una figura solitaria sin amigos reales y no cierta popularidad con los indígenas. Cualquier otro se habría avergonzado, pero fray Martin sonrió, satisfecho en su trabajo. Había ido bien, él se reconfortó a sí mismo. Las ideas habían sido introducidas y explicadas. Aunque los indígenas actuaran indiferentes, él sabía que el   drama había dejado una impresión y que sus hermanos pensarían acerca de esta obra maestra hoy, incluso olvidadiza especialmente acerca del papel de fray Martin como Jesús. Dios se encargaría de ello. Las semillas de la Cristiandad podrían echar raíces sólo dentro del suelo fértil de la imaginación e inspiración. Y él había hecho un dibujo inspirado de Jesús, esto que él sabía. La recreación de hoy sólo podría auxiliar en la conversión eventual de estos salvajes a los niños.

Deteniéndose a considerar su siguiente maniobra, él cayó en la cuenta al oír apenas unos pasos audibles triturando el piso de la grava a lo largo del río distante. Los pasos aumentaron más fuerte, y ahora el sonido de una voz se unió a la caída rítmica de pies, así es que él se movió rápidamente hacia el ruido. Quienquiera que se acercara caminaba demasiado ruidosamente para ser Tarahumara, y él quiso reencauzar la ruta de los agentes externos para no hacerle pasar vergüenza o sobresaltar a sus discípulos en la cañada profunda apenas visible por encima del río.

Fray Martin dejó la entrada estrecha del cañón y caminó enérgicamente hacia el río, su mente fomentando preocupación. ¿Quién podría ser? ¿Federales? ¿Los contrabandistas o los comerciantes? ¿Posiblemente incluso los representantes de la oficina del obispo viniendo a vigilarle detenidamente? No, él se reconfortó a sí mismo, nadie sabría dónde mirar o cómo encontrar este lugar. Él continuó caminando cuesta abajo hacia el río. Al alcanzar el banco, él dio vuelta a la derecha, yendo de arriba abajo por una pared de rocas grandes, avanzando a lo largo del borde del río.

Las voces se acercaron, y dos hombres de edad madura

aparecieron alrededor de una curva esparcida de grava cerca de la ribera. Ambos eran grandes pero el más alto, sin mirar al más bajo de los dos llevaba puesto el uniforme gris azul de un federal. Parecían estar discutiendo. Fray Martin se tensó. ¿Por qué venía la policía a este lugar de difícil acceso? ¿Buscando a contrabandistas? ¿Quizá buscando a uno de los indígenas en la cañada profunda escondida por encima del río?

Fray Martin gritó un saludo e hizo gestos con las manos conforme él caminó a grandes pasos con un propósito hacia los dos hombres alarmados. El federal empezó a decirle algo a su compañero, y entonces paró repentinamente y esperó. El más viejo del dos daba la apariencia de estar en el lado del joven, pero el federal le ignoró y observó fijamente como Fray Martin se acercaba.

— ¿Están perdidos ustedes, caballeros? Averiguando sonriente, vestido como sacerdote deteniéndose delante del profesor y Luis.

—Iba a preguntarle lo mismo, Luis respondió. — A no ser que usted sea ¿Fray Martin?

— ¡El mismo y el único, soy la esperanza! El sacerdote extendió su mano para saludar, prevenidamente evaluando a los dos, su mente apenas removida de la recreación bíblica de hace algunos minutos. — ¿Anda usted buscando a alguien?

—A usted, Luis le dijo, con sus cejas arqueándose. Él le enseño su distintivo y su identificación al sacerdote, y entonces introdujo a David.

—El fraile Leo nos dijo que le encontraríamos meditando en la vieja iglesia. Nos detuvimos allí primero, y entonces preguntamos alrededor de pueblo. Un niño indio en la estación de gasolina Pemex nos dirigió aquí...para una tesgüinada, creo. Verdad, ¿David? Él recurrió a su compañero para la afirmación.

134

—Sí, así fue, estuvo de acuerdo el profesor, quien miró sostenidamente al fraile Martin.

El sacerdote ignoró al arqueólogo mirando fijamente y canalizando su atención en Luis.

— ¿Usted me buscó en Batopilas? ¿Por qué? ¿Cómo puedo ser útil? El sacerdote empezó a mirar al profesor, no obstante también a Luis.

—Tenemos algunas preguntas, Luis le dijo. — Me han sido dicho que usted sabe todo lo que ocurre en la tierra del cañón.

—Una exageración, señor, protestó fray Martin. — Un sacerdote sabe   muchas cosas por su posición en la comunidad y las que surgen entre la congregación parroquial. ¿Anda buscando usted a alguien? Él repitió otra vez.

—Una mujer diplomática secuestrada la semana pasada en el tren, dijo el federal.

Fray Martin pareció sereno. — ¿Una mujer diplomática? Supe de eso   sólo unos cuantos días atrás. Nos importan tan poco la política o los asuntos mundanos aquí en los cañones. Secuestro, asesinato, y política no son parte de la dieta diaria en esta parte del mundo.

— ¿Cuánto tiempo usted ha estado en Satevo? Luis preguntó.

—Casi tres semanas. Paso la mayor parte de mis días meditando y rezando, el fraile Martin le respondió. Fray Leo. … ¿comentó mi situación con usted?

—Algo, contestó Luis, aunque debo admitir que no es realmente claro.

El profesor continuó clavando los ojos en el sacerdote.

— ¿Tengo suciedad en mi cara, profesor?

— ¿Qué? Oh...lo siento. Simplemente estaba pensando, dijo David. Él se miró los pies. — Usted se ve familiar.

—No creo que alguna vez nos hayamos encontrado, dijo

135

Fray Martin.

— No le he visto en la iglesia, ¿verdad? La pregunta colgaba como una acusación.

—Uh...no...probablemente no, dijo el profesor, pasando vergüenza.

— Tal vez le he visto alrededor de Batopilas.

—Cuénteme sobre su hermano, Luis dijo, reencauzando la conversación. — ¿Cuándo le vio usted por última vez?

Fray Martin tosió tapándose con su mano. — Mi hermano, ¿señor? Él vaciló un momento. — No demasiada gente sabe que tengo un hermano. ¿Con quién usted ha estado hablando?

— ¿Le ha visto usted últimamente? Luis insistió.

—A veces, contesto el sacerdote, moviendo los ojos buscando donde ponerlos. Él hizo una pausa por la pregunta. Él viene y va. Mike es como una piedra del río, nunca permanece en un lugar demasiado tiempo y es arrastrado por la corriente de otros. ¿Qué tiene el que ver?

El federal ignoró la pregunta y extrajo las piedras verdiazules de su bolsillo de la chaqueta. — ¿Alguna vez ha visto estos antes?

Todavía el profesor se quedó con la mirada fija, y Fray Martin ignoró la mano de Luis para mirar a David antes de ver las piedras preciosas.

—Las piedras verdes, dijo el sacerdote, desviando su peso de un pie para el otro. ¿Son de valor?

— ¿Ha visto usted estos antes, o cualquier cosa parecida? Repitió Luis, impacientemente.

El sacerdote vaciló y apartó la mirada otra vez. — Posiblemente. ¿Quién sabe? ¿De dónde vienen? ¿Son importantes?

—Fray Martin, ¿por qué evade mis preguntas? Luis irritado, sacudió con fuerza su mano fuera y se metió en el bolsillo las piedras.

—Sus preguntas no tienen sentido para mí. Temo que pueda ser de poca ayuda. Pensé que usted andaba buscando a un diplomático secuestrado, sino que al contrario usted me hace preguntas tontas acerca de mi hermano, quien es prácticamente un salvaje...y acerca de estas piedras tontas, él señaló el bolsillo de Luis. Francamente, caballeros, ustedes me hacen desperdiciar mi tiempo. Dios me invita a entrar en oración. Buen día.

Él caminó entre ellos como dividiendo las aguas del mar Rojo, ignorándolos cuando él pasó, moviéndose a un constante pasó a lo largo del río hasta que él se perdió de vista y se encaminó hacia Satevo. Fray Martin nunca volvió la mirada atrás. Su audiencia con ellos había terminado. Ahora él debía considerar esto como guía de desarrollo perturbador y de búsqueda del Inagotable Carácter de Sabiduría. Él rezaría para la gracia y la fuerza haciendo frente a la adversidad. Él le pediría a Dios que le diera fuerza a seguir con su plan inspirador. Fray Martin pensó tener un plan maravilloso, dado a él como un regalo por Dios durante la pasión de oración. Él había sido el encargado de una misión seria y no debía fallar.

Mientras él mantenía su paso fuera de la distancia del pueblo, recitaba el rosario, contando los abalorios que colgaban de su cinturón de soga. Él se sintió mejor inmediatamente, y la monotonía de la oración le dio una respuesta reconfortante, familiar por la ignorancia y la adversidad del policía y su arqueólogo lacayo. — *Avemaría, llena eres de gracia...*

#

—Lo que lo...Luis habló entre dientes, observando cómo se retiraba la figura de Fray Martin.

— ¿Él puede hacer eso? pregunto el profesor.

— ¿Hacer qué?

—Pensé que tú eras un policía. ¿Él sólo puede marcharse dando media vuelta?

Luis agarró con fuerza su mandíbula en la frustración. Las líneas del ceño fruncido claramente grabadas en la frente revelaron una cólera incipiente elevándose.

— ¡Carajo! Él explotó, recriminando a David. Tú no fuiste de mucha ayuda. ¿En qué diablos estabas clavando los ojos, de cualquier manera?

—Él se parece a las piedras preciosas.

— ¿Ehh?...Luis miró de nuevo en la curva del río, no obstante en el profesor. ¿Estás bien, gringo?

— ¿Cuándo tu pones las piedras juntas qué te hacen ver, recuerda?

—Las cejas pobladas de Luis del que se tiró bruscamente. ¿Un Jaguar?

— ¡Exactamente! Exclamo el profesor. Luis frunció el ceño y giró su cabeza para mirar a su amigo. Tú has gastado demasiadas horas en el sol, David. Él es medio chino...él mira como...

—...un jaguar. El profesor terminó para él. La frente ancha y la nariz, los ojos sesgados, la barba...

—No hay conexión, insistió Luis, — y la apariencia de la barba se ve como mierda...nunca me gustaron las barbas. Algo sedicioso acerca de barbas.

— ...y no te diste cuenta cómo evitó él contestar todas tus preguntas acerca del hermano...

— ¿Mike?

—...sí, Mike. Y te apostaré una botella de brandy que él ha visto esas piedras preciosas antes.

Luis lo consideró cuidadosamente. —Tú podrías estar en lo

correcto, él estuvo de acuerdo, a regañadientes. Lo que es seguro es que evitó contestarme algunas preguntas, ¿verdad? Él dijo con otras palabras retóricamente.

— ¿Por qué le dejaste escaparse? Lo cuestionó el profesor. Tenía un par de preguntas que quería hacerle.

— ¡Él es sacerdote para el bien de Cristo! No puedo arrestar a un sacerdote. ¿De qué está él hecho además de ser un estúpido arrogante? Luis alzo hacia arriba sus brazos, ofendido.

—Débenos volver a Batopilas, David dijo, moviéndose hacia el sendero del río y Satevo. —Tal parece ser que la lluvia y yo queremos llamar a Alexandra antes del anochecer.

Luis vaciló, se frustró, cavando su talón en la grava. Finalmente él entendió, alcanzando al profesor adelante de algunos pasos.

—David, yo voy a buscar a ese hermano de él. Él sabe algo, eso con seguridad.

Una alfombra de nubes grises gruesas reflejó su estado de ánimo, oprimiendo su mal genio y sellándolo en el cañón conforme hacían un viaje difícil por el valle del río.

David empezó, con vacilación, — pienso que él está involucrado...con el secuestro quiero decir. Ese sacerdote y su hermano están involucrados en cierta forma.

— ¿Un sacerdote? ¡El infierno está loco, Luis!

—Sí, ya sé, estuvo de acuerdo el federal. Un sacerdote. Pero tú marcas mis palabras. Te estoy diciendo que él está involucrado. Tú estás en lo correcto acerca de esas cosas del jaguar, las piedras, el hermano... ¡Él terminó de repente y exclamó, —Profesor! ¿Tú piensas que el hermano podría ser ese famoso Jaguar Feroz?

Una puñalada dentada de luz perforó las nubes e iluminó las burbujas del riachuelo. El profesor empezó a cuestionar a

Luis, y el brillo de luz reflejada de la corriente bailó furtivamente a través de sus ojos. Una sonrisa cognoscitiva tiró de la esquina de su boca.

Luis, — si él se ve como sacerdote, estaría sorprendido si fuera el Jaguar Feroz.

#

Un día malévolo, pensó fray Martin, tratando de poner tierra de por medio entre sí y el dúo que le había cuestionado a él. Recorrió con la mirada el cielo para confirmar la presencia de nubes coloridas de color pizarra, no obstante el banco de la grava del arroyuelo. El sol ahora escondido detrás de una pared impenetrable de truenos y las paredes del cañón estrechas casi juntas y como que le oprimía mientras él aceleraba el paso resueltamente hacia el río más grande, el Batopilas y su valle ancho. Él podría oír al ruido distante del agua espumosa bufando donde la corriente entraba en El Rio Batopilas y fluía inexorablemente hacia el mar. El olor agrio de sudor y su propio olor se fortalecieron debajo de su indumentaria clerical. La humedad acompañando el cambio de clima humedeció sus ropas, induciéndolas a agarrarse y atar mientras se alejaba del federal y su amigo académico.

Conforme caminaba, él consideraba sus preguntas. Una cosa era cierta, sabían algo. Pero él no podía estar seguro, pero habían conseguido descubrir buenas pistas en alguna parte, él lo podía decir por sus preguntas. Mientras había estado meditando y rezando estas tres semanas, deteniéndose sólo a trabajar entre los indígenas, ellos habían estado en Batopilas escarbando en su propia investigación. Habían adquirido información en su ausencia que nunca habría sido ofrecida voluntariamente si él hubiera estado en la ciudad. ¿Con quién habían hablado? Con el Coronel Cedras con seguridad, él pensó agriamente, eso era seguro. ¿Excepto el, quién si no? Él comenzó a evaluar quien podría haber aportado información o podría haber intentado lastimarle en su ausencia, pero la lista se volvió más grande y él se dio cuenta de que él había hecho a muchos enemigos a través de los años. Incluso pudieron haber hablado con ese entrometido perezoso, borracho, el administrador de correos, Mario. ¡Malditos sus ojos entrometidos!

Fray Martin debería haber insistido en que Mario fuera removido. ¡La audacia de ese retrasado mental pecaminoso! Leyendo la correspondencia personal y oficial del obispo y compartiendo sus secretos empalagosamente zalameros a otras lenguas sueltas en la ciudad.

Fray Martin retiró un pañuelo decorado con un monograma de San Francisco Xavier de su túnica fajada y se limpió la frente perlada y distraídamente se rascó la barba. Él necesitaría cambiar planes. Lo que había salido mal, él no podría suponerlo. Pero los asuntos sólo podrían empeorar. Una vez que los hilos del tapiz se desenredaran, se caería a pedazos. La mentira mal fabricada debía ser reemplazada. Él tenía que contactar a Mike y ellos harían preparativos para moverse o desecharse de la mujer diplomática. Realmente no tenía la importancia que él creyó. Él rezaba para que la guía entonces actuara sobre designios divinos.

Él envolvió el pañuelo y fortuitamente hizo pliegues de él en su cinturón. Pero el pañuelo estuvo sacudiéndose precariamente, y entonces silenciosamente se cayó al suelo cuando empezó a caminar, pasando inadvertido cerca de las piedras suaves del riachuelo.

Él siguió al norte del sendero hacia Satevo y el cañón Batopilas, se trasladó a través de arboledas de jacarandá y esparció piteras. Un tronco de mezquite impidió su paso y él tuvo que ir de arriba abajo por sus raíces erosionadas, expuestas. El tronco creció en ángulo recto en la ruta y las extremidades del árbol se arquearon arriba y sobre el banco, extendiendo sus brazos sombreados en la cama del riachuelo. El tronar inconstante de rayos tejía nubes grises fluyendo directas, presagiando de trueno en trueno conforme el viento ganó fuerza y se metió a la tormenta al Noreste a la fuerza en la tierra del cañón. Las bocanadas de aire cargado de la humedad formaban remolinos en el cañón como un trío de torbellinos de polvo que se abalanzaron sobre el riachuelo y allí se desvanecieron. El polvo se acantonó en la corriente y empezó un viaje breve al Rio Batopilas. El sacerdote preocupado marchó estoicamente adelante.

#

El profesor divisó el pañuelo primero y se detuvo a levantarlo. "La Iglesia de San Francisco Xavier, Batopilas", dijo.

—Él perdió su pañuelo.

—No...él perdió su mente, propuso el airado Luis, tratando de alcanzar el pañuelo. — Llevémoselo a él de regreso.

—Va a llover, Luis.

—Puedo ver eso. ¿No puedes moverte un poco más rápido?

—Hey…que tengo cincuenta y dos años de edad.

—Qué hay acerca de toda esa suciedad de barro de años y el trepar a las pirámides. Tú dijiste...

—Mentí.

Luis se rió ahogadamente, desaceleró su paso, y pareció relajarse.

— ¿Cuánto tiempo piensas que falta para Satevo?

—Otra hora...tal vez más, contestó el profesor.

—No lo vamos a hacer. Luis miró dudosamente el cielo gris y negro de la tormenta hecha con trozos de varios colores.

— Ve adelante…quítate eso, David. Te invitaré una cerveza si le ganamos a la tormenta

#

Fray Martin agilizo su paso, impulsado por la energía nerviosa, silenciosamente absorto en su dilema y volviéndose ansioso en las cuestiones sin resolver. ¿Por qué hubieron indagado acerca de Mike? Muy pocas personas sabían de él. Un solitario, su hermano nunca mezclado con otros, siempre evitando la compañía de colegas. Si él tuviera amigos, Martin no lo sabía.

Algo así como padre, él pensó con aversión, un místico que come peyote y un romántico incurable: Un anacoreta olvidado. Peor, que él es un pagano, fray Martin se recordó a sí mismo. Mike todavía creía en dios Tata y su mujer. Él creía que el Diablo y un montón de seres malevolentes vivían bajo las corrientes y en niveles diversos del universo Tarahumara. Aunque devoto a la manera de él, la espiritualidad de Mike se basaba en miedo y evitaba contaminar los actos. Él creía en sueños y almas errantes y que los arco iris causaban enfermedad, y que la maldad de otros podría causar enfermedad y almas de las cosas robadas.

Absolutos disparates, dijo molesto fray Martin para sí mismo, seguro ese Mike tendría mejor criterio. Su hermano podía leer y podía escribir, y Mike había estudiado en la misión jesuita cuando niño y había sido un estudiante común. ¿Por qué hubo abandonado él el conocimiento de tradiciones enriquecedoras de la civilización para optar por el tradicional pagano estilo de vida de su padre? Cuándo uno podría estudiar a Kant, San Agustín, y Jesús, ¿por qué buscar espiritualidad en plantas medicinales y las tradiciones orales de dios Tata y su mujer con sus batallas interminables con el Diablo? La filosofía occidental era un tesoro de ideas e

143

inspiración, mientras que la religión Tarahumara permanecía pobre en la ignorancia.

Fray Martin hizo una mueca con repugnancia. La parentela con su familia, siempre decepcionante en el mejor de los casos, fueron una fuente crónica de vergüenza. En un país donde la movilidad y las aspiraciones sociales de uno estaban definidas por posición familiar en la comunidad e incluso en la iglesia misma, fray Martin siempre se encontró amamantando la teta trasera de la oportunidad, su brillantez y las habilidades ignoradas en lugar de esos de mejores familias. Su reconocimiento del problema lo indujo a empujar más duro, pero esto que los otros causaron para poner espacio entre él y ellos mismos y para oler de manera condenatoria su arrogancia inaudita de igualdad. Pero si bien su hermano le hizo pasar vergüenza, él amaba a Mike, el único familiar real que fray Martin tuvo, y él toleró sus disparates paganos, mientras insistiendo en el respeto de Mike, como un hermano mayor lo hace de los más jóvenes, y fray Martin actuó el papel de la hermana informada, experimentada y la cabeza putativa de su familia.

Aunque fueran cómplices del crimen, y ambos quisieron deshacerse de la tiranía de las fábricas, sus motivaciones eran singularmente diferentes. Mike, un tradicionalista y un chamán, querido por proteger las viviendas del acantilado, su única casa real y la casa de su padre. Fray Martin, sin embargo, quería todo ello. Él no quería la fuente de energía de las fábricas ensartada a lo largo de la frontera de Estados Unidos porque la nueva represa traería más poder y fábricas. La tierra verde de Dios y Su creación más preciosa, el hombre, rápidamente descenderían en un fango de explotación y codicia si dejaran que la presa se construyera. Así los dos hermanos habían formado una alianza malvada, cada uno

144

usando al otro como un recurso para lograr su propio fin, ambos persiguiendo un acercamiento defectuoso.

Pero ahora un enemigo atacaba a su alianza, y fray Martin preguntó ¿por qué y para qué? Nada había ido de acuerdo al plan. El obispo le acosaba constantemente, y el secuestro no había sido tomado en serio, hasta ahora. ¿Y a quién hubieron enviado a investigar? Un federal y un antropólogo. Acaba de no tener sentido. Fray Martin creyó que él había cometido un acto increíblemente audaz y había distribuido un golpe político poderoso para los proponentes de la Reserva del Águila. En lugar de eso, los dos hermanos ahora se encontraban como los perpetradores de actos mal concebidos.

Mike, un hombre simplista, todavía estaba buscando desordenadamente en la basura de su vida: su esposa muerta y su niño y su aborigen estilo de vida. Fray Martin, por otra parte, había sufrido demasiados desaires profesionales. La política de la iglesia había adormecido a su genio, y su ascendencia de híbrido continuó agobiando su vida. En respuesta a esta opresión, él se había vuelto más estridente y temerario en su teología. Sus ideas y sus métodos habían cruzado el límite de compulsión para convertirse en obsesión. Ahora él se comportaba errático e iluso, perdido en una relación con la única persona que escucharía, el único que le tomó en serio, Dios. Fray Martin viró del río y seleccionó una ruta más corta para el pueblo. Él gateó sobre las colinas al pie de una montaña de grava en la base del cañón entonces salió rápidamente a través de una grieta muy estrecha en la pared del cañón, cruzando un pasaje esparcido en roca grande cerca de la oscuridad. En diez minutos él había ahorrado una hora de su viaje, emergiendo al sur de Satevo. Caminó al este de las colinas al pie de una montaña para evitar las personas del pueblo y conversaciones no deseadas. Repentinamente una tremenda grieta y un sonido de relámpago picaron el suelo como si fuera Dios golpeando la tierra. Fray Martin alarmado recorría la mirada hacia el sur y a la sierra que cubría con una sábana de lluvia conducida por el viento energizada por relámpagos brillantes pasando rápidamente por el valle. Él corrió a la iglesia abandonada cerca del río, sus pies que llevaban huaraches brillaban intermitentemente debajo de su túnica negra como él alborozó de la raza. Él corrió a prisa, como un fantasma negro huyendo del agua, y alguien que podría estar observando podría ver que el buen Padre, hasta ahora, había rebasado su destino.

Cain y Abel

El piar de murciélagos disturbados y el susurro de sus alas descendió de la oscuridad por encima del estrado. Mike se sentó quedamente detrás del altar antiguo y debajo del techo en forma de domo de la iglesia jesuita abandonada Él se sentía cansado de su largo correr a través de la tierra escabrosa del cañón y daba coraje que su hermano había desaparecido. A pesar de que no había nadie, se notaba que Martin había empleado la iglesia   eventualmente como su casa durante los Ejercicios Espirituales. Mucho de la basura de la iglesia había sido organizado en montones; los pedazos de yeso caído y los podridos pedazos de madera quebrados todavía estaban en el piso. Los numerosos fetiches y los amuletos dejados por los indígenas   estaban reunidos en un montón en la entrada de la iglesia, que no tenía sus puertas gruesas de cedro. Mike supuso que su hermano había tenido la intención de lanzarlos en la corriente cercana, encontrándoles representaciones ofensivas, idólatras de ignorancia nativa y por consiguiente faltaban más en los otros montones de suciedad. Las bocanadas de aire empapado en humedad barrían a través de los marcos faltantes de la ventana, el polvo remolinante revolviendo los montones de basura del sacerdote hacían como un caos.

Un rayo alumbro y el sonido de trueno causó un tirón

reflexivo. Él empezó a mirar a través de una ventana y observar la tormenta entrante. Las nubes alzadas y enturbiadas como las corrientes del viento huracanado competían para empujar la tormenta hacia adelante. El cielo se extendió desde una gris pizarra a un azul oscuro, y las bolsas pequeñas cargadas de agua que colgaban de la parte inferior de la masa de nubes, amenazando con descargar de un momento a otro. Del banco del rio del este cercano un siseo bajo provino de un boscaje de cicuta, convirtiéndose en un gemido de protesta cuando las ramas de pino se doblaron y se esforzaron debajo de corrientes de aire. Viniendo del sur hacia el pueblo, él veía cortinas sesgadas de agua manando del cielo. La tempestad arruinó lentamente pero con firmeza el norte, parecía ganar fuerza cuando se movía hacia la iglesia.

Él regresó a su asiento en el piso, contento de esperar adentro el aguacero. Con nada más que hacer, él comenzó a ensayar con toda la intención lo que tenía que decirle a su hermano. El viaje de las ruinas había sido rápido, primordialmente porque él se obsesionó en su cautiva y había gastado en las horas interminables, completamente la tenía en la mente. Él todavía podía visualizar a Ruth anoche en las ruinas; desnuda, una silueta etérea en la luz suave de la luna. En ese momento él recordaba haciendo el amor, sintiendo la percepción de su pecho o la curva de su muslo, completamente sumergido en la fantasía. Cuando él caminaba al sudeste por el Cañón con dirección hacia Satevo, él había empezado un ensayo poco notorio de lo que él le diría a Martin, preparándose duramente para el confronta miento que seguramente tendrían.

Ahora él cubría con una manta sus huesos cansados, como un caballo que corrió mucho y esta sudado. Su olor corporal picó su nariz y la humedad sentida dificultaba concentrarse en lo que debía decirle a Martin. Mike había esperado confrontarle inmediatamente y acabar de una vez con eso, pero eso no había ocurrido. Entretanto su determinación fluctuaba y la duda corría en él como polillas en un pecho de prendas de vestir de lana, creando huecos en su lógica y dejándole con un sentido agudo de temor. Discutiendo con Martin, una tarea casi sin remedio, raras veces terminaba satisfactoriamente. La mente lista del sacerdote y lengua desdeñosa intimidaban a todo el mundo. Él se encontró deseando que el confrontamiento llegara a su fin para que él pudiera regresar a Ruth y la tierra del cañón.

Mike miró hacia la pared y clavó los ojos en la pintura del Jesús agonizado. La imagen parecía brillar tenuemente de un momento a otro, se reemplazó con Ruth, ofreciéndole una sonrisa tímida, sus brazos extendidos en bienvenida. Él se quedó con la mirada fija, fascinado, dejando a la fantasía sujetarle, cuándo repentinamente la cabeza de su hermano se asomó por una ventana. Un instante más tarde Fray Martin daba la apariencia de estar jadeante en el portal. Él comenzó a ir en busca de su pañuelo, en ese momento sintió la presencia de alguien, miró hacia el frente de la iglesia.

\#

Un observador tendría dificultad diciendo quien era quien aparte de la cara. Martin, un año más viejo, tenía una constitución más pequeña. Cuando joven él había sido duro y fuerte como los otros jóvenes salvajes. Como un adulto él se había mantenido en un sobrio acético estilo de vida, y la inacción y sus túnicas negras le daban una apariencia amorfa, oval. Él compartía la misma nariz y frente ancha, el pliegue mongol del ojo, y la barba escasa como su hermano, pero sus ojos tenían menos fuego. Su habilidad y movimientos rápidos para desafiar a otros con sus ojos daban indicios de una inteligencia aguda. Contrastaba notablemente con lo más quieto, menos la conducta abrasiva de Mike que parecía que era más sobrellevado y aborigen, le gustaba un espíritu errante, indomado habitando los cañones solitarios.

Fray Martin prescindió de la búsqueda de su pañuelo y pasó su frente con una manga mojada. Él recorrió otra vez con la mirada la tormenta, y entonces se dirigió su hermano.

— ¿Qué estás haciendo aquí? Te dije que te quedaras en la ruina.

—El gato cuidará mientras estoy ausente.

Esto indujo al sacerdote a avanzar rápidamente, repeliendo la idea de un jaguar protegiendo a la mujer. Él asió el rosario en su cinturón, y entonces se santiguó protectoramente.

—Es antinatural...esa bestia es un demonio. Te quemarás en el infierno por asociarte con ese animal.

Mike ignoró sus protestas. — ¿Qué no has escuchado?

— ¿Qué?

— ¿Qué has escuchado? Mike tuvo la posibilidad de afrontar a su hermano.

—Es muy temprano para...

—Han sido dos semanas. No les importa.

—Toma tiempo ordenar...

—No. Mike dio un paso abajo del altar encima del piso de la iglesia. No surtió efecto.

—Por supuesto que surtirá efecto. Debes tener paciencia. Fray Martin caminó hacia su hermano. — ¿Por qué estás aquí? Te dije que te quedaras con la diplomática. Mi plan...

—Tu plan es un fracaso...algo así como los otros.

— ¿Qué? La mirada de incredulidad del sacerdote rápidamente se volvió hacia él con el ceño fruncido. No acostumbrado por los retos de su hermano quieto, el sacerdote se puso a la defensiva. Qué pasa, ¿Mike? ¿A dónde quieres ir?

—Nada...simplemente eso...pienso eso...bien, necesitamos hacer algo diferente. El secuestro no funcionará. Fue un error.

Fray Martin trató de alcanzar su rosario y lo agarró hasta que sus dedos se pusieron pálidos, intentando controlar su cólera mientras combatía un deseo para gritar en la simplicidad ignorante de la declaración de su hermano. Él caminó a su derecha y se detuvo a mirar hacia la pintura de Jesús. Él se quedaba inmóvil, haciendo una pausa para crear un efecto.

—Cristo nunca hizo un solo error en su vida; Él fue perfecto.

—Tú no eres Jesús, Martin.

— ¡No blasfemes! La túnica negra formó remolinos cuando él dio vuelta enojado. — ¡Es Su plan! Él señaló la pintura primitiva. Es nuestra única esperanza de detener a la presa del Águila, de proteger la inocencia de nuestras personas, o de esconder las ruinas y tú lo sabes. Si la represa se construye, cincuenta mil Raramuris desaparecerán en diez años y toda el área será infestada y contaminada por constructores y turistas yendo en busca de otro Edén para despojar.

La cara del sacerdote se puso lívida y él pareció crecer en estatura con la fuerza de su convicción y el veneno de sus palabras golpeó a Mike como un látigo. Pero el hermano menor había oído todo ello antes y él dejó a las palabras caer en cascada de emoción con indiferencia practicada.

—No, Mike dijo otra vez, negando con la cabeza, si quisieran negociar, habrían dicho que sí a esta hora.

— ¿Qué sabes tú? dijo fray Martin, caminando a grandes pasos y deteniéndose a unas cuantas pulgadas de Mike. — ¿Qué has estado haciendo? ¿Sabías que la policía te anda buscando?

—Andan buscando al hombre equivocado, ¿verdad?

151

— ¿Qué hace ese término medio? Tú ayudaste con todo. Tu...

—Te di los planos de TexMex Chemical.

—Tú ayudaste a hacerlo estallar...

— ¡No! Mike protestó. ¡No lo hice! No hice la bomba, tú la hiciste. ¡Tú bomba mató a esos hombres!

—Entonces por qué me diste...

— ¡Porque tu declaraste bajo juramento sabotear su maquinaria, no la matanza de las personas!

—Fue un accidente. La cara de Fray Martin se combó, afligido por la culpabilidad. Él entrelazo sus manos, y entonces trató de alcanzar su rosario. Tú apoyaste. Tu...

—Yo te seguí, eso es todo. Estaba de acuerdo con todo eso. Actué como un tonto.

—Tú sólo no puedes claudicar, alegó el sacerdote angustiado. Estamos en medio de esta cosa. Fray Martin sacudió su puño. El policía está haciendo preguntas. Sus ojos se estrecharon enojados. Tú eres como un niño. Piensas que te puedes salir en cualquier momento, que a ti no te gusta el juego. Bien, tú no puedes. ¡Tú tienes una gran parte en esto y eso no lo puedes cambiar!

— ¿Cuándo hablaste con el policía?

—Hace una hora.

— ¿Dónde?

— En Barranca Dulce. Martin hizo una seña con su cabeza. Tienen el colgante de las piedras del jaguar de Padre y ellos estaban indagando acerca de ti.

—Mike le dio una patada a una pila de basura en el piso mientras él consideraba este desarrollo sorprendente. Una punzada de dolor por el miedo tiró de su intestino y en su piel sintió un choque eléctrico. Un estremecimiento corrió por todo su cuerpo. Inesperadamente una oleada de viento y lluvia

152

estropeó la pared del sur de la iglesia y el agua entro a través de las ventanas en torrentes fríos, induciendo a Mike a moverse a otra parte. Luego de doscientos años el techo tenía grandes huecos. En lugares, sólo el esqueleto de vigas permanecía. En unos segundos, del techo antiguo brotaban centenares de fugas, así es que se movieron encima del estrado debajo del techo en forma de domo y su campanario.

Mike empezó a afrontar a su hermano, su mandíbula agarrada con fuerza, enojado. — Quiero salirme. Se acabó.

Fray Martin dijo con desprecio. —Entonces...hasta aquí llega tu compromiso. Él esperó una respuesta, pero Mike miró el piso.

—El gran fraile revolucionario, desacreditado. Martin, metido en una lucha sólo para sí mismo.

Mike levantó su cuello que para ver en su hermano mayor ese ojo burlón. Un rencor abrasador se enconó cuando él recordó discusiones antiguas y bromas de su hermano burlón, más santo que cualquiera adoptando una postura exagerada y condescendiendo en las declaraciones, toda una vida de ser visto abajo. Con su puño agarrado con fuerza él pensó golpear a su hermano que estaba sonriendo burlonamente.

—...no tienes agallas, ¿ah? ¿Ningún compromiso? La molestia continuó. En ese momento se detuvo. Un brillo astuto se asomó en el ojo de Martin cuando él sospechó la razón de la llegada de su hermano.

—Tú hablaste con la mujer, él le acusó. Ella te envió.

—No. Ella...

— ¡Sí! fray Martin le grito. ¡Tú la tocaste...tú hiciste el amor con ella! La prostituta pequeña le dio vuelta a tu cabeza, ella...

—Mike le pegó, tirando al piso a su hermano mayor por primera vez.

—No digas cosas malas acerca de ella. Yo...la amo.

Nosotros... él estaba encima de Martin, su lengua una piedra pesada, su mente pataleando de emociones no expresadas.

—No saldrá nada bueno, eres un tonto. Martin se restregó la mandíbula. — Ella te está utilizando. Él se sentó derecho, mirando la cara fiera de Mike. — Tú eres demasiado diferente, ¿no lo ves? Ella es de la ciudad. Ella es culta y mimada. Tú eres... Él fue en busca de la palabra apropiada.

—...un indígena, Mike termino con eso.

— ¡Sí! ¡Maldito seas! Un indígena. Ella está usando el sexo para manipularte.

—No.

—Sí... y eso está trabajado, ¿no es cierto? Tú piensas que la puedes   mantener, ¿verdad? ¿Tú piensas que ella se quedará cuándo la saques de la mina? Qué te ha prometido ella, uno...

—... no es eso. Tú no entiendes.

— ¿Qué no comprendo? ¿Qué vas a hacer, ponerla en libertad? ¿Cuánto tiempo antes de que seamos ambos apresados o muertos si tú lo haces? Esto es patético. Su voz fue condescendiente. El sacerdote trató de recobrar sus pies y su dignidad. Voy de regreso contigo. Lo necesitamos hablar...

—No, Mike interrumpió.

— ¿Cómo qué no? Tu posiblemente no puedes comprender las consecuencias de...

—Mantente alejado, Martin. Mike se plantó firmemente delante de su hermano, sus puños agarrados con fuerza. Mantente lejos. Tú no eres ya   bienvenido más. Déjanos solos. Estoy muy cansado de ti no me trates de encontrar otra vez. Cometeré mis propios errores. Él empezó a alejarse.

—Espera, Mike, él imploró. Fray Martin trató de entender. — Hablemos. Siento pesar.

—Mike salió disparado hacia la puerta cuando un trueno sacudió el aire. Él salió rápidamente en la tormenta conforme fray Martin continuó, llamándolo e implorando mientras Mike corría en busca del canal del río. El viento aulló una advertencia y la lluvia picó la cara del sacerdote, golpeándole la cara con una constante furia. Fray Martin ansiosamente corrió a lo largo del río, buscando de arriba abajo por su terreno con pendiente pronunciada, gritándole fuerte y haciéndole promesas en los vientos huracanados.

Anonadado por la vuelta de los acontecimientos e incapaz para encontrar a Mike, él abandonó su búsqueda y dobló hacia la iglesia, sus hombros caídos por la depresión en la derrota, con los pies pesados pensando que él podía haber perdido a su último miembro familiar. A solas ahora, su hermano, el último de sus parientes, le había repudiado.

Inicialmente horrorizado, después entristecido por el cambio brusco de Mike, fray Martin se dio cuenta de que el plan se había desbaratado y seguramente fracasaría. Si Mike soltara a la mujer, ella se escaparía por razones de seguridad. El papel de Fray Martin en el secuestro sería descubierto. Él sería un hombre muerto, traicionado por un hermano cobarde, y todo por una mujer, una prostituta probablemente, quien haría o diría cualquier cosa para escapar. Ella traicionaría a Mike, tal como Mike había dejado traslucir a fray Martin. Pero ella no debía escapar. Tenía que haber una forma de impedirle a ella implicarle en el secuestro. Él debía actuar antes de que fuera muy tarde.

Estaba de pie en la lluvia como el loco que era, temblando y completamente mojado, sin darse cuenta de los vientos aulladores que lo buscaban para empujarle hacia atrás hacia el río. Él resistió, profundamente en el pensamiento, su mente enfocada en el problema de Mike y la diplomática americana. ¿Qué debería hacer? Él caminó con vacilación hacia el camino, y cuándo él se acercó, una Toyota Land Cruiser   con un foco

155

delantero alumbraba la colina. El faro iluminó su cara un momento y el coche desaceleró cuando se acercó. Se detuvo y la ventana bajó.

— ¿Bonito día para un paseo, ah, padre? Le grito el federal de traje gris en la tormenta. Él extendió el pañuelo perdido para el sacerdote. Nosotros vamos para Batopilas. ¿Usted quiere acompañarnos?

El sacerdote vaciló, miro primero a Luis, enseguida al profesor. Repentinamente él supo lo que él debía hacer. Fray Martin sonrió y cogió el pañuelo.

—Sí, gracias. Dios le ha de haber enviado. Lamento nuestro encuentro más temprano. Él hizo una pausa, y entonces se inclinó por la ventana abierta. — Tengo noticias para usted referente a mi hermano, y temo que no sean buenas. Tan triste como me ve, estoy obligado a decirle que Mike secuestró a la diplomática. Él estuvo aquí mismo y discutimos. Él gesticuló vagamente hacia la iglesia. —Si usted me pudiera dejar en San Francisco en Batopilas, compartiré toda la historia con usted.

Luis y El Profesor Discuten

El viento de la tormenta violenta de invierno que venía por el camino sinuoso de asfalto para Batopilas provocaba un desafío lleno de riesgos. Los baches abismales y las rocas caídas llenaban la carretera tanto que Luis se hizo a un lado del camino para esperar que pasara la tormenta. Además, el sacerdote dijo que tenía una buena historia y Luis quería observar los ojos de fray Martin cuando él hablara. Un hombre podría aprender mucho viendo a los ojos de alguien, pero el espejo retrovisor del vehículo no hacia un buen trabajo. La distracción de la tormenta y tener que voltear era un hecho imposible. Luis se detuvo y se estacionó en el sedimento de una arboleda de cicuta cerca de un puente ancho, de un camino que se extendía sobre una cañada profunda. Él empezó a afrontar al sacerdote conforme él hablaba.

Fray Martin presentó un panorama convincente de lo que probablemente había ocurrido. Las piedras le habían pertenecido a su padre y más tarde, a Mike. Habían sido diseñadas para representar a un jaguar montadas en plata. Su padre, ahora muerto, había sido un chamán y curandero. Como muchos practicantes de las viejas religiones él había compartido una fascinación especial por el jaguar, como lo había hecho con su hijo último en nacer, Mike. Fray Martin reconoció que Mike tuviera una mascota, de hecho un jaguar y fue conocido como El Jaguar Feroz por los salvajes, quienes tuvieron dificultad creyéndolo también. El sacerdote dijo la palabra "mascota" con desagrado obvio.

Mike una vez había vivido en Nuevo León, cerca de la Frontera, y trabajado en una de las fábricas químicas. Él había perdido a su bebé y su esposa durante el parto, se envolvió con la gente equivocada, y probablemente había estado involucrado con la explosión en la fábrica fracasando totalmente y otros incidentes eco terroristas. Mike había regresado al Cañón de Cobre el año pasado, pero el fraile. Martin afirmó sólo haberle visto esporádicamente y juró que él no tuvo anterior conocimiento de la intención de Mike en secuestrar a la diplomática americana. Ciertamente, Fray Martin acababa de enterarse de eso treinta minutos previos al encontrar a Mike esperándolo en la iglesia. Mike había venido a pedir ayuda, pero había salido enojado cuando fray Martin se rehusó e insistió en que Mike debía liberar a esa joven mujer. El sacerdote creía que él sabía dónde mantenía Mike a la diplomática: Una región apartada en los Cañones Perdidos dentro de las ruinas de las viviendas en un acantilado antiguo.

— ¿Qué? dijo el profesor muy sorprendido. — ¿Dónde dijo usted?

—Dije viviendas del acantilado, en los Cañones Perdidos.

—No hay ninguna vivienda en un acantilado en México.

El sacerdote sonrió condescendientemente. —Oh sí que hay, profesor. Los he visto. Mike y yo jugamos allí cuando niños, aunque no crea que alguna vez hayan sido descubiertos. En verdad…es algo como un secreto familiar. Nuestro padre nos los mostró cuando éramos jóvenes, y Mike ha vivido...

— ¿Usted tiene conocimiento de los Indígenas prehistóricos Anasazi de Colorado y Nuevo México?

Interrumpió el profesor, excitado en la posibilidad de ruinas sin descubrir.

—Pues sí, he escuchado acerca de ellos, pero no sé...vi un libro una vez...el sacerdote pareció estar recordando algo.

—...quiero decir la clase de viviendas del acantilado en las que los Anasazi vivieron, la clase de piedra pegada con mezcla, persuadió con ruegos el profesor.

El sacerdote pensó un momento, y entonces dijo, — Sí, diría que sí. Como un hecho, diría que se ven casi iguales. De cualquier manera... Y él se dirigió a Luis, quien frunció el ceño, le irritó que David hubiera interrumpido la narrativa de Fray Martin. Luis no daba ningún crédito acerca de viviendas en el acantilado, el crimen era su pasión.

La Toyota se estaciono lentamente y resistió la acometida de la naturaleza como las ráfagas de vientos que soplaban llevando hojas con lluvia en contra de ella, dando como resultado un constante rugido metálico dentro del coche y permitiendo visibilidad cero afuera. El profesor se sentó rígido y anonadado, quedándose con la mirada fija como invidente y boquiabierto, intentando entender la aseveración increíble del sacerdote. No podría ser, él discutió consigo mismo. Las viviendas próximas del acantilado Anasazi estaban al norte a casi setecientos kilómetros en el sudoeste de Nuevo México. David había pasado un verano casi treinta años atrás como un graduado, ayudando en las excavaciones en las viviendas Gila Cliff. Ninguno conocía algún sitio Anasazi y arqueológico que existiera en la Sierra Madre occidental en el sur. Él había pasado sus últimos veinticinco años sumergidos en la arqueología latinoamericana y se había sentido vergonzosamente poco familiar con arqueología arcaica en los Estados Unidos. Todavía, él especuló, ¿Era posible que el área Anasazi hubiera ido tan distante al sur? Él ignoró a Luis y al sacerdote y persiguió su propia línea de pensamiento.

Los Anasazi habían vivido en Colorado y Nuevo México y era la última de las civilizaciones arcaicas que sobrevivieron en el Suroeste. Aunque similar a sus primos sureños del mismo período, los Hohokam y los Mogollon en Arizona y Nuevo México, los Anasazi eran muy diferentes. Todas las tres culturas compartieron la misma dieta de alimentación; el maíz, los frijoles, y la calabaza como sus recursos primarios de subsistencia, pero los Anasazi también compartieron rasgos culturales con las culturas arcaicas del este. Su maíz fue de la variedad sagrada. Tallaron la piedra en los hoyos ceremoniales, conocido como kivas, que no tuvieron repercusión en algún otro sitio, y habían construido viviendas increíbles en el acantilado utilizando piedra pegada con mezcla, barro, y leños para construir ciudades en la cara de los acantilados. Sus descendientes fueron los habitantes modernos del pueblo Hopi y los Taos.

Si bien las oportunidades de ser de viviendas Anasazi eran escasas para algunos, David ardió en un cosquilleo familiar, la premonición del descubrimiento, una posibilidad que él podría hacer un descubrimiento importante. La importancia de descubrir sitios arqueológicos en la cuenca de la llanura de la presa del Águila palideció en comparación con encontrar lo que, en esencia, podría ser una nueva civilización.

—Vamos, él dijo abruptamente. — ¿Cuándo podemos salir?

— ¿Ah...? Luis dijo. —Un momento, gringo. Estoy hablando con el buen capellán acerca de las piedras y...

¡*Las piedras*! recordaron al profesor. ¿Cómo podría olvidar él las piedras de jade? Las piedras preciosas podían ser otra razón por la que las ruinas se situaron en un lugar tan remoto. Los bancos de jade fácilmente podían estar cerca.

—Debemos ir, dijo, ansioso por regresar a su cabaña y sus libros.

—Necesito buscar algunas cosas.

—Mantén arriba tus pantalones, David. Está cayendo una tormenta como que la virgen está enojada allí afuera, en ese momento Luis respingó y se inclinó haciendo una reverencia con su cuello, avergonzado en la referencia impropia en la presencia del sacerdote. Pero cuando él miró hacia arriba, el sacerdote se quedó con la mirada fija fuera de la ventana.

Fray. Martin se sentó en silencio, olvidado de David y el federal, todavía juntando su mentira y planificando cómo movería él estos dos nuevos peones en su tablero de ajedrez. Algunas cosas no habían cambiado, él se recordó a sí mismo. No era de suma importancia que la presa del Águila fuera construida. La reacción del profesor por las viviendas del acantilado habían asombrado al fraile Martin, pero él supuso inmediatamente que él podría usar las viviendas del acantilado y al profesor para su propio beneficio. El polizonte, sin embargo, se quedaba con la mirada fija constantemente, evaluándole. ¿Qué estaba pensando? El federal, él se percató, tendría que ser con el que se trataría cuidadosamente para ejecutar el plan que él, hasta ahora, no había finalizado. Fray Martin no podría ver el fin, pero si la luz tenue de un plan que había comenzado a fundirse. *Sorprendente*, él pensó, cómo continuaba Dios guiándolo a decir y hacer lo correcto. Eso todo resultaría, y el fraile Martin no tenía la culpa estimando su papel. Mike le había dejado por la cama de una prostituta. Él había dejado traslucir a fray Martin, y por consiguiente el Plan de Dios, ya no podría ser tratado con consideración.

Triste, verdadero. Él tendría que tratar con Mike según se necesitara. Cualquier cosa que estaba obligado a lograr El Plan debía ocurrir con reserva. De Fray Martin en cierta forma le salvaría si él pudiera, pero si fuera necesario Mike sería martirizado como la mujer. Era filosofía básica, él se reconfortó a sí mismo; las necesidades de la mayoría, en este caso cincuenta mil Tarahumaras, lejos sobrepasaban en número. La obsesión de Mike con preservar las ruinas no era nada en comparación con las necesidades de los Raramuris.

#

Luis clavó los ojos en el sacerdote hasta que fray Martin le prestó su atención.

Lo peor parecía terminarse, Capitán. Fray Martin entrecerró los ojos para ver a través de una ventana llena de niebla. — Estoy ansioso por regresar a San Francisco. Necesito hacer unas cuantas llamadas, explicar a fray Leo mi intención para interrumpir mis meditaciones en Satevo, y la necesidad para encontrar a mi hermano.

—Sí, convino el profesor. Y yo me voy apurando para ver...

— ¡Oigan! Ambos. La cara de Luis se volvió moteada y determinada con un ceño fruncido cuando él trató de demostrarles su control. Él miró severamente a David, y entonces se volvió hacia fray Martin.

—Por las buenas o por las malas usted es un testigo esencial en una serie de crímenes convirtiéndose en homicida por el secuestro. Si usted se da cuenta de eso o no, usted no puede venir y puede ir más hasta que estos asuntos se hayan resuelto.

—Seguramente usted no piensa que yo...

—... usted no va a ningún lugar o va hacer cualquier cosa sin mi aprobación.

—Qué absurdo, Luis, alegó el profesor, — Fray Martin se

ha ofrecido a indicarnos el camino a las ruinas...

—Las ruinas no me interesan, Luis interrumpió. Él fijó su atención en el sacerdote.

—Ando buscando a un asesino y un secuestrador, y usted me está diciendo que él es su hermano. Usted ha descrito a un hombre peligroso. No vamos a simplemente de paseo y tendremos una conversación amigable mientras que David desentierra fragmentos de vasijas en las ruinas.

—Luis...empezó el profesor, desaprobando el tratamiento del amigo hacia el sacerdote. Nadie dijo que estábamos planificando un picnic, pero fray Martin está ofreciéndose a que tengamos un encuentro...

— ¡Basta! La mano grande de Luis hizo una moción. Yo decidiré siempre y cuando vayamos hacia esta trampa, y si usted incluso va.

— ¿Qué? El profesor se irguió de golpe en su asiento, sobresaltado.

—Luis tú no puedes hablar en serio. Pero una mirada desdeñosa del federal le calló, y él agarró con fuerza su mandíbula mientras Luis dirigía su atención a fray Martin.

—Capitán, yo comprendo sus preocupaciones, insistió el sacerdote, pero conozco a mi hermano y él no es una persona violenta.

—Luis se rió. Esto confirmó su opinión que los sacerdotes eran todos lo mismo, los tontos de sotana, buscando el menosprecio y la maldad de los hombres cuando era conveniente.

—... realmente, capitán, continuo el sacerdote, Mike nunca incluso ha disparado a un arma de fuego antes.

Luis rechazó con gestos con las manos las objeciones. — La bomba y el secuestro son actos violentos, padre. Simplemente no se mueva y no haga ningún plan. Le daré una idea en el camino al pueblo.

—Luis encendió a la Toyota y el interruptor del limpiaparabrisas. Todo el mundo usaba su manga de camisa para pasar un paño sobre las ventanas que estaban empañadas. Ya prendida ahora, la tormenta de invierno había resoplado a través, dejando un aguacero estable frío para limpiar el camino de varitas quebradas de leña y hojas. Luis embragó el coche y este dio bandazos conforme avanzaba. Cada hombre mantenía una conversación silenciosa consigo mismo, interpretando acontecimientos y ordenando asuntos según su propio objetivo.

Luis, quien debería haber sido el más interesado con el golpe de timón de los últimos acontecimientos, cayó en una depresión malévola, cercana y fiera cuando él consideró la veracidad del sacerdote y la falta de cautela del profesor. Quiso fray Martin dar la apariencia de ser un altruista, ¿o vio él esto como una oportunidad? ¿Y por qué estaba el profesor actuando como un desertor listo para abandonar el busque?

Mientras Fray Martin y Luis tomaban turnos observando los ojos del otro en el espejo retrovisor, David se quedó con la mirada fija en el techo del vehículo, sus análisis en resumen se involucraron en la retentiva académica y procesos deductivos de razonamiento cuando él causó un problema por las viviendas del acantilado y comenzó a preocuparse como un perro por su hueso.

Luis condujo cuidadosamente, se detenía en los lugares bajos del camino por donde pasaban arroyuelos, y una vez que utilizaban la tracción en las cuatro ruedas del coche para cruzar un alud pequeño de barro y de roca eso había colapsado de una vertiente rocosa de caliza. Normalmente un viaje de veinte minutos, el trayecto de regreso a Batopilas duraba casi una hora. Finalmente la lluvia se convirtió en una llovizna ligera y el cielo sureño se volvió más ligero, pareciendo hincharse y empujar al norte las nubes.

—Tres kilómetros a Batopilas, Fray Martin dijo, — Capitán, espero que usted no esté planificando una expedición tremenda de la policía para acompañarnos a los cañones.

— ¿Por qué no? Luis preguntó, mirando con atención por el espejo retrovisor.

—Mike sabrá que estamos cerca mucho antes de que lleguemos y tendrá mucho tiempo para escapar. Usted nunca le encontrará si lo hace, créame. No puedo garantizar la seguridad de la mujer si usted elige ir con un montón de policía o las fuerzas armadas. Usted perderá a los dos.

Luis se esforzó para observar el camino y el espejo retrovisor al mismo tiempo. Lo que el sacerdote dijo tenía sentido, pero Luis sentía que estaba siendo manipulado. ¿Cómo? La intuición le dijo que el sacerdote no estaba diciendo toda la verdad. ¿Estaba él omitiendo información para lograr el resultado deseado? Al comparar al anterior tratamiento del sacerdote a ellos en el pequeño cañón con su avidez presentía la asistencia, no lo digirió bien. Luis sabía que él había perdido algo importante, y él no quería tomar algunas consideraciones sin tener todos los hechos. Creer que los mentirosos eventualmente se contradicen, él decidió tener paciencia y jugar con el sacerdote.

— ¿Qué sugiere usted? Él le pidió, con una voz falta de interés.

—Conozco los Cañones Perdidos, capitán. ¿Soy un indígena, recuerda? Tres hombres pueden moverse rápidamente y quedamente en una fracción de tiempo que un contingente grande. Además, no pienso que usted tenga una oportunidad de recobrar a la mujer sin mí para hablar con Mike.

— ¿Por qué es eso?

—Soy su hermano, soy un indígena y yo le comprendo. No le puedo prometer cualquier cosa, pero él siempre me oye antes y sigue mi consejo.

— ¡Mire! señaló el profesor, arriba.

—Ah...Luis desaceleró en la curva cerca de su cabaña, y entonces se convirtió en el enlodado camino de acceso. — ¿Qué pasa? Pensé que lo tomaría fray Martin...

— Está abierta la puerta principal en nuestra cabaña.

La lluvia había disminuido hasta formarse una niebla fina y así el profesor bajó su ventana y estiró su cuello para una tener una mejor vista. La puerta de tela metálica colgaba por un gozne y la puerta principal estaba sin obstrucción a la vista. — Tal vez la tormenta...

—Ni lo pienses, David. Capellán, espera aquí. Luis estacionó la Toyota y tomo su .45 automática. Mantente atrás un minuto, David. El federal se acercó prevenidamente, se paró a un lado de la puerta, y entonces llegó de un salto a la cabaña con su arma de fuego agarrada con ambas manos. Una mirada reveló la cabaña que estaba hecha una calamidad, pero vacía. Él llamó con las manos al profesor para unirse a él.

—Malditos, David mascullo, mirando la basura, por qué haría alguien esto...

— ¿Quién sabe? Contesto Luis, después de mirar la puerta y el patio para estar seguro fray. Martin se quedó en el coche. Luis sostuvo en alto una mano para ordenarle al sacerdote quedarse allí, y entonces caminó lentamente cerca de la cabaña, examinando la revoltura. En ese momento él caminó y estaba en frente del profesor, con sus manos en sus caderas.

—David, si tú no dejas de interferir con mi investigación, te amarraré   en la cama en el cuarto en la cantina a una puta con la cara llena de barros y llamaré a Alexandra para que

166

venga y te agarre.

— ¿Qué? Como consideras este desorden. El profesor, enojado y confundido, volteo a ver a Luis con una mirada malevolente.

—Que el sacerdote está desconociendo la verdad, y tú estás empeorando todo, Luis te acuso.

— ¿Cómo es que....?

— Tú lo estás alentando con esas cosas de arqueología.

—Todo lo que él dice tiene sentido para mí. Caramba...él es un sacerdote. ¿Por qué mentiría él acerca de eso?

—Eso quiero descubrir. Mi premonición es que él es un zorrillo y mi intuición es usualmente correcta. Luis movió a un lado algunos artículos con su bota, y entonces pateó algunas piedras.

—No patees mis rocas, Luis. El profesor se sentía agobiado para recuperarlas, pero vacilaba por recordar algo. Él caminó en lugar de eso para su escritorio. Las gavetas colgaban entreabiertas, algunas vaciadas encima del piso, y los escritos yacían esparcidos en todas partes.

—No están aquí, dijo.

— ¿Qué no hay aquí qué?

—Mis notas.

—El piso está cubierto con tus escritos.

— Las dejé aquí en el papelero, bajo la lámpara del escritorio. Él señaló la lámpara de petróleo.

— ¿Qué papelero? Luis fingió interés, pero continuó mirando alrededor del cuarto.

—Mis notas del resultado del muestreo del Dr. Atunez. ¿Por qué los querría alguien, Luis?

— ¿Quién sabe? Todavía hay una buena cantidad de mineros por aquí. ¿Alguno podría sospechar de lo que tú te has dado cuenta?

Revolvieron todas las cosas, buscando las notas y enderezando el cuarto. Luis salió otra vez para estar seguro que el sacerdote estaba en la Toyota.

Después de un rato, el profesor dijo, — Tú tienes la razón, ¿y lo sabes?

— ¿Acerca de qué?

—Acerca de qué simplemente los tres deberíamos ir.

—Creo que no. Necesitaremos radios, personal de apoyo, perros, una cantidad de suministros para una semana...

—Tú no tendrías ningún reconocimiento por eso.

— ¿Ehh? Esto detuvo a Luis. ¿Cómo qué?

— ¿Es éste un caso importante?

— ¡El infierno sí! Una diplomática americana secuestrada, ¿estás tú bromeando? Por qué...el hombre que solucione este caso podrá tener buenos créditos.

—Entonces olvídalo.

— ¿Huh...por qué?

— ¿Cuántos jefes tienes?

El bigote de Luis que se tiró bruscamente y las cejas arqueadas y él desvió su peso con inquietud. Él comenzó a entender. — ¿Por qué lo preguntas?

— ¿Cuántos?

—Dos o tres.

— ¿Cuántos jefes tienes?

—Dos o tres.

— ¿Cuánto tiempo piensas que van a dejarte en el cargo? ¿Tú piensas que te dejarán atribuirte el mérito cuando allí hay mucho que ganar?

La frente de Luis se arrugó en líneas por el ceño fruncido cuando él consideró la verdad de las palabras de su amigo.

—Luis, siento tener que pasar por esta parte, el profesor hizo una seña vagamente hacia el camino. —Voy a encontrar esas ruinas de una u otra manera, si voy contigo o no. No tengo nada para perder. Pero dime, qué vas a hacer si te dejan fuera de este caso, enviar las fuerzas armadas, ¿y llegas a las ruinas y no encuentras nada?

Luis no vaciló. —Estaré limpiando letrinas en la penitenciaría del Chihuahua.

—Exactamente, de acuerdo David.

— ¡Pero no confío en ese maldito sacerdote!

— ¿En quién confías más? ¿Yo y el sacerdote o tus jefes en Chihuahua?

David sabía que era una comparación injusta. Luis había escalado a través de la policía en la forma más difícil, comenzando como un polizonte callejero en la Ciudad de México, teniendo un sueldo de cien pesos al día como sargento simplemente para mantener su trabajo. El sargento, a su vez, tenía que dar su dinero al jefe para mantener su trabajo, etcétera. A pesar de la temprana introducción de Luis al soborno y el soborno promedio en las calles de la Ciudad de México, él fue básicamente honesto y poseía más que la inteligencia común Eventualmente él había sido promovido a detective y había adquirido un sueldo que le alcanzaba para mantener a una familia. Pero Luis estaba íntimamente familiarizado con La Mordida, el soborno, y las maquinaciones corruptas de la policía. Ocasionalmente tenía que ser listo en lugar de deshonesto, y esta podría ser una de esas veces.

Sin contestar él lo acompañó al escritorio y ayudo levantado los mapas del profesor, encontraron uno que a él le gustó, y entonces vio al profesor.

—Podemos reportarlo como un robo casero con la policía más tarde. Dile al sacerdote infernal que puede entrar y ver estos mapas con nosotros. Necesitamos hacer un plan.

La Introspección y el Vuelo

Un resplandor apenas perceptible en el suroeste señalaba la partida de la tormenta. Enojado con su hermano y ansioso para regresar a las ruinas, Mike había corrido casi por una hora antes de ceder a la furia de la tormenta y refugiarse en una vieja mina. Él pasó un rato en el silencio deprimente, discutiendo de nuevo su argumento con Martin y vigilando con temor de que la tempestad arrojara rocas después de los rayos en el ancho valle Urique.

Al colgar los hábitos en Satevo, él corrió como un demonio como si fuera detrás de alguien que escapa. Pero ahora, retrospectivamente, la reunión con Martin había terminado de una manera como él lo había supuesto: mal, pero exitosamente. Mike había hecho constar que él y Ruth ya no eran parte del plan loco de Martin, y que Martin estaba solo en eso.

Su separación sería espiritual así como también física. Mike no tenía la intención de volver a buscar a Martin otra vez. Iba a ser muy difícil, por sentir a las personas por la atadura de la sangre que van más profundo que la ascendencia. Ellos habían compartido experiencias, una religión en común y un punto de vista similar del universo. Martin, hasta donde Mike sabia, no tenía nada en común con alguien, incluso los Tarahumaras. Mike había vivido su vida entera alrededor de indígenas y cristianos, y en opinión de él Martin no podría reclamar su afiliación tampoco. Sin embargo ignorante de eso, Martin era el alma sin dirección. Mike siempre se había sentido incómodo alrededor de su hermano y por mucho tiempo había sospechado que algo no era perfecto acerca de él. Aun como un niño precoz, su hermano siempre había pretendido ser más santo que él, los pronunciamientos y las opiniones habían puesto de nervios a todo el mundo, especialmente a su padre que gradualmente, había puesto espacio entre sí mismo y su hijo mayor.

En lugar de eso él hizo que Mike en sus correrías pasara a las tierras del cañón, dejando a Martin con su madre china, quien desbordaba de infelicidad y pensó abandonarlos a todos ellos por una cama caliente. Cuándo ella finalmente dejó su caja de cartón de libros de antropología, notas, y una grabadora tomó a Mike con a ella, dejando a Martin que su marido indomesticado debía criar. Pero esta disposición resultó temporal cuando Mike pronto la abandonó a ella y Los Ángeles para acercarse a   más familiares de las tierras del cañón. La partida de Martin para la misión jesuita y Mike la interrumpió permaneciendo con su padre hasta que murió tres años antes después de un comercio aciago en el que se aventuró, sólo había ensanchado la ruptura en su relación.

Truenos pequeños, los restos del invierno, movido en un constante paso, el arrastramiento detrás de la masa más grande, fiera que rugió hacia el norte en los Cañones Perdidos. Él podría oír el sonido distante del trueno y podría ver relámpagos venosos en la masa de la tormenta. El Rio Urique, ahora floreciente en la carrera de desempate de la tormenta, bufaba y colisionaba vigorosamente cuando el agua espumosa corría hacia su destino eventual en el Golfo de la Baja.

El deseo a volverse le impactaba, y él permaneció parado

en la entrada de la mina examinando el valle ancho y haciendo planes para regresar a las ruinas, él repentinamente se sintió energizado. Ruth le esperaba, y ella sería su nueva vida. Él apartaría su involucramiento con Martin y lo que por mucho tiempo le dio alas a la pena sobre su niño y esposa muerta. Como sus padres y su educación extraña, éstos permanecían como asuntos no resolubles en su vida. Las ruinas eran su casa y él quería estar junto a Ruth.

Él comenzó a estirar y amarrar sus huaraches en la preparación para ir al norte por un largo tiempo en los Cañones Perdidos. La tormenta viajaba rápido, y así es que él podría correr sin peligro para alcanzarle a ella. Él debía moverse rápidamente mientras la luz gris del atardecer lo dejaba trepar los acantilados, y vadear las corrientes llenas. El suelo estaría empapado y traicionero, y era imperativo que él cumpliera el permiso de su ausencia ahora para llegar por la mañana. Su estómago gruñó en señal de protesta, pero él lo ignoró. Toda una vida de vivir a base de la tierra en un escabroso medio ambiente inclemente le endureció y lo condicionó a él en trozos de pequeños inconvenientes. Para sostenerse y tener la fuerza, él se deleitaba con la memoria de Ruth.

El aire olía fresco cuando él corría hacia el río. El ozono enriqueció el aire, ideal para manejar largos trechos, permitiendo a él correr rápidamente y ganar su ritmo, sus piernas bastante musculosas sin esfuerzo alguno se movían a lo largo de los bancos serpentinos del Urique. El sol se movió detrás de la cara occidental del acantilado, y se obscureció, pero él nunca varió su paso, y en una hora él había logrado cruzar tres corrientes. Él ahora debía trepar la columna vertebral del Diablo.

Él escogió la vereda a la izquierda y trotó adelante por una corta distancia antes de dejar su rastro de agua gastado por una ruta en las montañas. Él regresaba al Cañón de la Roca. Conforme él corría, él cantaba con el ritmo que le daría fuerza y de paso ayuda en el tiempo. Él se movía rápidamente a través de los cañones como un fantasma; graciosamente y con pequeño esfuerzo, simplemente otra sombra a lo largo del rastro, y en ese momento desaparecieron, fueron tragados por la noche, un hombre libre librándose de su pasado, atento por su futuro.

Ruth Se Queda Dormida

"Discúlpame mientras beso el cielo", Ruth pronunció las palabras silenciosamente, apoyando su espalda mientras observaba al asqueroso blanco de la esfera lentamente en el cielo de la mina. El manantial afectuoso detrás de ella trinaba fielmente cuando ella yacía recordando en el pasado momentos importantes de su juventud. Pero Jimi Hendrix y sus memorias de 1967 era lo que ella menos esperó. Pareció una eternidad desde esos años estridentes. Pero ahora las palabras mantenían un sentido especial, y ella los atesoró y los repitió otra vez cuando miró el agujero pequeño del cielo y recordó la alegría serena de otras noches astronómicas.

Ruth tenía sólo la mina, algunos suministros, las estrellas, y el manantial para estar ocupada. Inevitablemente ella se encontró recordando acontecimientos y conversaciones de su infancia: lo más feliz, el tiempo más despreocupado de su vida. Una memoria condujo a otra, etcétera. Ella no debería estar tan ensimismada, ¿sino cuál era la alternativa? ¿Un martirio ignominioso? ¿La muerte lenta de locura con cada momento penosísimo, una eternidad? Ella le puso una almohada a lo mejor que ella podría, intentando mantener unido todo ello haciendo frente a la adversidad increíble. No había recibido entrenamiento en el servicio diplomático y consular que la habría preparado para esta prueba extremadamente dura. Ahora ella pasaba tiempo jugando juegos de la mente, recordando lo mejor y a veces la mayoría de memorias inesperadas, y entonces cambiaba de decisión para construir paradigmas conductistas y panoramas quiméricos para los actores en el drama de su secuestro, cualquier cosa para mantener su cordura. Desde el principio había comenzado a repetirse a ella misma, "debo sobrevivir".

La abertura dentada, a casi diez metros anteriormente citados en la pared occidental, se filtraba una fluorescencia pálida. En una hora en que la luz oscurecería conforme la luna continuaba su viaje, y la cuchillada daría la apariencia de estar gris antes de finalmente amoratarse. Disponiendo perfectamente todavía de una noche despejada ella podría ver un puñado de estrellas y podría caer en un patrón sutil de retentiva, podía recordar las veces agradables gastadas en fogatas, juegos y picnics.

Ahora, como la luz de las estrellas se robustecía, ella recordó una noche memorable en 1967. Dieciocho años de edad, ella había dejado a un novio en el Estado de Oklahoma que la convencía de dejar el dormitorio universitario y acampar en las montañas de Wichita. A diferencia de estas chispas raquíticas de la noche, ella recordó con asombro realmente viendo las estrellas por primera vez, lejos de las luces de la ciudad que le impiden a uno verlas tan bien. Había sido casi atemorizante; millones como de lentejuelas en parpadeo, tan cercanas, cubriendo la tierra de una manta sofocante de diamantes y desperezándose hasta donde alcanzaba la vista.

Había sido la primera vez que ella hacía el amor al aire libre bajo las estrellas y en su memoria esa noche permanecía viva. Ella todavía podría oler el fuego del campamento y podría saborear la sabrosura malvada de su pasión cada vez

176

que ella volvía a vivir el abandono inocente del primer amor de juventud. Ojos esa noche, cerrados, ella se imaginaba a si misma allí, festejando y saboreando la memoria como un bocado delicado, consumiéndola lentamente y a regañadientes.

Cuando ella hubo agotado este pensamiento, se mudó a otro más reciente: anoche con Mike bajo las estrellas en las ruinas. La pasión estaba allí, pero esta memoria era pintada con confusión, miedo y cólera. Recordando tijeretas etéreas de vapor ascendiendo en el cielo frio crujiente, ella visualizaba brillar intermitentemente las señales con un asterisco en contra de un terciopelo de fondo pensando en el cuerpo delgado de Mike, agarrado en el apogeo de la pasión, flexionado duro en contra de ella y   dándole la vuelta para introducirse en ella. Sus piernas se abrieron reflexivamente, y entonces dibujaron juntos apretadamente sintiendo un cosquilleo precipitado que recorría a través de ella, induciéndola a gemir con pasión reprimida.

Dios mío, ella pensó, ¿qué me está ocurriendo? Comenzó a lloriquear entre sollozos, y las nubes se movieron hacia adentro para ahogar la luz de luna, dejándola en la oscuridad con un miedo maligno que crecía a cada momento hasta que la luz apareció otra vez. Ella contuvo la quietud con lástima de sí misma y se acostó quieta, estoicamente resistiendo la oscuridad, esperando a que la nube pasara. El sonido remoto del trueno y los parpadeos ocasionales del relámpago le avisó de una tormenta que venía. Ella hizo respiraciones profundas para calmarse, reajustó su petate y su abrigo algodonado tan servicial como si fuera una almohada, y entonces volvió a su posición incómoda. Para pasar el rato, ella se concentraría en la tormenta, la primer ocurrencia desde su secuestro, y por consiguiente algo nuevo para ocupar su atención. Mientras el manantial susurrante proveía un historial mudo, ella escuchó y observó con mucha atención. Aunque su ventana para el exterior fuera pequeña ciertamente, la tormenta prometía ser fuerte y grande. Su imaginación formaba un panorama de fantasía para sacarla de la caverna y llevarla afuera. Allí ella experimentaba un viento frío y la lluvia que picaba la percibía en su cara en medio del trueno y los resplandores relampagueantes.

La tempestad profería con furia, tirando de sus sentidos y empujándola a mantener la fantasía, para no sentirse muerta y enterrada dentro de esta montaña. Pero entonces ella se cansó y un sentimiento familiar de desesperanza la envolvió. Ella cerró sus ojos en una oración silenciosa, a sabiendas de que él no la podría oír en la mina. Algunas noches ella se preparaba duramente y se repetía, " debo sobrevivir, debo sobrevivir," como un mantra hasta que ella se quedaba dormida. Pero el encuentro de la última noche con Mike la había maldecido con esperanza, y ella oró el padrenuestro repetidas veces, eventualmente sucumbiendo hasta cansarse y caer en un cambiadizo sueño dormido, de 1967 y el verano de amor.

Ella había ganado por ahora. Con terror y miedo de muerte como las memorias recientes, y la desesperanza y desesperación de sus únicos compañeros, ella continuaría peleando. No tendría una muerte ignominiosa. Viviría otro día.

El Viaje Comienza

Luis, el profesor y fray Martin estuvieron de acuerdo en esperar un día para poner en orden sus asuntos propios antes de salir. Esto, por supuesto, dio como resultado una oleada de actividad así como también una realización inesperada: una conciencia mutua que todos ellos traían entre manos con engaños porque habían entrado en una conspiración de silencio estimando sus intenciones verdaderas.

Luis se reportaría al Coronel Cedras en el que él tuviera un grupo de seguidores llevaba la delantera eso le tomaría estar fuera de la ciudad algunos días. El profesor estaba plagado de culpabilidad porque él había llamado a Alexandra y había detallado sólo la parte del plan que le causaría a ella una ansiedad mínima: ese fray Martin los guiaría a un sitio arqueológico desconocido y se irían varios días. Fray Martin no había revelado nada pero había estado de acuerdo en encontrar a los otros dos para un almuerzo en la "Pepita de Plata", y finalizar planes para una temprana partida mañana.

Alexandra había estado feliz cuándo le llamó por teléfono David, pero entonces ella se puso de pocas palabras y no compartió el entusiasmo cuándo él explicó su plan. Con un suspiro pesado y un largo silencio que demostró sus sentimientos verdaderos ella aceptó su explicación, conocía a su marido lo suficiente como para ver que ella no le cambiaría.

179

Lo puso al tanto acerca de sus actividades en Chihuahua, desde que ella se quedó con Luis y Ángela, pero hizo constar que estaba seriamente pensando acerca de regresar a la Ciudad de México si él no diera señales de terminar su trabajo. Todo estaba bien, ella supuso. El Dr. Atunez había llamado por teléfono con un mensaje sobre lo concerniente a la actividad sísmica en las Sierras del norte y le dijo que David por favor le llamara. Esto alzó su interés pero Alexandra no podría recordar nada más de la conversación, y el profesor no podría llamar a la universidad hasta el lunes. Él masculló los afectos usuales y ella respondió del mismo modo, y entonces él suavemente colgó el teléfono. David pagó 50 pesos al dependiente de la   farmacia por la llamada telefónica y después caminó sin rumbo fijo, mirando los estantes y sintiéndose culpable por evadir la verdad con Alexandra. Él se entretuvo revisando la conversación hasta que se había asegurado que él realmente no la había engañado. Mirando su reloj, él recordó que tenía asuntos que no había concretado. Salió de la farmacia y camino brevemente por la acera, observando la actividad en el zócalo mientras decidía su siguiente maniobra.

La niebla espesa desde la tormenta de ayer rápidamente se disipó, dejando un rocío pesado de diamantes lustrosos en alfombras de pasto amarillo y refulgiendo rocas grandes. El aire se sentía grueso con humedad pero olía fresco, y el sol acaba de estar bordeando la cúspide de la pared del este del cañón, bruñendo en oro los techos rojos de las tejas del pueblo colonial.

Dejando atrás la farmacia, David continuó experimentando punzadas de dolor de culpabilidad cuando él cruzó el zócalo y caminó enérgicamente encima del empedrado hacia el mercado de Batopilas, el mercado externo local. Aunque él tuviera su equipo de previas excursiones de estudio, él necesitaba un nuevo martillo para roca y quiso comprar unos treinta metros adicionales de soga y varios rollos de hilo bramante. El peso ligero y el objeto portátil, las canastas expandidas para acarrear casi cualquier cosa; rocas, cazuelas, tela, etcétera. Si la mitad de lo que el sacerdote dijo fuera cierto David lo había puesto a prueba y preciso, fuertemente sospechaba que él regresaría con más de lo que podría llevar.

Él olió el mercado mucho antes de verlo, y al doblar la esquina vio que había mucha actividad. Era sábado, y las matronas Tarahumaras   con rebozos coloridos y los rojos cintillos sobre la frente habían arriesgado el   reclamo para las aceras rodeando la plaza para exhibir sus oficios tradicionales; alfarería, sandalias, muñecas, mantas, abalorios, juguetes, y más. Los comerciantes de arriba por el Camino Real en Cusarare y Creel habían llegado a la compra a granel y el transporte de sus compras en el tren a Chihuahua.

El mercado ondeaba con movimientos conforme las personas hablaban, discutían, se reían, y hacían trueques. Los niños atravesaban corriendo pasillos abarrotados del mercado. Los puestos y las tiendas sobre-fluían con artículos diversos, y tanto David evadiendo su cabeza y emocionado cuidadosamente mientras caminaba el laberinto de memoria. Él se detuvo primero a ver a Omar, el joyero, ya que varias preguntas habían venido a la mente referente a la geología y la roca originaria en la cual las piedras de la gema fueron encontradas, y él quería cuestionarle adicionalmente acerca del área del Cañón Perdido del cual Omar había reclamado familiaridad. La misma de ojo legañoso, la mujer de avanzada edad le informó que Omar tuvo "la prospección de lo que hubiera sido otra vez. Si tuviera una pelea con su hijo," ella

181

cacareó. —No puede obligar a Ribi a hacer nada.

Decepcionado, pero con prisa, David olvidó a Omar y se fue para comprar un martillo para roca y demás cosas en la ferretería. Su lista de artículos era pequeña. Él ya tenía una brújula, utensilios para cocinar, el botiquín, la tienda de campaña, y un surtido de mochilas para la espalda; a merced de sus necesidades, el terreno, y su longitud en el proyecto para su estadía en el campo.

Después de hacer sus compras, él regresó a la farmacia y compró aspirina, yodo y seis rollos de película para su cámara fotográfica de 35 milímetros pequeña. Él no tenía correspondencia en la oficina de correos, y   vio que el cauce en la calle contenía agua de lluvia y que estaba todavía rodeado de admiradores. Darse cuenta de que él les llevaba ventaja de tiempo, le detuvo en la abarrotera "La Rinconera", la tienda de comestibles. Él consultó su lista, y entonces compró tortillas, frijoles, cuatro trozos grandes de cecina de carne, y hojuelas de papas para elaborar puré, un frasco de café instantáneo y una libra de azúcar. También compró un rollo de cinta blanca para etiquetar y una caja de bolsas de plástico, que fueran ideales para guardar artefactos pequeños. Él miró su reloj y sonrió. Dijo mediodía las 12:00. Podría hacer el equipaje en menos de una hora y estaría listo.

#

Luis y Fray Martin, estaban sentados en un restaurante, estuvieron resistiendo un silencio tenso cuando el profesor azoto sus compras en una mesa cercana.

—Podría comer una vaca completa, dijo David, sintiéndose jovial. Él se unió a sus conspiradores asociados en la mesa.

—Mejor coma ahora, dijo Luis. Tú estarás comiendo corteza de árbol e insectos en pocos días.

—Me comeré a una vaca antes de que recurra a comer

hojas e insectos. Ahora que me recuerda, él se volvió hacia fray Martin. Usted dijo que necesitaríamos a un burro.

—Sí, y estamos seguro de que podemos encontrar uno un día antes de emprender el viaje. Podemos cargar la camioneta aquí y podemos avanzar casi treinta kilómetros de distancia. Conozco al dedillo el área, y los indígenas en un pueblo cerca de nuestro punto de partida son mis amigos.

—Sería mejor conseguir allí un burro y dejarles el coche en custodia. Fray Martin sonrió ampliamente, como intentando ganar la confianza de Luis.

Luis no quedó impresionado. ¿Por qué no se afeitaba esa barba? Las personas con barbas normalmente eran perezosas o tenían algo que esconder. Él trató de alcanzar su mapa. —¿Algunos caminos para este pueblo?

—Ninguno que usted encontrará en ese mapa.

— Pero en la camioneta deberíamos poder hacerlo. Estuve las dos semanas en el pueblo y todo se veía bien. Una parte de los caminos son angostos más que las carreteras, pero si vamos lentamente, lo haremos bien. Nos salvará un par de días.

—Hagamos eso, Luis, alentó el profesor.

—Sujeta tu pájaro, gringo. Luis recurrió al sacerdote. Escuche, Capellán... Él vaciló un momento, como al decidirse, entonces dijo, —Sé que usted va a ser nuestro guía experto a donde se encuentra su hermano, ese personaje del jaguar. Sino... Él puso su cara enfrente de la cara del sacerdote. —...pero por alguna razón tengo todavía problemas confiando en usted.

— ¡Luis! El profesor se veía avergonzado por la falta de tacto de su amigo.

—Cállate, David.

—Por favor...no me agreda, Fray Martin levanto sus

manos. Recurriendo al profesor, él dijo, — Está Bien, Dr. Wolf.
Comprendo la reticencia del capitán. Después de todo, él es
mi hermano y él ha secuestrado a una mujer que la mantiene
en un lugar conocido sólo por Mike y por mí. Entiendo, él les
aseguró, encantadoramente, pero, estoy seguro de que
demostraré mi confiabilidad pronto, y espero con anticipación
tener a ambos como compañeros.

—Sí…bien…espero que sea así también, yo creo. Luis dio
la apariencia de estar de acuerdo. Él encontró en fray Martin
la elocuencia y la abundancia de autoconfianza, de no estar
irritando, y el federal había decidido que era toda una parte
para cubrir algo feo acerca del sacerdote.

Todavía atisbando a fray Martin, Luis estiró y se recostó en
su silla en dos piernas. Pero el profesor, dijo, — ¿Tenemos
todo lo que necesitamos?

—Sí, y aún más. Yo…

—Capellán, Luis interrumpió, regresando al sacerdote, ¿El
punto de vista de Fray Leo? ¿Todo bien?

—Fray Leo está de viaje desde ayer por la mañana y no
regresará hasta tarde. Las confesiones son a las cinco.

— ¿Así es que usted va a tener algunos problemas?

—Pienso que deberíamos salir ahora.

—No, no es posible, replicó, atisbando al sacerdote
suspicazmente.

Fray Martin se encogió de hombros, — Era simplemente
una idea.

—Luis, eso no estaría del todo mal. El profesor insistió
para darle soporte al sacerdote, pero Luis sostuvo en alto su
mano para acallar   cualquier cuestionamiento.

— ¿Por qué? ¿Cuál es la prisa? Él miró su reloj. Son 12:33
ahora.

—Porque no tengo el deseo de tener a fray Leo

cuestionándome o el obispo involucrado en este asunto y punto. Yo tengo una vida personal además de la iglesia. Mike es mi último pariente viviente y éste es un asunto muy personal. Fray Martin con los ojos sesgados que parecieron estrecharse aún más, miró acusadoramente a Luis, Dígame a mí, capitán. ¿Saben su mujer y sus supervisores lo que usted está planeando? ¿Le dijo usted al Coronel Cedras adónde va?

Luis se quedó con la mirada fija un momento, y entonces recurrió al profesor, quien pareció estar recordando su propia conversación con Alexandra. David se vio apenado, pero compartió su suerte con el sacerdote otra vez.

—Podríamos estar listos en una hora, Luis. El profesor se levantó y señaló sus compras. —Tengo todo en lo que puedo pensar que vamos a necesitar. Él daba la apariencia de estar muy ansioso.

— ¿El Capellán?

—Tengo una mochila pequeña, capitán. Viajo con poco equipaje. Él sonrió, condescendientemente. —Soy un indígena, ¿recuerda?

Luis aspiró profundamente. — Está bien, maldita sea. Hagámoslo de una vez.

Ruth Ve Su Nueva Casa

Luego de una noche de sueños tumultuosos, alguna otra tristemente nostálgica. Ruth cansada y atemorizada, recostada, el agotamiento no la dejaba descansar, su mente desconcertada por el estrés. Sus emociones se movían como un mar agitado y ella no podía fácilmente separar memoria de fantasía o realidad de lo surreal. Estar despierta o dormida en la mina no era un acto de su voluntad, sólo un sentido diferente de percepción. Después de los días de terror y las noches sin dormir llenas de pesadillas, su desesperación se reflejaba en las paredes negras que la rodeaban. Encontrar la determinación para decir que "debo sobrevivir", y entonces lo debo creer, no era una cosa fácil. Su espíritu se sentía casi quebrado, y ella sentía el piso de la mina como arcilla en el torno de alfarero, en condición de ser formada en una vasija útil. Debía levantarse y debía afrontar las incertidumbres del día.

Su conciencia lentamente se iba a la deriva, indecisa para moverse hacia adelante pero renuente para reincidir en el caos de un ciclo de sueño. Ella consiente resistía, pero difería y yacía pasiva pero sabiéndolo. Con sus ojos cerrados, excepto su mente abierta, ella cayó en la cuenta del goteo tranquilizador de la fuente termal y el achaque profundo óseo de su cuerpo en el piso duro. Ella gimió, y entonces desvió su

186

peso, renuente a abrir los ojos. Para qué, ¿ella se preguntó? ¿A qué hora sería eso? ¿Vería ella la luz bendecida del día filtrándose a través de la grieta diminuta a gran altura por encima de la pared, o ella encontraría la negrura de la eternidad?

En cuanto ella decidió regresar a dormir, él la llamó con su voz grave.

—Ruth.

Sus ojos se abrieron repentinamente. ¿Había soñado su voz?

—No te asustes...soy yo...Mike.

—Mike, ella respondió trémula, excitada porque él había regresado. — ¿Dónde estás? No te puedo ver.

—Aquí...al lado tuyo. Una sombra oscura se sentó simplemente algunos centímetros a su derecha.

—No te puedo ver. Ella luchó por sentarse. Sus ojos se enfocaron lentamente, y ella se sintió desorientada. Una astilla de luz con motas flotantes de polvo brilló a través de la ventana natural de la mina.

Mike se paró y extendió una mano. Ella la aceptó, dejándole jalarla a él. Ella vaciló un momento, sintiéndose dudosa. Cuando él trató de alcanzarla con ambos brazos, ella sucumbió, se sentía vulnerable al darse cuenta de que lo que ella había querido desesperadamente era que el volviese.

—Me dijiste que estarías de regreso por la mañana. Te extrañé...me preocupé por ti.

Él acarició su pelo. — Estoy de regreso, él repitió. Todo está bien.

Ella recargo, su cabeza en su hombro.

— ¿Qué?

—Quiero salir...por favor. Su voz temblaba.

—Por supuesto...aquí, toma mi mano. Él la condujo hacia

187

el segundo pasaje a la izquierda.

Ella se detuvo y arrancó con fuerza su mano. —Tú olvidaste la venda de los ojos, Mike.

—No, no lo hice. Eso se termina ahora...ninguna venda más en los ojos.

— ¿Se acabó? Ella buscó su cara buscando una pista, pero la oscuridad escondió sus emociones. Ella no sabía si creerle o no.

—Sí... aquí…necesitarás una mano. Él trató de alcanzar su mano otra vez, y ayudó a guiarla a través del pasaje estrecho. Observa tu cabeza. Él ligeramente apretó su hombro.

—Tengo miedo, dijo, resistiendo.

—Está bien...sólo no te vuelvas a soltar de mi mano.

Como un niño temeroso, ella agarró su mano con ambas de ella, y entonces dio un paso rápidamente para continuar.

—Sólo un poco más, él la alentó.

El pasaje era más oscuro que la caverna en la mayor parte del túnel, pero entonces se puso más ligera cuando se inclinó hacia arriba. El piso estaba cubierto de grava. Ella soltó una de sus manos y alcanzó a tocar la pared, encontrándola lisa y húmeda. Pronto estaban encorvados y apoyándose contra la pared como soporte, teniendo que dar vuelta lateralmente cuando se movieron hacia una pequeña haz de luz.

Con sus manos y sus rodillas ahora, ella continuo, agachándose para evitar golpearse la cabeza hasta que llegaron a la apertura. Él salió primero, moviendo a un lado una pared de maleza que escondía la entrada de la mina. Ella entendió, raspándosele las manos y codos antes de irse a toda prisa a través de la abertura.

Ella se paró lentamente enderezándose con dificultad. Su cintura le   dolía solo de pensar hasta el día siguiente el uso otra vez de la mina y un terrible cansancio descansó en sus huesos. Desacostumbrados sus ojos para ver la luz, ella los entrecerró con dolor cuando buscó las ruinas. Le dio a Mike su mano, usando la otra para bloquear el sol, se dejó llevar a la cuesta y a las ruinas.

Finalmente sus ojos se ajustaron y ella miró alrededor con entusiasmo, viendo todo ello por primera vez a la luz del día. Ella lo recordaba diferente. Sin una pálida luz de luna a obscureciendo y seduciendo la imaginación, su aura de misterio y la fantasía romántica habían desaparecido. Pero era todavía asombroso, ella pensó, viendo un acantilado debajo de un enorme saliente abrigador. Las montañas con puros acantilados en tres lados prevenían la entrada en el cañón estrecho, bloqueando la visibilidad desde arriba y formando una barrera impenetrable cercana. Una pared de escombros con sólo una corriente fluyendo debajo de eso bloqueaba la visibilidad y la entrada del este. La fuente termal daba la apariencia de ser mucho más grande de lo que ella recordaba, y ahora ella claramente podría ver huecos enseñando la entrada a la montaña en ambos lados del acantilado. Los montones grandes de escombros yacían como en trozos pequeños en las colinas erosionadas, y varias piedras y las construcciones estaban entre el manantial y el acantilado. Las viviendas escondidas debajo de la base de una enorme montaña, arrinconadas debajo de una saliente sombreada, abrigadas por la roca. Construido de piedra, tenía una longitud de casi sesenta metros de punta a punta.

Un sentimiento bastante ausente de embeleso levantó su ánimo, y ella caminó hasta el manantial y se subió encima de una roca grande desde donde ella podría mirar todo el cañón. El aire olía delicioso después de la tormenta de la última noche y su piel sintió un hormigueo debajo de los rayos ondulantes del caliente brillo de sol. Luego de tantos días de oscuridad y de privación sensorial, ella estaba experimentando todo agudamente. Las aves piadoras, especialmente el silbido de un sabanero cercano, trajeron una sonrisa a su cara, la primera alegría real que ella había sentido en más de una semana. El sol era una esfera blanca brillante por encima de arboledas majestuosas de cicuta que estaban paradas como centinelas vigilantes, protegiendo el perímetro en tres lados. Los árboles creaban largas sombras a través de las faldas de una montaña y el piso del valle escondido, formando a una colección de formas de animales salvajes cuando el viento doblaba sus ramas grandes.

Un chorrito lento de felicidad fluyó en su alma y una sonrisa se quedó estática holgadamente en su cara. Nunca hubo disfrutado ella de tan poca cantidad, y en su capacidad disminuida incluso la actividad monótona de un rastro cercano de hormigas le dio alegría.

— ¿Te gustaría ver el resto?

— ¿Ah...? Ella empezó claramente a verle por primera vez a la luz del día. Más alto de lo que ella recordó, y sus hombros anchos y su pectoral definido, él era alto con largos músculos. Su cara ancha y ojos sesgados eran obscuros que se deterioraron con el tiempo desde incontables horas al aire libre. Sus manos eran grandes y callosas y sus pies estaban amarrados en un par de huaraches de cuero con suelas de llanta. Una camisa sucia y sus jadeos la dejaron la suelta, y él bajó su vista y apartó la mirada cuando los ojos de Ruth buscaban la de él.

—Las ruinas... ¿te gustaría ver más? Él repitió, aparentemente de mal gusto.

—Sí, ella contestó, eso sería maravilloso. Ella se mantuvo de pie y se desperezó otra vez, aspiró profundamente con alegría evidente, reflexionó un momento, y recurrió a Mike.

—Tú dijiste que se termina. ¿Qué quisiste decir?

—Sí. Vamos, él le ofreció a ella una mano. Te contaré sobre eso mientras tu mira nuestra nueva casa.

Un sentimiento familiar de temor la empapó. — ¿Nuestra nueva casa? Ella estaba entumecida y no comprendía, y entonces un temblor la estremeció. ¡Oh…Dios! ¿Era el salvador o el custodio? Ella quería una respuesta ahora, pero sabía que ella debía ser cautelosa. Anhelaba una pista, un matiz o un gesto que le dejara saber qué esperar. Pero debía aguardar el momento oportuno y no debía entrar en pánico; ella necesitaba paciencia para tratar de adaptarse.

— Si, hermosa ¿verdad? Él continuó. Sonriente, le tomó su mano y le dio a ella un tirón tierno, ya hablando y explicando, conduciéndola hacia las viviendas. Él habló con excitación y animación, y Ruth accedió y entendió, pero ella no mostró ánimo y muy poco interés en las ruinas. Al cabo de un rato él echó de ver su desinterés.

— ¿Tienes hambre?

—No sé…sí…tal vez. Ella sonrió a la fuerza.

—Esto ha sido terrible, ¿verdad? Sus ojos vieron hacia el piso por un momento. Mira…podemos hacer esto más tarde. Él extendió sus brazos.   Conseguiré comida y tal vez te lo pueda mostrar después, ¿bueno?

Él la condujo a un horno de piedra en la sombra del saliente. Un fuego de campamento bien usado con piedras rodeaba un hoyo en la cocina. Los brasas diminutos resplandecían adentro, y ella supuso que él había regresado la noche anterior y se había sentado junto al fuego pensando en ella y haciendo planes para su vida.

Ella le dejó tomar la delantera y no opuso resistencia. Aunque la incitó a atacar a su alma con la implicación de nuestra nueva casa, ella no encontró difícil no verle como su salvador. Mike se veía sincero, no actuó como un terrorista, y su situación había mejorado demasiado dramáticamente para que ella estuviera agradecida. Cierto, que él había ayudado a secuestrarla, pero él parecía lleno de remordimiento y la había sacado de esa mina infernal. ¡Ella vivía!

Debía sentir a la manera suya directamente este nuevo dilema y debía sacar partido de una situación cambiante. Ella asumía que fuera todavía una prisionera, si bien agradecida, hasta que una oportunidad para escapar se presentara por sí misma. Mientras tanto Mike era la llave a su la libertad y a ella no le ofendería. Ciertamente, haría cualquier cosa para complacerle. Sobre todo, podría esperar otra vez.

Ruth observó a Mike como él trabajaba, sus ojos ocasionalmente desviándose del rumbo para un artículo o rareza que atrapaba su atención. Ella incluso miró las ruinas con nuevo interés. Se sintió más fuerte, y el deseo para la actividad burbujeó dentro. Con excepción de varias nadadas al día en la fuente termal que ella había hecho, excepto la preocupación y el foco hacia dentro, imaginándose preocupaciones triviales tan significativas y dejando que la realidad se enconara en lo surreal. Ella estaba parada y caminó hacia Mike, quien había trepado una escalera en uno de los cuartos de la morada.

—Quiero ayudar, le gritó.

Él regresó con un saco de ixtle atrás sobre su espalda y oscilado en el centro de la escalera.

—Dije que quiero ayudar, ella repitió. — ¿Qué hay en el saco?

—No mucho...la harina de maíz, la mezcla del atol, la sal, algunas cacerolas y cosas.

—Veamos. Ella trató de alcanzar la bolsa. — Dime lo que quieres y yo lo haré. Solía ser una Chica Exploradora.

— ¿Una qué?

—No importa...sólo dame lo...Ruth vio al jaguar. Ella dejó caer la bolsa y gritó. Él dio vueltas siguiéndola con los ojos, pero vio sólo su gato echado a la sombra. Los ojos del jaguar se estrecharon y sus oídos se levantaron hacia arriba. Consciente que ella estaba siendo observada, ella se levantó, se desperezó y bostezó, exponiendo sus dientes blancos brillantes en una boca entreabierta. Ruth miró a Mike, abrió la boca para gritar otra vez y se desmayó.

#

— ¡Ruth! Mike susurró alarmado, sumergiendo su cintillo sobre la frente afectuosamente y corriendo para pasar un paño sobre su cara. Ruth...está bien...ella no te lastimará. Ella es...

—Oooh, Ruth gimió y entonces avanzó rápidamente, y sus ojos se abrieron repentinamente. Ella le trató de alcanzar. ¡Es un felino...hay un león grande!

—No sé...es un jaguar…en alguna parte...ella está aquí en algún lado. Tú la asustaste. Él alcanzó a ayudarle a ella para ponerse de pie.

— ¿Asustado a ella? Ella repitió, incrédulamente, tomando respiraciones profundas. — Debemos irnos. Ella corrió a sus brazos, frenética. —No podemos quedarnos aquí. Es demasiado peligroso. Ella esperó donde   por último había visto al jaguar.

—Está bien. Él sonrió. — La conozco. Ella es...

— ¿Ella? ¿Ese gato grande? ¿Cómo qué? Ruth se felicitó y miró alrededor y entonces arriba en las viviendas. — ¿Tienes un arma de fuego?

— ¿Un arma de fuego? Una mirada de repulsión cruzó su cara. — El gato...es un jaguar...es un amiga. Ella vive aquí. Es nuestra casa, pero ella nunca te agredirá...

— ¿Tú tienes un jaguar? Dime que me estás mintiendo,

Mike. Nadie tiene un jaguar como mascota.

—Ella es una compañera, no una mascota. Ella ha vivido conmigo por años. Él pareció asombrado por su reacción.

Ruth asustada, continuó mirando alrededor, pero el jaguar había desaparecido. En un momento su miedo desapareció y fue reemplazado con resignación cuidadosa. Su vida era como una montaña rusa. ¿Qué habría después? Ella tenía que salir de este lugar.

—Solo...Tarzán tiene un leopardo y Jane y tú me tienes a mí y tu jaguar, ella dijo ásperamente, pero entonces sonrió para suavizar su comentario sarcástico.

— ¿Tarzán y su leopardo? Él repitió con una cara en blanco.

Oh, Señor, él no está fingiendo su actitud, ella se percató. —No importa. No pienso ir a ninguna parte sin ti porque no quiero ir a dar a su estómago.

—Oh, que no va ocurrir nada de eso, él se rió ahogadamente. — Ella nunca te lastimaría. Ella te ha estado protegiendo desde que te pusimos en la mina. Ella mantiene a pumas y serpientes apartados del área.

— ¿Los pumas? ¿Hay leones aquí?

—Pumas...sí...a veces...pero sólo unos cuantos. Tú no necesitas   preocuparte.

Pero Ruth estaba preocupada ¡Serpientes, leones, jaguares! ¿Qué es lo siguiente? ¿Tenían caníbales y cazadores de cabezas en México? Ella se movió más cerca de él, vaciló, y entonces tomó su mano. — Yo me siento segura contigo. Simplemente permanece cerca, ¿bueno? Esto es todo tan loco para mí. Ella se sintió repentinamente vulnerable y sus ojos comenzaron a desgarrarse. ¡No! ella se dijo a ella misma. Ella no podría llorar. Ella debía ser fuerte o nunca saldría viva. Ella aceró su cara e intentó actuar sin miedo.

Pero Mike la vio temer y la jaló cerca para reconfortarla, deseando tocar el cuerpo que tenía y que inspiró sus fantasías y le sujetó cautivado para siempre desde el secuestro. Él creyó que su espíritu se había enfermado en la mina y él quiso ayudar a sanarla.

— Lo siento, ella inhaló por la nariz, rápidamente enjugándose las lágrimas. — Tengo un poco los nervios de punta. A veces pienso que me vuelvo loca. Ella se apoyó en su pecho y sus brazos la rodearon protectoramente. Ella se sintió abrumada. Las dos semanas de combatir una cautividad infernal con estoicismo demente se habían debilitado. Las compuertas se abrieron de cualquier manera, y ella comenzó a sollozar lastimosamente.

—Ruth, lo que tengo yo...

—Simplemente sujétame... ¿por favor? Ella lloriqueó, continuó llorando, dejando escapar todo ello conforme él acariciaba su pelo y murmuraba afectos.

Finalmente, sin más lágrimas, y la vacuidad y el miedo a un lado del que había regido su vida las últimas dos semanas, ella estaba de pie, se estiro y le dio un beso rápido, tímido. Ella había permanecido fuerte y en el control, y ella había sobrevivido el cautiverio en la mina.

—Gracias, Mike...por...todo...digo... Ella no supo qué decir. ¿Quiso decirle que alguien le había secuestrado, pero entonces tal vez salvó su vida? Cómo podía, ¿le debería agradecer ella? ¿Tenía todo el derecho de estar enojada? En lugar de eso ella se sintió tonta y pensó darle las gracias adecuadamente y se sintió avergonzada.

Cuando ella le miró encontró que el la miraba fijamente, y él se veía afligido. Y en ese momento él la alcanzó y la jaló a él otra vez. Ella vio la excitación en sus ojos y supo que él no tenía la intención de consolarla. Él quería hacerle el amor.

Mike colocó sus manos en sus caderas y la jaló en contra de él, y entonces agachó su cabeza para besarla. Fue un buen beso, por mucho tiempo y apasionado, y ella se permitió ser barrida adelante por su ardor. Este beso condujo a otro y sus manos por las que vagó libremente. Su cuerpo se puso rígido con urgencia, empujándole más profundo en un revolcadero de pasión.

Pero acaba de no parecer estar bien, y Ruth comenzó a poner reparos. Ella se sintió atraída a él; su buena apariencia física escabrosa y su duro cuerpo eran físicamente apetitosos, pero su cuerpo no estaba respondiendo. Él se movía demasiado rápido, y ella no podría recordar la pasión de hace dos noches cuando todo había parecido mágico.

Mike gimió y el frente de sus pantalones se hinchó impacientemente.

—Mike...no...no estoy lista. Ella se marchó dando media vuelta.

—Ruth... su voz se oyó apretada con pasión. — ¿Estás equivocada? Él metió su cara en su pelo y aspiró profundamente.

—No es justamente hora…aún. Más tarde...tal Vez.

—Hice o dije algo o...

—No…soy yo. Yo simplemente...me das algún tiempo, ¿bueno? Ella se apartó, pero sonrió, sintiéndose consternada.

— Me dejas hablar algo más, comer...me muestras las ruinas, no me apresures... ¿por favor? Ella enderezó sus ropas, como pasando vergüenza.

—Seguro, él dijo a regañadientes, con una sonrisa tímida en su cara. —Esto es lo que a ti no te gusta...

—No...no, su cara se puso como la grana. Estoy segura de que lo haremos...pronto. Sólo necesito más tiempo. Aquí, ella cambió el tema,

— Dame esas cacerolas. ¿Pueden hacer los indígenas realmente un fuego friccionando dos varas?

#

El sol de la tarde brilló intensamente, calentando el aire enfriado de la montaña y bañando el cañón escondido con un esplendor ingrávido que revelaba su vacuidad sombría. Habían comido y entonces habían hablado como buenos amigos, por mucho tiempo y abiertamente, saboreando la conversación como un banquete. Mike habló con una elocuencia simple, sus ideas e historias faltas de la astucia y en doble sentido tan común en su mundo. Ella lo encontró refrescante, y ocasionalmente sobresaltando, para oírle hablar de vida, amor, sexo y religión con tal franqueza y una perspectiva tan diferente. Una religión indígena completamente   sofisticada, sus creencias parecieron casi absurdas para ella. Escuchó de cualquier manera y trató de no mostrar su desazón, dándose cuenta de la vastedad del abismo entre sus mundos.

El conocer las ruinas les tomó casi dos horas, pero no alcanzaron a ver todo. Cuando el jaguar apareció, Ruth se paró cerca de Mike. Pero mostró poco interés en ellos, a veces levantando el cuello cuando se acercaban, o a veces elevándose. Mike llevaba la escalera de una casa para la siguiente, levantando la escalera detrás de ellos conforme ascendían al siguiente nivel.

Los cuartos daban la apariencia de estar inalterados, probablemente por mucho que fueran cuatrocientos años atrás cuando los indígenas habían dejado caer lo que se desempeñaba y los abandonaron, pero no todo estaba vacío. Algunos contenían esqueletos, y estos no evitaron que Mike afirmara que esas almas errantes podrían enojarse si entraran. Alfarería, metates para moler maíz, herramientas y los pedazos diversos del mobiliario yacían como habían quedado. Se sentía escalofriante paseando por una ciudad vacía sin saber que había inducido a todo el mundo a abandonarla.

Varios cuartos en el piso más abajo contenían comida y las herramientas reunidas por Mike y su padre a través de los años. Uno había sido convertido a un taller. Ella expresó sorpresa al ver joyas en etapas diversas de preparación esparcidas en el cuarto.

— ¿Tú haces joyería de oro? Ella preguntó, asombrada, viendo un colgante grande con unas piedras translúcidas verdes en su mano.

—Mi padre me enseñó. Muchos indígenas hacen joyería. Es una forma de expresar nuestro...

—Pero esto es oro, ¿verdad? Ella interrumpió, le causó asombro por el grabado intrincado y el acabado de la piedra. Repentinamente se dio cuenta. — ¿Eso está una mina de oro? Este pueblo está aquí por la mina.

—Sí, él admitió, a regañadientes, — pero nadie lo sabe. El descubrimiento de oro querría decir la destrucción de este lugar. La avaricia de los hombres blancos…la destrozarían…convertirían la montaña en piedras pequeñas.

Increíble, ella pensó. Una mina de oro, y probablemente que vale millones. Ruth miró a Mike, quien la estudió a su vez, y ella se dio cuenta de que él había leído su mente.

—Es nuestro secreto, ella le reconfortó, cuidadosa para no decir cualquier cosa que lo indujera a recelar de ella. — Nunca lo diré.

— ¿Nunca?

—Nunca...lo juro.

Él pareció satisfecho. — Me lo figuraba. La mayoría de personas blancas no comprenden el valor espiritual o ritual del oro y las piedras preciosas. Los quieren por la riqueza y el poder. Mi padre me enseñó a capturar el estado de ánimo de las almas y representar la belleza de la naturaleza en joyería. La joyería debería ser una imagen idéntica a una manifestación espiritual. Usted debe poder mirar y ver de inmediato que representa una idea sagrada.

— ¡Asombroso! ella pensó, y un poco extraño. El indígena era un pensador más astuto que lo que ella se había imaginado. Él tenía misterios que tendrían que ser desenredados antes de que ella realmente le conociera. Ella le puso el colgante. En cierta forma no se sintió realmente igual, y su excitación inicial desapareció por su explicación prudente. Él lo recogió y lo colocó en su mano.

—Complacida... ¿si tú quieres eso?

—Oh no...posiblemente no lo podría aceptar. Es, y ella casi dijo que vale cierta cantidad, pero se detuvo a tiempo de decir que sí era bello. — ¿Qué es la piedra verde?

—Jade. ¿Qué bello es?

— Estas piedras, él señaló una lata oxidada de café, es todo lo que salió de lo que mi padre encontró cerca de Río de la Roca, cerca de quince kilómetros al oeste de aquí al otro cañón. No sé dónde él las encontró. Él nunca le dijo a nadie, y entonces alguien le mató.

—Lo conservare siempre, Mike. Gracias. Ella le dio un beso.

#

El día pasó rápidamente, y pronto el sol huyó, y el aire de noche de gran altura acarreó un frío. A mediados de la noche de noviembre en que las fiebres a veces revolotean cerca de congelarse en el del norte de México. Se sentía tan bien estar fuera de la mina que ella tuvo dificultad de albergar su cólera. Su renuencia para ponerse íntima rápidamente fue disipada. Se sentaron acurrucados debajo de las estrellas, en contra de su pecho, observando las llamas bailar festivamente. El fuego los fascinaba, y se sentaron silenciosamente, cada uno reconstruyendo el día dentro de su propia perspectiva.

Ella le debería odiar, pero no lo hizo, se percató. Él había sido muy amable, pero ella sabía que su mundo era totalmente diferente. Él era como un personaje de televisión fuera de serie.

Ruth se anidó junto a él, sintiéndose contenta. El olor de un hombre y su cabeza en su pecho aumentó su conciencia de él. El fuego resplandeció romántico afectuoso y ellos se relajaron. Pronto seria hora de acostarse, y la grieta y la cercanía alegre del fuego la calmaron, la complacieron y le proveyeron un alivio a sus heridas espirituales. Lo que seguramente no entendería la afligió y ella se permitió no recordar una noche demasiado tiempo atrás.

Los ojos del jaguar resplandecieron enormes y amarillos cerca del fuego, pero Ruth no le puso atención. El gato aparecía de pronto, después se iba para quién sabe dónde. Mike le mostró poca atención, y parecieron comunicarse sin hablar.

Ella desvió su peso e investigó el cielo de la noche. La Vía Láctea brilló intermitentemente como diamantes falsos en tela de terciopelo, y la magia de hace dos noches avanzaba a rastras de vuelta a su alma. —Estoy lista para la cama, Mike, dijo inesperadamente. — ¿Dónde dormimos?

Él se rigidizó, fue toda una sorpresa, y entonces dijo, — duermo a la par del cuarto de la joyería en el primer nivel.

— ¿Necesitas prepararlo para nosotros?

Él vaciló, y entonces dijo, —Estoy seguro de que lo haré. Espera aquí y te llamaré. Él se libró del compromiso y caminó para las viviendas del acantilado, desapareciendo en la oscuridad del saliente.

Ruth se paró y se desperezó, observándole pisar suavemente fuera y correr a toda prisa arriba de la escalera. Él se mueve como el jaguar: pero con fuerza oculta. Ella se sentía a esta hora satisfecha de sí misma, y el horror reciente de la mina parecía distante. Ella camino dando vueltas a la otra orilla del fuego para oír el murmullo suave de la fuente termal. La luz del fuego del campamento iluminó tijeretas de vapor ascendiendo en el cielo y ella se sintió llevada al agua. Después de nadar tres o cuatro veces al día las últimas dos semanas. Sumergir un pie para probar el agua y su calor la indujo a estremecerse de deleite. Sin pensar, ella rápidamente se desnudó y se sentó en su borde suave por un momento antes de deslizarse hacia lo caliente del agua. Se sentía deliciosa en contra de su piel, y ella como perro nadó de un lado para otro, nadando perezosamente en el agua.

Un momento más tarde ella oyó un sonido familiar vio a Mike, desnudo también, estando de pie su silueta. Sus ojos brillaron intensamente ávidamente con la luz del fuego reflejada, y él se mantenía en alto y bien definido. Ella podría ver que él estaba erecto y listo. Su cara se puso como la grana, y ella apartó la mirada de un momento a otro antes de empezar a chocar con sus ojos.

— ¿Mike...?

—Sí, Ruth.

— No puedo poder quedarme contigo por mucho tiempo.

Él guardó silencio pues lo que parecía era una eternidad de dicha. — Sí...aunque me ponga triste. Somos muy diferentes, pero es probablemente lo más conveniente. Pero todavía quiero hacer el amor contigo.

—Sí, puedo ver eso, ella se quedó con la mirada fija en su erección. Puedes nadar tan bien como corres, ¿Mike? Ella preguntó con una voz ronca.

201

—Sí...me gusta nadar.

—Bien...porque ya no tengo sueño.

Él buceó en el agua y salió a la superficie enfrente de ella. Hambrienta de amor y agradecida por su vida, ella le trató de alcanzar. Su cara estaba ruborizada de deseo y él la jaló a él, aplastando sus pechos en contra de su pecho ancho. Sus piernas se agitaron rítmicamente para mantenerlos a flote. Pedaleando en el agua, se abrazaron, y sus manos hicieron un reconocimiento de los cuerpos de uno a otro conforme sus piernas se movían sensualmente en el líquido caliente.

El agua se sentía como raso fluido acariciando su piel, y ella podrían sentir su tumescencia en contra de su vientre cuando él buscó sus labios. Ella luchó al principio, y entonces se soltó, su boca fuertemente hambrienta cebando su pasión como un fuelle incitando el horno provisto de carbón. Sintiéndose lascivo, ella sucumbió para un hambre sexual voraz y abrigó las piernas apretadamente alrededor de su cintura. Él gimió con deseo y se mudaron a la alberca donde un saliente de piedra suave se extendía del borde simplemente debajo del agua.

Temblaban sin reprimir el deseo, él separó sus piernas y ella se preparó sicológicamente en la cornisa como las olas de la piscina alzada y se mantenían a flote con sus pechos como cuando el océano diminuto se hincha. Ella con su cabeza echada sin retroceder con los ojos cerrados, esperando la apoplejía íntima que consumaría su amor. Él la montó lentamente y tiernamente, atropellando en ella un gemido de deleite. Él vaciló y entonces cerró la brecha y la abrazó fuertemente. Su cuerpo temblaba con pasión. Finalmente sus ojos se entrecerraron y empezaron el movimiento primitivo de unión sexual. Se movieron indolentemente, queriendo que eso durara para siempre, deteniéndose sólo a besarse y darse caricias pequeñas antes de comenzar de nuevo.

Las ondas de placer surgieron de sus ingles y las indujeron a gemir y entonces a estirarse. Se detenían y entonces comenzaban de nuevo, intentando hacerlo durar. Pronto el placer se convirtió en demasiado y ella sintió su explosión llegando, y así es que ella le apretó apretadamente con sus piernas. Él movió sus caderas en contra de ella en una moción circular hasta que repentinamente él se rigidizó y se arqueó en ella, gritando en un lenguaje que ella no entendió. Ella rápidamente comprendió, volviéndose floja en sus brazos con ondas de euforia floreciendo en el éxtasis.

Los rayos lunares fluorescentes iluminaron el cañón como las lámparas oscuras de titilación y el jaguar sobre una vigilancia cercana del acantilado como curiosa. La luna los bañó en corrientes de luminiscencia de plata, mientras se abrazaban como amantes. Hablaron y jugaron e, inevitablemente, unieron sus cuerpos otra vez, y en ese entonces una vez más al final antes de que dejaran la piscina.

Aburrido con las travesuras tontas de humanos, el jaguar hizo pliegues en su cabeza debajo de una pata y cerró sus ojos. El gato dormido a rachas, sus sueños disturbados por enemigos desconocidos. Después de que los dos humanos se habían ido a dormir, ella bajó de la falda de una montaña y yació cerca del fuego. Ella observó las llamas bailar hasta que se extinguieron cansadas y los carbones resplandecieron en uno, marchitando muerte. Pronto sus ojos observaron a la persona de mucha importancia y su pecho se movió despacio y rítmico cuando una quietud espeluznante entró sigilosamente en el cañón.

Fray Martin Muerde a Una Serpiente

La camioneta se sacudió y bamboleó cuando Luis metió el carro en un riachuelo que se precipitaba dentro de aguas espumosas. Normalmente una cama seca de roca y grava, la corriente frenética y hervida y quebrada en contra de grandes rocas y cataratas poco hondas. La tormenta de ayer había pasado rápidamente a través del área del Cañón del Cobre dejando en cada riachuelo y en cada río un caudal de actividad. Luis, David y Fray Martin habían buscado hasta que encontraron un lugar seguro para cruzar este riachuelo ancho pero poco hondo. Andando de aquí para allá por el banco y conjeturando sobre su profundidad en medio de la corriente, habían decidido entrar en este lugar.

El avance de veinte millas había comenzado bastante bien. Los primeros kilómetros había sido un viaje lento al sudoeste sobre una serie de caminos de grava antes de llegar a un valle ancho rodeado por montañas. Habían recorrido en coche un pueblo indio desvencijado después de otro, cada uno como el último; las cabañas de troncos de la grieta con algunas construcciones anexas con montones de mazorcas de maíz de variados colores colgados del techo de lámina que es el material con el que techan las trojes, las partes superiores desecándose en el sol. El olor fuerte de ganado y las aguas residuales abiertas flotaban en el aire a través de las ventanas, y Fray Martin hablaba incansablemente acerca de cada pueblo y lo él conocía en cada uno.

El camino de tierra terminó cuando se acercaron a las colinas al pie de una montaña, y entonces se convertían en poco más que una serie de brechas rocosas y senderos de ovejas. El viaje desaceleró conforme el terreno se volvía escabroso y Fray Martin los dirigió fuera del camino trillado y más profundo en las colinas al pie de una montaña de la Sierra Madre.

Estaba difícil, y el sol se quitó lentamente pero con firmeza como si los evitara. Finalmente se encaramó detrás de la columna vertebral enorme, amenazadora de la sierra y tomó una pausa, bañándolos con su luz desvanecente antes de meterse detrás de la cordillera distante por la noche.

Luis le puso al jeep la doble tracción y todos ellos sujetaron sus alientos cuando la parte del frente del jeep se sumergió en el agua. — ¿Hasta dónde? pregunto Luis contrariado. — ¿Qué le ocurrió a la brecha? Él estiró su cuello a través de la ventana de la Toyota del conductor para observar las llantas del coche cuando cruzó la corriente. —Una de estas veces no tendremos tanta suerte y este coche se va a quedar varado en la mitad del río.

—Pronto, capitán, pronto. Su paciencia será recompensada. De no ser por la lluvia, ya estaríamos allí. Fray Martin se agarró del asiento de Luis desde atrás. — Las brechas son todavía lo suficientemente claras, y podría encontrar el camino en la oscuridad. Tenga fe.

Luis murmuro algo.

— ¿Qué? Fray Martin preguntó.

Luis se agitó completamente y entonces miró al profesor

que daba la apariencia de estar ensimismado. Probablemente pensando acerca de esas condenadas ruinas, pensó Luis. — Oye, gringo. ¿Dónde dormiremos esta noche...en esa carpa?

—No sé...claro, ¿por qué no?

— De acuerdo David. Es probablemente más limpio que una parte de estas cabañas que he visto.

—Cuánto más allá, ¿capellán? Luis miró directamente en su espejo retrovisor para ver al sacerdote. El sol va en bajada, y no quiero ser comido por un oso pardo. La niebla por fin dejó al jeep alcanzar el banco opuesto, trepando y además sacando tierra. Pronto siguieron la brecha otra vez.

—No bromee, capitán. Mi hermano me confirma con que los osos pardos todavía vagan por los Cañones Perdidos.

— ¿Sí? Bien tengo una bala de calibre del .30 en el cargador si consigue ver uno. Luis tardó en atisbar un abismo rápido en el espejo para ver si el sacerdote le estaba poniendo un cebo.

— ¿Vea esa brecha? Fray Martin enseñado con el dedo hacia un boscaje de pinos. — Vaya por ahí. En el otro lado es el pueblo donde mi padre nació.

— ¿Hasta dónde?

—Cinco minutos...no más. Fray Martin colocado al borde de su asiento. Vea a las ovejas.

— ¿Las ovejas? Luis dijo.

—Estas personas crían las ovejas. Viven en el año en las tierras bajas alrededor. Los otros indígenas les llaman Los Ranchos por su dedicación a criar ganado.

— ¿Su padre fue un ranchero? pregunto el profesor.

—No. Mi padre vivió como un místico errante. Él trabajó como una persona que cura, pero terminó por ser un inadaptado que se mantuvo haciendo joyería pequeña de vez en cuando.

—Pensé que usted dijo que él era un chamán.

Fray Martin frunció el ceño, entonces contestó. — Él fue...digo, él hizo lo poco él podría haber dejado para pasar inadvertido. Fue una excusa pobre para un padre.

— ¿Cómo murió él?

—Alguien le mató allí arriba...El Cañón de la Roca, creo, él apuntó al noroeste. Mike le encontró a él, o sus restos. El padre se había citado con un comerciante para vender alguna joyería, pero nunca regresó a casa.

Luis llevaba encendidos los focos delanteros, si bien sólo uno trabajaba, él cautelosamente condujo por un sendero que casi no se veía a través de los árboles. Repentinamente el bosque terminó. Bordearon la cúspide de una colina y condujeron abajo en un valle cubierto de hierba punteado con cabañas pequeñas, manadas de ovejas pastaban y una red bien usada de caminos. La luna brilló como estrellas pulidas de marfil y las primeras comenzaron a aparecer.

Luis detuvo a la Toyota y todos ellos se quedaron con la mirada fija; Fray Martin viendo la comunidad pequeña debajo y Luis y el profesor a las montañas imponentes para el norte y el oeste. Incluso en la luz declinante, la cordillera daba la apariencia de ser enorme y majestuosa.

— Oh Dios, Luis respirando profundo, intimidado por lo que veía para manejar. — ¿Nosotros entraremos en eso?

— Temprano mañana por la mañana, contestó Fray Martin.

— Podemos establecer el campamento por allí, él señaló el lado lejano, cerca de las montañas mismas, — entonces necesito hablar con algunas personas. Usted es bienvenido también si usted tiene paciencia.

Anduvieron con rodeos al norte del pueblo y acamparon. La tienda de campaña, una burbuja azul de poliéster, se mantenía a sí misma con barras delgadas de fibra de vidrio.

207

Decidieron erigirla muy cerca hacia donde fray Martin había mostrado que saldrían mañana a pie. Para cuando la Toyota fue descargada de los demás suministros, la oscuridad había caído. Se metieron apretujada mente en la camioneta vacía y descendieron en el valle inclinado, siguieron algunos kilómetros, y finalmente arribaron al pueblo donde dejarían el coche y comprarían o rentarían a un asno para llevar sus suministros.

El pueblo, si pudiera llamarse algo semejante, podría no ser nada más que una colección de cabañas de madera serpenteante en el sendero. Unos cuantos más grande, más edificios de apariencia próspera dejaban la vía pública principal y afuera las casas más pobres. El pueblo no tenía un patrón determinado y allí no daba la apariencia de ser cualquier tienda. Aisladas y homogéneas, las pocas personas que encontraron se quedaron con la mirada fija con curiosidad a la vista de la camioneta tuerta y su cargamento de tres hombres.

— ¿Cualquiera de estos autos funcionan? Luis preguntó, atisbando los restos de viejas camionetas diferentes varadas en estados de haber sido desarmadas para partes.

—Tal vez algunos, contestado fray Martin. — Los rancheros grandes realmente a veces pueden permitirse tener un viejo camión. El sacerdote saludó con las manos a alguien que no le reconoció y en ese momento   dijo, — Alrededor de la curva, capitán. ¿Vea la casa con la luz en la ventana?

Luis estacionó la Toyota delante de una casa de tabla del cedro con adornos detallados. El patio era árido de pasto y esparcido con pedacitos de basura y pedazos de tabla. Varios hombres con caras serias fumaban cigarrillos y estaban de pie en grupos hablando en voces bajas.

—Algo está ocurriendo, dijo fray Martin. Él estiró su cuello fuera de la ventana para reconocer a alguien o descubrir lo que había sucedido.

— Pienso que hay alguien enfermo, él anunció.

Dos hombres se acercaron a la Toyota, y Fray Martin los llamó a voces. Hicieron gestos con las manos y anunciaron en voz alta su nombre y parecieron felices de verle. Fray Martin acepto un cigarrillo, aunque él no lo encendiera, y escuchó mientras que uno de ellos hablaba rápidamente en Tarahumara y señalaba hacia la cabaña. El otro se quedó parado y escuchó un momento, y entonces fue a la puerta de la cabaña, tocó una vez y entró.

En término de unos minutos una pequeña mujer india se asomó de la casa. Las trenzas de pelo colgaban de su cabeza, y ella llevaba puesta ropa de lana por el aire frío de la noche. Varios amuletos colgaban de su cuello y un cinturón de cuerda en su cintura. Su cara una máscara de piedra, ella caminó derecho hacia Fray Martin.

— ¡No necesitamos ninguna magia de Jesús esta noche! Salga antes de que un espíritu acapare el alma de esta pobre muchacha.

Los ojos del sacerdote se estrecharon con desaprobación.
—Quiero verla yo, señora. Sólo puedo esperar que haya llegado antes de que usted envenene a la muchacha con una de sus sucias pociones. Si es la muchacha Aguja de Pino, ella es probablemente sólo la molestia mensual de una mujer y los calambres pasarán sin su ayuda.

La mujer de avanzada edad respondió con ferocidad. — ¿Qué sabe usted acerca de lo que hay entre las piernas de una mujer? ¡A usted...que...a quien le faltan sus propios órganos sexuales! Déjenos antes de que un espíritu maligno acapare todas nuestras almas.

Discutieron en Tarahumara, y Luis y el profesor miraron

alrededor tímidamente antes de iniciar el regreso al coche. Una pareja, probablemente los dueños del pequeño rancho, se apresuró a salir de su casa para intervenir en la riña. La mujer arrancó con fuerza sus viejos amuletos de un enojado fray Martin y se metió ella de vuelta a la casa. La mujer reapareció otra vez para abrazar a Fray Martin y ellos hablaron quedamente, acaparando miradas furtivas en la casa. Finalmente, el sacerdote le estrechó la mano a ambos y a regañadientes regresó a la Toyota, haciendo gestos con las manos a algunas personas que él conocía cuando se acercaron al coche.

—Mala perra, él dijo, metiéndose en el jeep. — Ella probablemente ha matado a más personas que el sarampión.

— No vinimos aquí a combatir un pueblo entero de indígenas. ¿Usted piensa que usted podría mantener un perfil más bajo? Esa mujer de avanzada edad esta como para que a ella se la coma un oso pardo como desayuno. Consigamos a ese burro y regresemos al campamento. ¿Qué piensa usted, David?

—Suena bien, estuvo de acuerdo el profesor. Estoy cansado y el burro tendrá comida de algunas de las plantas de cualquier manera.

—Seguro...seguro, masculló el sacerdote. Dé vuelta a la izquierda. Acérquese unos cuatrocientos metros... ¿ve esa casa grande? Esa es.

Este rancho incluso tenía uno de los más grandes grupos de gente alrededor. Como antes, Fray Martin les dio la mano y saludó a todo el mundo antes de introducirse después de Luis y el profesor. Unos momentos más tarde alguien los condujo a través de la puerta principal. Las velas alumbraban todo lo largo de la casa y una mujer, aparentemente la matrona de la casa, dio a Fray Martin un abrazo lloroso mientras su marido ahuyentaba a los insectos en el exterior.

Una foto manchada de humo de La Virgen de Guadalupe estaba colgada destacando por encima del fogón de piedra y servía de centro de mesa de la sala. La Virgen le daba apoyo con sus manos en sus lados, las palmas hacia afuera, un halo por encima de su cabeza y su corazón expuesto e iluminado en luz de oro. El cuarto contenía mobiliario grueso de pino y herramientas. Servía de cocina, una sala comedor, un dormitorio y de almacén para cualquier cosa que se necesitara.

Aquí era donde Fray Martin había esperado comprar a un burro y dejar el jeep, pero una serpiente de cascabel en el corral había mordido a la hija de la pareja una hora antes mientras ella le estaba dando de comer al ganado. Las velas ardían en la cabeza de su cama. Excepto por sus ojos asustados, ella se quedó completamente inmóvil en un colchón rellenado con olotes.

El padre Martin examinó la pierna de la niña, y entonces anunció que era hora para la oración. Él le pedía a Jesús que sanara a la niña y le guiara en la oración.

Luis replicó. —Vámonos afuera, gringo. No puedo estar observando esta farsa.

Excepto David, siempre como antropólogo y repudiando de toda la vida a las serpientes, decidió quedarse y presenciar lo que entendía. —Sigue adelante, Luis. Quiero ver esto.

—Tú has conseguido ser parte de esto como para quedarte aquí...

—Guarda silencio. Tengo el presentimiento que vas a recordar esto. Él se trae algo entre manos.

Fray Martin llamó a que todo el mundo que estaba fuera entrara. Mientras Luis y el profesor observaban de lejos, todo el mundo rodeó la cama de la niña y se tomó de las manos. Fray Martin los guio en la oración. Las sombras ardieron inconstantemente y bailaron salvajemente cuando las candelas chisporrotearon, y lanzaron una luz tenue en el cuarto como si fueran unas imágenes obsesivas atrapadas en una caverna. Fray Martin rezó con pasión, comenzando lentamente y hablando en un tono bajo. Pronto él ya estaba implorando. Las lágrimas vetearon sus mejillas cuando él le rogó y aduló al Espíritu Santo para posarse sobre la niña y salvar su alma del espíritu maligno de la serpiente. Muchos en el anillo de oración se veían asustados y con los ojos muy abiertos mientras otros apretaban los puños. La oratoria de Martin los condujo a un éxtasis emocional.

—Oh Dios...Luis susurro, pero el profesor le dio un codazo para que guardara silencio.

—Traigan a la serpiente, les ordenó el sacerdote. Sus ojos quemaban como carbones y sus manos se agitaron.

¿La serpiente? Luis y David al mismo tiempo se alarmaron. Sus ojos se entrecruzaron.

El profesor observó las miradas en el piso y todas eran casi ansiosas.

Luis se dobló para susurrar en el oído de David. —No quiero ver esto...deberíamos irnos.

Solo el profesor estaba interesado. — Estate calmado y observa, él le apremió. Les podrás contar a tus niños sobre esto algún día. No voy a salir hasta que esto se termine. Él continuó mirando alrededor furtivamente con la carne de gallina y levantó la nuca de su cuello.

Un hombre viejo había dejado el círculo de oración y había regresado con una serpiente. Él la sujetó firmemente detrás de la cabeza con una mano y por la cola con la otra. La serpiente daba la apariencia de ser adulta   aproximadamente de un metro de largo, las rodillas del profesor se bambolearon y él contuvo su aliento.

—Oh Dios...Luis mascullado otra vez, esperando localizar la puerta principal.

El hombre viejo soltó la cola de la serpiente. Estuvo agitándose débilmente por un momento, en ese entonces comenzó a contorsionarse. Abrió la boca, exponiendo dos colmillos curvados, amenazadores, y el fiero Luis le dio un tirón al profesor al lado de él. La luz de la vela brilló intensamente en los colmillos, pero el hombre viejo la apretó más y cerró su boca. El profesor expelió su aliento. El hombre viejo asió el frente de la cabeza de la serpiente, pellizcando su mandíbula y su hocico apretadamente juntos, y le ofreció a ella, a la muchachita. Pero ella volteó su cabeza y lloriqueó.

—Lo que...Luis tartamudeó, consternado.

Fray Martin tocó el brazo del hombre para ofrecer voluntariamente sus servicios, y el hombre viejo empezó a ofrecer a fray Martin la serpiente. El sacerdote dijo otra oración breve, entonces llevó la mano de la niña a la de él. Todo el mundo en el cuarto contuvo su aliento cuando fray Martin dobló y mordió la cabeza de la serpiente mientras avanzó a pasos rápidos convulsivamente.

—Increíble...respirado agitadamente dijo el profesor.

—Luis pudo haber jurado que los ojos del sacerdote rodaban dentro de sus orbitas. —Te dije que él es loco, Luis repetía, negando con la cabeza con repugnancia.

El hombre viejo tomó de regreso la serpiente afuera para colocarla en un hoyo. Si la niña muriera, la serpiente sería puesta en libertad porque su espíritu maligno había ganado. Si la niña viviera, la serpiente sería comida, y su espíritu maligno neutralizado.

—Él es bueno, David dijo, diciéndole a Luis que le siguiera afuera.

—Sí que tiene bolas no tengo ni idea donde las ha

213

conseguido...o él es loco. Luis movió la cabeza.

—No...él sabía que surtiría efecto.

— ¿Cómo supo?

—Él miró la pierna de la chica y no estaba hinchada. La niña no está en shock, o sea que la serpiente no inyectó ningún veneno. A veces muerde pero no inyecta veneno en un animal que es demasiado mayor que ellos. Él podría decir que la chica no había sido envenenada.

—La cara de Luis se admiró al entender y él sacudió con la cabeza estando de acuerdo. La razón está de su parte, él estaba de acuerdo, a regañadientes, él es bueno. Pero el mordió la serpiente. ¡Dios mío, gringo, él es un sacerdote! ¿Cómo puede hacer eso?

—Luis, la Iglesia Católica nunca ha tenido problemas incorporando las creencias de personas primitivas. Sólo voltean sus cabezas. Le puedo dar cien ejemplos en África, New Guinea...incluso aquí en México. ¿Cuántos desfiles de Navidad en pueblos mexicanos pequeños has asistido cuando se celebra la tradición de Cristo naciendo?

—Nunca.

David ignoró su respuesta. — Bien he sido testigo de varios, y te puedo dar más ejemplos en Sudamérica dónde...

—No te molestes, Luis le detuvo, creeré en tu palabra por eso. Uh-oh...aquí viene el encantador de serpientes. Luis pudo observar que llevaba   sandalias de sacerdote.

—Caballeros...espero que no les alarmara por el ritual breve. A veces uno debe sacrificar a lo técnico para que lo práctico demuestre fe y el poder del Espíritu Santo al trabajar con lo poco sofisticado.

—Ahórrelo para los indígenas, capellán. Se trata de lo que espero de usted ahora.

— ¡Luis! El profesor interrumpió. Él miro a Luis con la

mirada fija, y entonces dio un paso adelante para saludar al sacerdote. — Fray Martin muy interesante. Me gustaría discutirlo más con usted más tarde. Fue una...una experiencia que deja sin aliento.

— ¿Qué hay acerca del burro? Luis tenía una expresión aburrida.

—Hemos conseguido a un burro de este hombre, el sacerdote señaló la casa, — y lo traeré conmigo más tarde esta noche cuando regrese a acampar. Tengo todavía más tiempo, pienso ir por el rancho en el que nos paramos más temprano para ver a los Garrazas y a su hija, si esa perra satánica se ha ido, él sumó. —Espérense, caballeros. El coche estará seguro aquí. ¿Podrán encontrar el camino de regreso por ustedes mismos?

—Seguro, dijo Luis, tomándolo como un reto.

—Uh...supongo que sí, dijo David sin miramiento decidido, con el cielo de noche y pensando acerca de serpientes y escorpiones y otros animales que buscan calor esperando encontrarlo. — ¿Cuándo salimos?

—Muy temprano en la mañana. Duerma bien durante la noche, profesor Wolf. Mañana será un día muy difícil para usted.

— ¿Qué hay acerca de usted? Declaró Luis en un estado como de una acusación.

—Capitán, Dios me ha bendecido. Necesito un pequeño sueño, y me falta mucho esta noche.

— ¿Más serpientes que morder?

—Por favor, capitán. Sé que a usted no le gusto yo, pero que no le deje afectar su sentido común. Usted no debería burlarse de cosas que usted no comprende.

—Sí, Luis, convino el profesor. En ese momento dirigiéndose al sacerdote él dijo, — Agradece al capellán, y gracias al hombre que nos prestó el burro. Él le extendió su mano al sacerdote, quien la sacudió, pero Luis la declinó y empezó a caminar por el camino de tierra hacia el campamento.

—Qué absurdo, gringo. Le daré la mano si tú quieres.

—Un hombre irritante, su amigo el capitán, dijo Fray Martin.

—Oh…sí que él es lo suficientemente bueno. Luis tiene un humor que toma una cierta cantidad de tiempo entenderlo.

—Él tiene algunas grandes sorpresas esperándole en las montañas. El sacerdote le disparó a Luis una mirada furiosa.
— Él no puede aguantar un día.

— ¿Qué hace ese término medio? David preguntó. Sonó como a una amenaza.

—Nada. Ordénele a su amigo a vigilar a los osos. Sería una lástima si uno se acercara a su cama esta noche.

El Jardín de Getsemaní

El sol se ha anunciado con grandes titulares. Radió con una corriente estable de calor y estuvo avanzando como una resplandeciente araña de luces en el cielo azul, observando el progreso de los tres aventureros y su burro mientras hacían negociaciones a la manera de ellos arriba encima y a través de un conjunto imponente aparentemente interminable de formaciones rocosas y cañones. El paisaje era una colección espectacular de arcos erosionados por el viento, hongos, columnas, y otras formas curiosas que parecían familiares pero no tenían fácilmente un aspecto identificable.

—No creí que podría ser tan caliente a ésta altura, se quejó Luis, de mal humor. Su cara y cuello le dieron el brillo rojo de las quemaduras del sol y su camisa caqui se le pego con el sudor. Él había dormido pobremente esperando a Fray Martin, quien no regreso hasta media mañana después de celebrar misa con los indígenas, conforme el sacerdote y David iban hablando de filosofía toda la mañana al trepar por el sendero. Sin mera teoría o educación formal, Luis se había sentido excluido y un poco ofendido con el profesor, quien fácilmente discutió a Spinoza, Kant, y Santo Tomás de Aquino en medio de frecuentes bocanadas de aire.

El trío había convenido en un método; las caminatas de treinta minutos seguidas por descansos de quince minutos hasta el mediodía, en ese entonces treinta minutos para el almuerzo seguido por el mismo patrón por la tarde. A las dos, el profesor creyó estar en forma notablemente buena, excepto después de que una expedición difícil cuesta arriba debajo de un sol implacable que él estaba listo a claudicar. Luis viajó un poco mejor, excepto luchando también. Fray Martin, un Indígena Tarahumara que había pasado toda su vida en las altitudes grandes, no mostró señal de fatiga.

Luis jaló a David aparte cuándo el sacerdote se alejó para relevarlo. —Deja de alentarle con esas tonterías filosóficas, gringo. Esa parodia intelectual es demasiado grande en su estado actual. No puedo pensar con todo el escándalo de usted dos.

—Él es un hombre brillante, Luis, y él sabe...

—Él es loco, Luis interrumpió. — ¿Recuerda esas cosas de la serpiente anoche?

—Luis. Usted es tan predecible a veces.

David le miro. — Esto sólo puede ser una expedición arqueológica, para ti, pero estoy buscando a un secuestrador. Él le apunto con el dedo grande en el pecho del profesor. — No lo olvides. Si quieres ayudar, él le miro furtivamente en dirección al sacerdote, pon a ese amigo a hablar de política o su hermano. Tal vez él cometerá un desliz y nos dirá algo.

— ¿Por qué no se lo preguntas?

—Porque él es un mentiroso y él odia mis agallas, por lo mismo. Te estoy advirtiendo a ti, gringo, no confió acerca de tu amigo.

David frunció el ceño y se limpió la frente, demasiado cansada para sostenerse más. Él cayó pesadamente encima de su espalda molida y se recostó en contra de un muro de rocas de altura imponente protegiéndose del sol. La sombra era muy buscada a esta altura por encima del límite de la vegetación arbórea. Un hilo estrecho de una corriente brilló intensamente muy por debajo. Pronto se movían directo a ese paso estrecho, rocoso y desciendo en el valle antes de cruzar la corriente y moverse hacia el este, después arriba y sobre otra pared de la montaña y abajo en otro valle. El burro no era la gran cosa para estar mirándolo, pero había ido con paso pesado sin queja. Estuvo listo estoicamente y con creces cargado, mientras comían hambrientamente tortillas de maíz y frijoles negros.

Fray Martin regresó y trató de alcanzar la bolsa de tortillas.

— ¿A dónde se fue toda la sombra? Luis preguntó ociosamente.

— Debe ser la peor parte del día para estar trepando una montaña.

— Estamos por encima de la línea del árbol. El aire está más delgado aquí arriba, dijó el sacerdote.

—Me fijé, dijo el profesor. — Espero que no le atrase más tarde cuando tenga mi apoplejía.

—Iremos de seguro a poner montones de piedras pesadas en su tumba para que los animales no le puedan desenterrar, fray Martin, ofreció   alegremente. — En verdad, usted parece estar en condición bastante buena.

— Intento. Oiga, capellán…que he estado teniendo la intención de preguntarle. ¿Vienen estas piedras de jade del mismo lugar de las viviendas del acantilado? ¿Hay una mina cerca de las ruinas?

Fray Martin pareció preocupado por la pregunta y así es que él la dijo con otras palabras. — ¿Son las piedras extraídas de la cantera en las ruinas? No, las piedras verdes vienen del este más lejano…probablemente a lo largo del Río de la Roca en alguna parte. Mike podría saber. ¿Por qué?

—Bien, eso habla racionalmente, adivino, el profesor

suspiró. —Tomé algunas muestras de fondo de una corriente en la boca del cañón del Águila y ellas contenían partículas de jade. No recuerdo ver ningún Río llamado de la Roca en el mapa.

—No está en cualquier mapa. Si mal no recuerdo, tres ríos pequeños se vacían en el cañón del Águila en el área a la cual usted se refiere, dijo el sacerdote. —Los ríos la mayoría fluyen del Este desde el cañón de la Roca, pero sólo en la estación de lluvias. Usualmente es un barranco seco.

Esto le recordó fray Martin por algo, y fruncieron la boca como si profundizaran en el pensamiento, entonces dijeron, —Dígame a mí, profesor. ¿Usted está familiarizado con las Antigüedades Arqueológicas?

—Sí…tengo que estar. Desafortunadamente las leyes no son tan estrictas o amplias en el alcance como necesitan ser.

— ¿Cómo así?

—La operación es lenta y los problemas de definición están llenos de la ley. En la mayoría de los casos, es difícil probar que un artefacto es saqueado de un sitio específico. Las falsificaciones están en todo lugar y son vendidas abiertamente y a la mayoría de aduaneros no se les adiestra para distinguir los que son reales y los que son un fraude comercial.

— ¿Qué hay acerca de lo arqueológico donde se sitúa? preguntó el sacerdote. — ¿Lo tiene la ley de protección?

—Nos va mejor allí. En un Acto se estableció a un comité de académicos de varias universidades para revisar peticiones para la protección del sitio y hacer recomendaciones estimando la designación de Tesoro Nacional para un sitio arqueológico.

— ¿Conoce usted a alguien en este comité?

—Estoy en el comité.

—Realmente, Fray Martin le dio unas palmadas. — ¿Qué tan conveniente es?

— ¿En qué forma, capellán?

—Profesor, tengo la seguridad de que usted querrá tener estas ruinas dentro del llamado Tesoro del Nacional.

Luis no lo podría aguantar ya. Él tenía que decir algo. — ¿Qué hay de eso para usted, capellán? ¿Cómo le puede ayudar eso?

Fray Martin, reacio para hablar con Luis, frunció el ceño y miro hacia fuera. A él se le ocurrió ignorarle, pero dijo, — *desarrollando*.

— ¿El desarrollo? Luis no entendió.

—Fortalecer a la reserva del Águila represará varios ríos principales, causará el daño irreparable al área Perdida del Cañón. También dará como resultado el desarrollo mayorista de propiedad, que eventualmente afectara las ruinas. Los indígenas serán removidos de su tierra que la vendieron a precios muy bajos. Los pueblos enteros se destruirán y las familias se desbandaran. Será el fin de los Raramuris.

—De qué se tratan todos los trabajos y lo...

—Los lugares de trabajo y el acondicionamiento de tierras corresponden para la destrucción de los indígenas, capitán. Pero realmente no espero que usted entienda, él condescendió. —Aunque usted no me escuche, tal vez usted escuchará a su amigo, el profesor.

—Presumido wey, Luis mascullo. Él le disparó al sacerdote una mirada gangrenosa. —Por lo mismo su hermano secuestró al diplomático, ¿ah? Y por él mismo. Tiene bastante la apariencia para ser un amigo. Especialmente si él es un asceta religioso pequeño inofensivo viviendo a base de la tierra. ¿Piensa que él tiene alguna ayuda?

Las cosas estaban calentándose y David comenzó a poner

mucha atención. El sacerdote desvió su peso para la otra pierna y trató de alcanzar su rosario. Él se veía incómodo.

— ¿Qué hace ese término medio? El sacerdote apartó la mirada, evasivamente, pero él percibió la inferencia de Luis.

—La mayoría de los secuestros, especialmente esos motivados por la política en lugar del dinero, son el resultado de un complot de dos o más personas. Lo que necesitamos es descubrir quién es la otra persona o las personas que ayudaron a planificar y a ejecutar esto. Francamente, capellán, yo no creo por un segundo que su hermano hiciera esto solo. Allí es seguro que ha conseguido más personas por lo menos hay otra persona involucrada. Luis le quedó mirando fijo a los ojos. —y él está probablemente por ahí a corta distancia, sumó.

—Quizás, Fray Martin dijo, fue visto fuera otra vez, —pero usted podría saber más acerca de ese tipo de cosas que yo. Yo soy simplemente un sacerdote. Él repentinamente tenía la posibilidad de ir, ya sabiendo más de lo que él se proponía y habiendo dicho más de lo que él debería.

¡Dios mío, él está mintiendo! pensó el profesor aturdido, quien lo había observado completamente todo. ¿Sin saber cuál los diferenciara? ¿A quién él estaba tratando de proteger? Seguramente él no está involucrado; él es un sacerdote.

David miró hacia Luis, quien lo había hecho que "le dije que iba a ser así", sonríe burlonamente en su cara. El profesor asintió con la cabeza ligeramente para admitir que él había visto lo mismo. Sin embargo incierto en lo que él había presenciado, sintió la incomodidad de Fray Martin.

—Pienso que mi espalda está totalmente desecha, mejor nos ponemos en movimiento, David dijo.

—Sí, profesor, el sacerdote estuvo de acuerdo distraídamente, con una expresión afligida en su cara. —Hoy es el día más difícil y nosotros tenemos mucho más que avanzar. Mañana seguiremos el río más profundamente en los cañones y haremos mejor tiempo. Fray Martin tenía una mirada lejana en los ojos. Él tomó la soga del cabestro del burro y condujo al animal abajo de la ruta sinuosa del valle. Luis y el profesor le seguían.

El tema que la discusión tenía, terminó y los dos hombres resueltamente iban tras el sacerdote robusto, respirando pesadamente y concentrándose en su siguiente paso. Como el día comenzó a decrecer y el sol bordeó la cúspide de la pared occidental de la montaña, Luis y David marchaban decididamente y se agotaron, luchando por continuar. Con el burro como remolque, fray Martin había seguido adelante, como olvidado de los otros y ahora sustancialmente distante de ellos. Él no mostraba señal de desacelerar.

—El bastardo está tratando de castigarnos a nosotros, Luis se expresó con un gruñido conforme jadeaba. —Tenía la esperanza que él se rompiera una pierna.

—No...él estaba pensando acerca de lo que tú le dijiste. Él cambia de cierta forma. Viste la mirada en su cara cuándo...

— ¡David, él es loco! ¿No puedes ver eso? Las personas listas pueden estar igual de locas como todos los demás. Este sacerdote es un hombre peligroso. No voy a perderlo de mi vista y tú no deberías. Él te está utilizando por algo...algo que hacer con la arqueología y es salvar las ruinas.

Avanzaron con empeño, resbalándose y tropezando, sus pies llenos de ampollas y las pesadas mochilas colgadas a la espalda. Ni uno ni otro estaba dispuesto a claudicar, sin embargo. Eso le daba al sacerdote la satisfacción de sentir oculta la satisfacción, y así es que entendieron obedientemente, cada uno silenciosamente revisando su propia situación.

El profesor reconsideró la valoración de Luis de Fray Martin. David había sido cogido desprevenido en una fantasía estimando las ruinas y había ignorado el problema de fray Martin y su historia. Lo que en realidad a David le molestaba es que el sacerdote parecía tan ansioso para entregar a su hermano al policía como también quería darle las ruinas al profesor. Por qué, de repente, Fray Martin estaba decidido a entregar a su hermano, dando a conocer un secreto familiar, ¿y quién sabe que seguiría? ¿Por qué el sacerdote actuaba así de incómodo cuando respondía preguntas acerca de la mina de jade? ¿Había mentido acerca de la mina? Si así fuera, ¿por qué? ¿Cuál era su motivación real, la Reserva del Águila? O, como Luis lo había manifestado así simplemente, estaba fray Martin loco y motivado por algo evidente sólo para sí mismo.

Con solo imaginarse lo que le podría producir ampollas en la nuca de su cuello, David gimió, alzó y desvió su incómoda mochila colgada a la espalda para ajustar sus correas. La expedición se había vuelto insoportable, así es que él se desvanecía poco a poco en la realidad, imaginando que él había regresado a la Ciudad de México y que él y Alexandra estaban visitando los jardines flotantes de Xochimilco. El perfume de las flores transportaba un viento agradable que le sujetó fascinado y él comenzó a fantasear, yendo con paso pesado, colocando un pie tras el otro.

#

Fray Martin con el estado de ánimo cambiando de uno de alegría y euforia a otro por la depresión y la desesperación. *¿Cómo había ocurrido?* Él se preguntó. Él sabía la respuesta, sin embargo, él recordó cuándo todo ocurrió, después de la pelea con Mike. El encuentro le había dejado un sabor amargo y con un sentido de pérdida. Era un viejo paradigma; las expectativas altas con realizaciones bajas, conduciéndolo a la depresión. El federal había sido el catalizador para esta crisis espiritual, se dijo; la llegada siempre sospechosa, siempre con un comentario sarcástico o una declaración acusadora, indefinida. Él tenía la impresión de que estaba siendo perseguido por uno de los mensajeros de Satanás de culpabilidad y tentación. Luis lo había persuadido con engaño a hablar, y fray Martin había caído en esta pequeña trampa simple.

Su voz interior, El Faro de la Sabiduría que le guiaba infaliblemente, quedo repentinamente mudo y en la oscuridad. Fray Martin se sintió asustado, consciente que algo estaba ocurriendo terriblemente equivocado en su vida. La Luz y la Voz siempre le habían señalado el camino, pero ahora él reaccionaba ciegamente, basó su decisión para traicionar a Mike y el lugar de las ruinas para salvar el Plan de Dios. Dios le había enseñado su plan a fray Martin, ¿no lo tenía él? Lo que una vez había sido firme y vívido ahora había aparecido ilusorio y efímero. Al celebrar la misa matutina, a él le había asombrado descubrir que el sentido familiar de temor y la reverencia que siempre experimentó estaba ausente cuando el vino y el pan se convirtieron en el Cuerpo y la Sangre de Cristo. *¿Por qué?* se preguntó otra vez. ¿No había seguido siempre la Voz Interior de Dios? Ahora esa Voz se había apaciguado extrañamente. El sacerdote sintió que su alma había caído en una laguna mental fría sin linderos y ningún lugar para detenerse, una caída libre espiritual. Sacudió con fuerza la soga del cabestro del burro y entonces agarró su rosario con su mano libre y comenzó a rezar febrilmente, dando el ritmo al paso conforme él trepó la sinuosa falda de una montaña. Pero sus oraciones se veían perturbadas por imágenes de Mike moviéndose adentro y por su conciencia, quebrantando su concentración y alimentando un tormento creciente.

Fray Martin rápidamente se dio cuenta de su deficiencia. Él ya no estaba en un estado de gracia. Había pecado, y la culpabilidad le pesaba como una carga de piedra en un mulo pando. Tenía las manos metidas con culpabilidad y crecían como una maldición. Su respiración era más rápida y él quiso correr.

¿Sino por qué la culpabilidad? ¿Por qué? Las imágenes de Mike se presentaron como la prueba de su vergüenza. Él se vio y a Mike como su conspiración se desarrolló: planificando los bombardeos en la fábrica de químicos destruyendo vías y equipo y secuestrando a la mujer. Mike fue siempre un seguidor reticente, renuente del hermano mayor, más sabio, y ahora la imagen de Mike se mostraba ante el sacerdote como un acusador silencioso que tenía, abandonado por un llamado defectuoso. El hermano supersticioso, indocto ahora parado moralmente más alto.

Pero hice como Usted esperaba que él le hablara silenciosamente a su Dios. Seguí la ruta que Usted diseñó para mí. ¡Sacrifiqué todo para Usted! Dígame, por favor, él imploró. Envíeme una señal. Guíeme a mí, Señor Jesús. Quite esta mancha de culpabilidad. Dígame qué he hecho y lo que debo hacer para buscar Su perdón. ¡No tome Su Luz de mi vida! Pero sus sombras interiores se oscurecieron con la tristeza de la noche y él lloró quedamente cuando iba caminando.

Fray Martin guio al burro adelante, nunca volvió a mirar a ver cómo viajaban sus compañeros combativos. El sol se deslizó detrás de la pared occidental del cañón y las sombras de la noche le envolverían por mucho tiempo. Su estado de ánimo continuó fracasando sin que ninguna resolución se presentara por sí sola, y una sombra atacó duramente su mente como el hollín de una chimenea. Él se resbaló en un pánico entumecido.

El burro comenzó a sacudir con fuerza su cabeza en señal de protesta, y una vez se detuvo enteramente delante de Fray Martin que se dio cuenta de que el día avanzaba y que sus compañeros estaban muy retrasados. Él buscó un lugar probable para acampar y entonces comenzó a detenerse. Trabajando silenciosamente y haciendo un buen progreso, encendió un fuego cuando Luis y el profesor llegaron de pronto al campamento.

David cayó con todo su peso por la fatiga y tuvo una mirada glaseada en sus ojos conforme él caminaba con paso cansado en el campamento, pero Luis estaba colérico y hosco. El federal recargó su rifle en contra de una roca grande y tiró su mochila colgada a la espalda encima del suelo viendo brillar intensamente a Fray Martin. Luis quería darle latigazos al sacerdote y ponerlo en su lugar, pero él controló su lengua al ver que una lágrima del sacerdote resbalaba por su cara veteada. *¡Dios mío!* ¿Qué ahora? El federal se preguntó. Un hombre adulto llorando abiertamente como si no fuera   nada. Él en realidad estaba loco.

El sacerdote no hacía intentos para abrir la conversación e hizo como que sus compañeros no existieran. Luis y el profesor intercambiaron miradas curiosas mientras comieron tortillas y frijoles fritos otra vez. Su campamento yacía a gran altura por encima del piso del cañón en el lado de la montaña. Miraron perdidamente hacia el fuego, invidente y apático por el esfuerzo excesivo extremo. Sólo la grieta y el resplandor de las llamas disturbaban la tarde pacífica, y el aire de la noche se volvió frío cuando la luna llena escupió rayos fluorescentes en el valle. Fray Martin, ahora murmurando a sí mismo, en un estado abruptamente que caminaba cuesta arriba en la tristeza, desvaneciéndose de la vista.

#

El profesor bostezó y se desperezó. El fuego le fascinó y quiso irse a dormir. Luis, sin embargo, permaneció completamente despierto. Cuando   Fray Martin no regresó, el federal, siempre sospechando, fue a buscarlo. Él regresó en poco tiempo y susurró urgentemente, —Qué absurdo. Tú has podido ver esto.

—Luis, yo estoy cansado. Vete. David se asomó de la carpa.

—Ven…simplemente por un minuto.

El profesor gimió e intentó pararse y ponerse derecho. —No puedo hacer eso, Luis. Tú sigue adelante. Yo…

Luis le insistió otra vez y gesticuló urgentemente.

Cuando el arqueólogo cansado finalmente se enderezó, Luis se tapó con un dedo sus labios, e intimó a que David le entendiera. Él lo guio cuesta arriba, y entonces de atrás una pared de rocas grandes caídas. Él señaló hacia arriba. El profesor siguió su dedo hasta que vio el perfil oscuro del sacerdote a la luz de la luna por encima de un peñasco rocoso. Fray Martin en sus rodillas, sus manos plegadas en la oración, inclinaba su cabeza hacia arriba a los cielos. Las lágrimas fluían de sus ojos y su cara parecía como una máscara de tormento.

—Dios mío, David susurro, pero Luis le hizo callar. Observaron silenciosamente mientras el sacerdote rezaba y lloraba, a veces adulándole y a veces pidiéndole a su Dios un poco de perdón. Ocasionalmente un arrebatamiento de palabras o una sílaba angustiada quebrantaba la quietud. Pero David se cansó de observar y le avergonzó para estar espiando al sacerdote en tal momento privado. La escena pareció misteriosamente reminiscente de la pasión de Cristo en el Jardín de Getsemaní antes de su crucifixión. El profesor tembló.

—Dejémoslo solo. No tenemos lugar aquí.

—Sigue adelante, yo regreso dentro de poco. Tengo pensado algo que hacer. Luis clavó malignamente los ojos en el sacerdote. Él se dirigió otra vez al profesor. —Te he dicho que él es loco.

David se fue tropezado en la montaña, su tienda de campaña y el saco de dormir. Una cosa acerca de estos amigos, él pensó. Tú nunca careces de entretenimiento. Él entro a su bolsa de dormir, finalmente confortable, casi dormido con sus párpados cerrados. Qué par, él pensó. Uno de ellos llorando y rezando y el otro espiándole y confabulando. Entonces un silencio maravilloso le vistió con una capa y él se olvidó del cansancio insistente de su cuerpo. Empezó a roncar, su espacio de la mente en blanco, él respiraba lentamente.

#

El terremoto se presentó al amanecer. El burro, sintiendo el desastre inminente, rebuznó y avanzó a brincos con su correa de sujeción. Momentos más tarde los pequeños temblores sacudían la tierra. Comenzó con un zangoloteo lento, se movió a través del suelo en las sacudidas y en ese entonces un quejido fuerte perforó el aire cuando las montañas gimieron y cambiaron de posición. Haciendo gestos con las manos después de que la ola barrió el suelo como toallas ondeando y chasqueando a punto de ocurrir. Luis y David fueron arrojados uno contra otro dentro de la tienda de campaña. Frenéticos con miedo, lucharon para alcanzar la entrada de la tienda abriéndola, pero se deslizaban y caían. El rugido y el choque de las rocas que caían llenaron el aire como las piezas de la montaña bajo fuego de misiles, intermitentes y errantes y

229

las enormes rocas grandes rodando para el valle distantes se detenían en el suelo, causando aludes de arriba abajo por el cañón. El suelo se agitó por unos treinta segundos, pero pareció una eternidad para los hombres aterrorizados en la tienda.

David no podía tomar aliento y sus piernas no le sujetaban. Cayó dos veces, llamó a Luis por ayuda, y entonces finalmente logró llegar a sus manos y sus rodillas. El profesor se abalanzó a través de la abertura, dejando a Luis dentro de la tienda de campaña derrumbada, luchando como un insecto desvalido cogido en una trampa de miel sedosa.

En ese momento se detuvo y el profesor pudo tomar aliento otra vez. Su corazón se sentía palpitando aceleradamente y golpeaba lenta y dolorosamente en su pecho. Él finalmente se paró y fue para ayudar al   furioso Luis en su trampa de poliéster.

— ¡Luis! ¡Luis! Es un terremoto.

— ¡Hijo de la chingada! ¡Cabrón! ¡Sáqueme de aquí! Gritaba el federal. — David...donde está la puerta de esto...

—Aquí… aquí...sujétese todavía. El profesor agarró una parte de la carpa, encontró la entrada, y Luis ayudado desparramó la carpa destruida.

— ¡Oh Dios! Exclamó Luis, jadeando, sus ojos agrandados. ¿Estás bien?

—Ningún...sí...supongo que sí, David dijo jadeando. — Esto fue como la Ciudad de México en el ' 85.

—Sí...Recuerdo. Luis se tiró al suelo, sus piernas débiles de miedo. Él hizo varias respiraciones profundas para calmarse y entonces examinó el cañón desde donde él se sentó. Abajo de ellos, una película de polvo amarillo flotaba como una nube delgada sobre el cañón.

— ¿Dónde está ese sacerdote loco?

230

—Oh, Señor, dijo el profesor, saltando sobre sus pies. —
¿Cuándo le viste por última vez?

Luis señaló arriba. — Permanecí hasta que casi me quedé
dormido. Él estaba allí cuando regresé.

Salieron de inmediato y escalaron arriba de la montaña
para el saliente rocoso donde por último le habían visto. Una
gran roca bloqueaba el sendero, y tuvieron que darle la vuelta
para acercarse a la línea de rocas grandes de donde se habían
escondido para espiar a Fray Martin. Pero las rocas grandes ya
no estaban. Todo había cambiado. El balcón prominente
colapsó y se deslizo en el valle.

—! Fray Martin! David gritó, —¡Fray Martin! ¿Está bien
usted? Buscaron frenéticamente a todo lo largo de la falda de
una montaña.

— ¿Tú no le oíste regresar al campamento?

—Él estaba allí cuando salí, repetía Luis, señalando la
cornisa perdida. — Déjame descender y mirar.

— ¡Chingada!, no piensas que él estaba en el alud, ¿y tú? Él
no habría rezado toda la noche, ¿verdad? Nadie puede rezar
tanto. David hablaba incansablemente y anduvieron con
mucho cuidado hasta una masa grande de maleza y rocas.

— ¡Mira! Luis dijo jadeando, sosteniendo en alto un rosario
quebrado.

— ¡Él estaba aquí! Sus ojos siguieron el rastro de la
devastación hasta que descansaron sobre una pila de rocas
debajo. Rápidamente se resbalaron y se deslizaron abajo de la
montaña esparcida en grava hasta lograr el fondo del cañón.
Una pierna ensangrentada, torcida con una sandalia rota se
proyectó en el alud.

—Oh, Dios Mío...ahogado el profesor, poniéndose en
cuclillas, entonces mirando alrededor frenéticamente. Él
comenzó a cavar, tirando y arrojando a un lado las rocas.

—No...por acá, Luis...él está por acá.

— Cuidado, David. Si aún no está muerto, le mataremos intentando salvarle.

Precipitadamente pero cuidadosamente movieron rocas y la maleza hasta llegar al cuerpo del sacerdote. Sus extremidades estaban horrendamente retorcidas y la sangre resbalaba de una herida desconocida.

—Él está muerto, Luis dijo.

— ¡No...Mira...sus ojos se mueven! Sí que se mueven. El rojo de la sangre los tenia asustados, lo sacaron rápidamente, el miro primero a David, y después a Luis.

—Puede hablar, ¿Fray Martin?

Unas lágrimas tremendas aparecieron en los ojos del sacerdote y él susurró, — ¿Qué tan malo se ve?

— Malo, contestó, realmente malo, dijo el federal. Él apartó la mirada.

Los ojos del sacerdote se movieron para David. —Dígale a él que se retire, él susurró.

— ¿Ah?

—Dígale...que nos deje, él se quedó sin aliento. —No hay tiempo para...discutir... ¿por favor?

Luis no podría tener la probabilidad de verle ahora de cualquier manera. Él había estado en escenas mucho más desastrosas en su vida, pero esto fue horrendo: los brazos torcidos y las piernas, los huesos protuberantes y la cara del sacerdote una masa de púrpura y rojo. Él hombre estaba muerto. El federal caminó abrumado, y cayó en sus rodillas y vomitó.

—Oiga mi confesión, el sacerdote luchó susurrando.

—No soy sacerdote...no puedo dar la absolución...padre usted tiene que tratar, le dijo el profesor.

Pero el sacerdote quedó mirando más allá de él en el sol

naciente.

—Bello... Él dijo, y una sonrisa deshonesta llegó y se fue. Los hilos de sangre daban la apariencia de estar en sus labios y su respiración áspera se oía honda.

—Mi error...hizo todo ello...el niño Mike.

— ¿Qué? El profesor agobiado para escuchar, manteniendo un oído muy cercano a la cara aplastada del sacerdote.

Fray Martin vaciló, saco fuerza y dijo, —Yo hice todo ello...Mike es un niño...fracasó totalmente, el secuestro, todo.

— ¿Usted hizo eso? El profesor preguntaba, incrédulo.

—...el niño Mike, el sacerdote repitió. —Protéjale del...capitán. Luis...no...entienda, él se quedó sin aliento y el dolor retorció su cara en una soga de agonía. Luis regresó y estuvo parado desagradablemente observando.

El sacerdote cerraba sus ojos de un momento a otro cuando una enorme cantidad de dolor le cubrió. Su cuerpo se agitó otra vez, y él clavó los ojos en David. — Dígale...dígale...que le amo a él...mi hermano...

— ¿Cómo? preguntó el profesor. — ¿Dónde están las ruinas?

El sacerdote no dijo nada, y entonces cerró sus ojos otra vez.

— ¿Dónde? insistió el profesor. ¿Hasta dónde?

Los ojos se reabrieron y Luis se arrodilló. —Siga el río...del norte...todo el día. Vaya a la zona del Este de las caídas. Él tosió y entonces gimió lastimosamente, su saliva gruesa con sangre burbujeando en espuma en sus labios. Él susurró. — Cruce las montañas para el...lado.

— ¿Cuál lado? Luis interrumpió.

—Al este. La sangre comenzó a brotar de su oído derecho. —Siga la nueva corriente hacia las aguas termales...el agua caliente...la corriente del oeste...escondido debajo de una pared de escombros.

— ¿Dónde?...cómo sabremos si está escondido, capellán?

—Bello... Dijo el sacerdote otra vez, sintiendo el aura de muerte cubriéndole alrededor de él. Él no habló otra vez, y observó el progreso del globo anaranjado alzándose sobre la pared del este del cañón. Y en ese momento él murió, sus ojos sin obstrucción a la vista, la mirada fijamente en la muerte en la promesa eterna de renovación de Dios lentamente bordeó la cúspide de la pared del cañón y le bañó en una luz grotesca, reveladora.

—Enterrémosle, David. Luis tenía una expresión espantosa en su cara. Él está muerto.

—Qué vamos a hacer, ¿Luis? El profesor hizo como que él no había escuchado.

—Vamos a enterrarle, y después vamos buscando esa corriente.

— ¿Y eso es todo?

— ¿Ya basta...estás de acuerdo, David? El federal vio a su amigo, ansiosamente.

El profesor se quedó parado y miró alrededor. Él divisó la carpa de poliéster en la cordillera arriba, pero el burro había desaparecido. Su aventura se había convertido en un desastre. Él miró a Luis, y después al sacerdote. —Sí, tienes razón, estoy seguro. Él vio al norte al Cañón del Cacto y consideró sus paredes y su terreno imponente. —Bien, comencemos a amontonarlas.

— ¿Amontonar qué?

—Las rocas...para resguardar el cuerpo de los comedores de carroña.

Luis tembló. — Jesús dulce, él dijo, caminando hacia el próximo montón de piedras. Él aspiró profundamente y dijo, — ¿Listo?

234

—Seguro...supongo que sí. El profesor alcanzó atrapando la piedra   que Luis lanzó, siguió por cuarenta o cincuenta más amontonado en la forma de una cruz encima de Fray Martin.

—Luis miró favorablemente la tumba y entonces empezó a caminar. Tú me puedes decir algo si quieres, David. — Levantaré el campamento.

—No se discuta más, ¿ah? ¿Eso es todo lo que hay? El profesor estaba afligido con el ánimo triste.

— Eso es todo lo que hay para él, gringo. Puede decir unas palabras si lo desea. Aún estamos vivos. Salgamos de aquí.

Desastre

Río arriba en las ruinas antes del desastre, una neblina naranjada en rojo había presagiado el amanecer y le había forzado a las sombras de la noche a escapar, dando a conocer todo lo que le había dado la forma y la definición al cañón y las ruinas. El calor del amanecer había caído sobre una maraña íntima de brazos y piernas; Ruth y Mike, desnudos y con un margen suficiente entrelazado como sólo los amantes pueden estar, disfrutaron del cansancio excesivo dulce del esfuerzo excesivo carnal. El suelo lo había sentido y el alisado debajo de las mantas y la fuente termal se colaba en una constante, apaciguando un susurro.

Luego de una noche de amor apasionado, pequeñas siestas, y hacer más el amor, Ruth se había dado cuenta de que, al menos por ahora, ella no podría quedarse dormida dentro de las ruinas escondida debajo del acantilado. Su encarcelamiento cabalístico había creado un temor repugnante y un insomnio repleto con pesadillas fugaces, alerta. Los fantasmas horribles y los terrores esparcidos acechaban en la periferia de sus sueños. Era algún tiempo antes de que ella durmiera dentro de un cercado abrigador otra vez.

Después de que el sol se había metido, Mike había alumbrado arriba en las ruinas con una antorcha. Al ver dos hamacas en el dormitorio e imaginarse una oscuridad del fondo del infierno cuando la antorcha se apagó, ella había preguntado si pudieran complacerse durmiendo afuera, bajo las estrellas. Con sólo un domo plagado de estrellas en un cielo, el calor de los carbones y las aguas termales la persuadiría con ruegos hacia la tranquilidad y dormiría. Su fobia probablemente salvó sus vidas.

Comenzó con un gemido lastimoso, bajo del jaguar, que se convirtió en un gruñido amenazador, de garganta bajo protesta. Los ojos de Mike se abrieron repentinamente pero él permaneció calmado, renuente para después aletargarse a sí mismo de los muslos hospitalarios y calientes y los   pechos suaves de su compañera. Ambos estaban semi-despiertos y escucharon cuando los primeros pequeños temblores ondearon a través del suelo.

—Uunh...dijo Ruth respondiendo lentamente, librándose del abrazo de Mike. —Lo que va...

Pero Mike se movió rápidamente bajo la cubierta y acabó ganando sus pies cuando la primera sacudida subió vertiginosamente a través del cañón y le tiraron al piso. Ruth gritó y trastabilló impotentemente en el suelo como las olas del mar con igual energía como si varias bombas de hidrógeno surgieran del epicentro del terremoto y se esparcieran a todo lo largo de la Sierra Madre del norte. El rugido era ensordecedor, como una locomotora atorada en el infierno.

¡Se estaba agrietando como si hubiera recibido un cañonazo la cara de acantilado de caliza por encima de las ruinas fracturadas! En el extremo más alejado del cañón, un enorme trozo de laja colgaba por encima de la ciudad antigua derrumbándose en un alud de rocas grandes y cubriendo casi la mitad de las viviendas del acantilado. Lo demás visiblemente fracturado, del saliente parecía sujetado en el lugar por alguna fuerza imperceptible. Parecía estar en condición de colapsar de un momento a otro, amenazando con caer y destruir la otra mitad de las ruinas.

El terremoto duró sólo treinta segundos, pero pareció una eternidad para los amantes desnudos cuando estaban siendo lanzados y golpeados el uno contra el otro haciendo volar polvo y rocas.

El terremoto cesó tan repentinamente como empezó. Proviniendo del suelo diciendo y jadeando para jalar aliento, sus corazones tronando como caballos fugitivos. Una nube de polvo y rocas rodaron del pie del alud, y una nube delgada de polvo a mitad de camino arriba del cañón amurallado revoloteaba en un cielo sucio.

Ruth desnuda y aturdida, estaba parada mientras Mike respiraba fuertemente y con dificultad. Él reaccionó lentamente, como si simplemente vigilara, excepto porque había alcanzado sus pies y caminaba a tientas hacia las ruinas destrozadas en el final occidental del cañón. Su cara estaba afligida con incredulidad cuando él vio el extremo más alejado del cañón donde el alud se detuvo destruyó y enterró las ruinas. Cerca de allí, la pared occidental del cañón cambió de posición hacia dentro y un rugido mudo y filtrado desde el interior de la mina de oro el cielo y las paredes colapsaron. Una nube de polvo que surgía en oleadas era expelida con fuerza de la única entrada, Mike estaba mudo y observado. Su mundo entero había cambiado en un momento cuando el terremoto destruyó su universo personal.

Todavía desnudo, él volteo a ver la cara del norte del cañón para investigar el daño. La mitad de pueblo antiguo había dejado de existir debajo de una manta de caliza y escombros. Los demás salientes daban la apariencia de estar agrietados y en condición de caer en cualquier momento. Él se quedó con la mirada fija impotentemente, sus manos se balanceaban a la orilla de él. La ciudad antigua había estado virtualmente ilesa por mil años, pero ahora medio enterrado con el resto amenazado por igual. La parte de adentro de la mina de oro había colapsado y la topografía entera del cañón estrecho se había alterado. Cuando él estaba parado observando, el agua de manantial desde adentro de la mina salió a borbotones de una caverna dentada en la montaña y corría en una corriente estable hacia una de las tumbas a medias enterradas en el alud.

Ruth, entretanto, localizó sus ropas que se había quitado para hacer el amor esa última noche, y rápidamente se vistió. Ella se sentía culpable, como un niño errante percibió hacer el acto malévolo prohibido. Acabo por enderezarse y, ella recogió los pantalones de Mike y se los llevó a él. Él estaba desnudo, su cara larga con angustia y sus hombros anchos combándose. Él cogió los pantalones mudamente, se los puso lentamente, y cinchó la cuerda en la cintura.

—Mike, el manantial se movió abandonándonos. Ruth vio que la corriente había dejado de fluir y su superficie yacía plácida.

Alarmado, él trató de verificar su sospecha. La quietud y el sereno, el agua lentamente se retiraba hacia abajo en el estanque, exponiendo los lados suaves del envase rocoso del rio. Una mirada de tristeza absoluta le cautivó y sus hombros cayeron como derrotado. Él se sentó y silenciosamente sollozó virilmente como quién cree que ha perdido todo.

Ruth, fatigada y confundida por el temblor, no obstante reconocido cuánto el cañón hermoso con sus aguas termales y la ciudad arruinada habían querido decirle a él. Ahora estaba en ruinas; un paraíso terrenal destruido por la furia de la naturaleza. Ella se mordió los labios y pensó acerca de lo que ella podría decir. El terror rápido del terremoto la había dejado débil pero con sólo algunos rayones y magulladuras. Ella se curaría, a diferencia de Mike que había sido propinado por una herida fatal para su espíritu. Ella caminó a él y estuvo parada cerca, mirando hacia abajo en el manantial, sintiéndose fuera de sitio. Las palabras no podrían restaurar la belleza prístina del cañón y la ciudad envejecida. Desvalida para dar paz o reparar el daño tan agarrado de su alma, ella acabó por estar parada quedamente y disponible para ofrecer su soporte.

Mike se sentó a la par de la poza y se quedó con la mirada fija con indiferencia entumecida. La luz del sol brillante ardía inconstantemente como diamantes en la superficie serena de la poza y Ruth podría ver el destello de luz de las lágrimas llenándoles sus ojos. Ella mantuvo un silencio estoico cuando el agua se hundió incluso más abajo. Pronto se escondió del sol y se tornó en una cavidad oscura de profundidad desconocida, sus paredes llevando columnas desde miles de años de agua geotérmica que fluía desde arriba. Para la edad que había fluido abajo de la cuesta suave del cañón a través de una artesa llevada puesta en agua y que había goteado debajo de una pared de escombro y se mecía antes de encontrar su forma en la corriente fuera del vaso del cañón.

—Yo tengo que salir un momento, le dijo, contemplando a Ruth.

— ¿Qué…adónde vas? ¿Qué harás Mike?

Él se encogió de hombros. Pensando acerca de lo que acaba de suceder. —Tal vez yo iré a ver a mi hermano... ¿quién sabe? Él se quedó parado, le obsequio a ella una sonrisa poco prometedora y entonces dio vuelta y caminó hacia lo que quedó de las ruinas. Él se detuvo a la sombra de la saliente y levantó la vista para estudiar lo que parecía una tela de araña por las fracturas. Mucho de eso se escondía eclipsado por la sombra y él no podría decir qué tan mal había estado el daño.

—Tu probablemente deberías quedarte aquí afuera donde es seguro. Voy a mover mis pertenencias. Se requerirá uno o dos días para organizarse, y entonces podremos salir.

¿Salir? Ella pensó. Tácitamente había sido expresado. Impulsivamente, ella barbulló, — Qué hay acerca de mí, ¿Mike? —Siento pesar…acerca de esto, pero quiero ir a casa. Ella se sintió terrible diciéndolo, asustada que él lo vería como la deserción cuando él la necesitaba más.

Él miró hacia las ruinas y no obstante a ella. —Sí, él vaciló, considerando la pérdida de su vida también. —Te llevaré a Batopilas y podrás contactar al policía. En ese momento una mirada de aprensión cruzó su cara y él la vio con una mirada furtiva.

—Mike…no le diré a nadie…lo prometo, ella le reconfortó. —Nunca le contare a alguien sobre ti o este lugar. Pensare en algo.

Él consideró su declaración, entonces dijo, —Has lo que quieras. No tiene importancia ya...nada tiene importancia, y él caminó y desapareció en la sombra del acantilado.

— ¡Oh, Señor, ella pensó, estoy yendo a casa, va realmente a ocurrir! Ella se perturbó con las emociones conflictivas; él estaba exaltado pero se sentía culpable, aprensivo. Pero no se terminaba, ella se recordaba a sí misma. Batopilas habían sido muchos los días fuera y cualquier cosa podría ocurrir. Ella empezó otra vez a mirar la poza vacía, y entonces en la dirección por donde Mike había desaparecido. Repentinamente el suelo se estremeció como un temblor secundario suave que ondeó a través de las montañas.

— ¡Mike! Ella gritó, sintió brincos en su intestino. Ella separó sus piernas para prepararse para otro pequeño temblor, pero ninguno llego. Ella recordó dónde había desaparecido él y corrió hacia las ruinas, se preocupó de que él pudiera estar muerto o sepultado vivo si el acantilado colapsara.

— ¡Mike, Mike! Ella le gritaba, corriendo hacia donde la escalera se apoyaba contra las paredes de las moradas. Ella tenía un pie en el escalón más bajo cuando él apareció.

— ¡No subas! Es demasiado peligroso. Sus ojos eran anchos y emitieron una advertencia.

—Sal...o morirás, ella le imploró.

—No me voy sin mis cosas. Vete. Él le dio la espalda a ella.

—Quiero ayudar.

—No, es también...

—Por favor...irás más deprisa. Ella se cruzó de brazos tercamente. —No me muevo hasta que me dejes ayudar.

Él gimió, y entonces dijo, —Está bien...son solo algunas cosas. Sal de la escalera. Él salió y reapareció con sus brazos llenos. Estando parado en el borde de la cornisa, él tiró las canastas y los paquetes de cosas por un rato, ella corría a toda prisa de acá para allá para sacarlas al cañón. Trabajaron febrilmente, haciendo una pausa sólo para otro temblor secundario atemorizante, y en ese momento concluyeron. Un surtido grande de bienes, la joyería, las herramientas y los artículos de menaje yacían amontonados cerca de la escalera. Mike estuvo parado pensando donde poder almacenarlos. Después de más clasificación y volver a empacarlo, él decidió usar un cuarto en una de dos entradas cerca del fin del lado este de las ruinas donde el saliente no había colapsado. Cuatro aberturas en la montaña, dos en cada lado de las ruinas, eran visibles de la fuente termal y ella asumió que los huecos boquiabiertos habían sido entrados a otra mina. Cuando ella le preguntó, él simplemente se encogió de hombros y cambió el tema para comer.

Prepararon una comida rápida de tortillas y frijoles y comieron en silencio. La comida sabia seca e insípida ninguno tuviera mucho apetito. Ruth preguntó adónde había ido el jaguar, pero Mike la ignoró. Ella entonces intentó hacerle sentir lo que pensaba acerca del terremoto, pero en vano. Estoico y de pocas palabras, él evitó sus ojos y dijo de mal humor   respuestas concisas. Ocasionalmente él asió el colgante del jaguar de oro en su cuello y se quedó con la mirada fija lejos. Finalmente él se levantó y caminó para el final del este del cañón otra vez para investigar el daño en las ruinas y la mina de oro.

Él trepó de arriba abajo por un lado de la roca buscando un lugar donde comenzar. La decisión estaba hecha, él comenzó a quitar a un lado las rocas, atento en remover los escombros del área seleccionada. Pronto se cansó y se decidió entrar en el salón pequeño del cuarto central en el cual Ruth había estado prisionera. Desde allí él tendría acceso a los otros túneles. Pero él se dio cuenta de que este colapsó y estaba lleno de escombros. Decepcionado, regresó al lado de la roca y comenzó a quitar piedras.

Mike trabajó lentamente y metódicamente por casi tres horas mientras Ruth observaba. El jaguar regresó de dondequiera que había ido, y se recostó observando a la sombra. Ocasionalmente ella bostezaba y exponía sus dientes de marfil y lamia su pelaje completamente lleno de polvo. Como Mike no mostraba señal de completar su tarea, el jaguar colocó su cabeza negra sobre el suelo y durmió una siesta.

Ruth trató de hacer a Mike detenerse y descansar trayéndole una jícara con agua. Él bebió y dio las gracias, y entonces regresó a su tarea. Él parecía preocupado y atento a una tarea importante, pero se rehusó a comentarla con ella. Trabajó incansablemente, su cuerpo ágil y liso con el sudor y sus músculos ondeando con esfuerzo excesivo. Pero le gustaba el jaguar, Ruth se cansó de observar y ella se distanció para explorar el cañón y la tarde comenzaba a declinar.

Tal como Mike lo había intentado más temprano, ella fue a la entrada de la mina y al pasadizo que conducía al salón central, pero el pensamiento de cómo estaba dentro causado por el terremoto le hizo temblar y ella abandonó la idea. En lugar de eso caminó haciendo caso omiso a lo largo del cañón estrecho, examinándolo en detalle por primera vez. Las aves piaron al atardecer y el sol se metió detrás de los picos occidentales. Las sombras se volvieron pequeñas por mucho tiempo conforme ella inspeccionaba cada rincón y cada grieta, salió a buscar bosques de mezquite y cada arboleda de cicuta antes de encontrarse en la entrada amurallada de grava al este del cañón.

La pared se levantaba casi siete metros y se extendía casi treinta a lo largo. Más estrecho aquí, la muralla del cañón daba la apariencia de estar perpendicularmente y encumbrándose en un lado del cañón. Las cicutas altas estaban como vigilando en cada lado. Un impulso repentino la sujetó. La libertad estaba en el otro lado. Ella recorrió la mirada esquiva a Mike y, no viéndole, corrió a toda prisa sobre la pared, resbalándose y deslizándose cuando ella trataba de trepar. Alcanzando el punto máximo, ella volvió la mirada atrás en la entrada del cañón, y entonces se deslizó abajo del muro de contención. Su corazón se abatía rápido a solas y ella se sintió culpable, pero con alborozó. Se sintió emocionada para estar fuera del cañón de cuatro paredes y un sentido persistente de desafío la fue empujado a continuar, y así es que ella buscó un lugar digno de exploración.

Donde la ruta del agua había chocado con la pared de la grava, se esparció en un chorrito en forma de abanico y se hundió cuesta abajo en cuerdas diminutas antes de convertirse en una corriente estrecha de un metro de ancho entre las rocas que serpenteaba a través de bosques de altura imponente de pino, madroño, y cicuta. El rastro de agua estaba todavía húmedo, pero sólo su camino quedó ahora que el manantial había desaparecido. Pronto no habría huella y la última pista para encontrar el cañón y sus ruinas desaparecerían. Ruth anduvo por el banco de la corriente. A pesar del terremoto y el medio día de trabajo gastado moviendo las pertenencias de Mike, ella no se sintió cansada y se aligeró, sabiendo que se había librado de un encuentro cercano con un desastre.

Ella miró hacia abajo en el agua clara y experimentó una oleada pequeña de alegría al ver el enorme número de rocas coloridas en el cauce del río. Ella se arrodilló en el banco y metió la mano en el agua, pero avanzó rápidamente hacia allá por la sorpresa. El agua se sentía caliente. A gran altura en las montañas el agua debería haber sido fría, helada. ¿Por qué el agua estaba caliente? Ruth consideró cuidadosamente la pregunta al andar de aquí para allá por los bancos. Cuando ella miró la corriente, ella se dio cuenta de que sus bancos estaban húmedos, pero el fluido del riachuelo casi no fluía excepto por un chorrito. Repentinamente ella entendió. Cualquier cosa que le había causado la fuente termal en el cañón también había desaparecido a los otros en el área. El agua de la corriente había disminuido porque las aguas termales lo alimentaban, y habían debido dejado de fluir. Un sentido de presagio. ¿Qué sucedió? ¿Qué había causado que las aguas termales desaparecieran?

—Ruth.

Ella saltó de miedo. — ¡Mike! Ella se quedó sin aliento, tropezando cuando pasó rápidamente para afrontarle. —Me asustaste muchísimo.

— ¿Por qué te fuiste? He estado mirando...

Él vio la corriente, o lo que quedó, y se lanzó a la pared de la grava y corrió para el banco. Él miró río arriba, y entonces caminó por su borde, deteniéndose dos veces para inspeccionar áreas donde el agua termal ya no desembocaba. De no ser por la tempestad violenta hace dos noches, la corriente estaría casi vacía.

— ¿Para donde iría? Ella sintió miedo y tembló. — ¿Por qué se secaron los manantiales?

Sus hombros se combaron. —La montaña está enferma y muriendo. —Un espíritu maligno ha acaparado su alma. Debemos salir pronto.

— ¿Ehhh? Ruth pensó. ¿La montaña está enferma? Pero ella vio que él era sincero, y así es que ella contuvo una réplica sarcástica. Él en realidad es un indígena, se recordó a sí misma. Él cree en los disparates. Ella sabía que probablemente tenía algo que ver con geología, excepto de lo que exactamente ella no tenía ni idea. Había llevado una clase en geología física veinte años atrás, pero no podía recordar virtualmente nada acerca de aguas termales, y sólo un poco referente a los terremotos. Recordó Love Waves (olas de amor), uno de los tres tipos de olas sísmicas que viajaron a través de la corteza terrestre. Un nombre lindo, había sido fácil de memorizar para la prueba. Un lindo nombre, había sido fácil de aprender de memoria para la prueba. Pero la reacción de temor y miedo de Mike exacerbó sus sentimientos de ansiedad y ella sintió una urgencia repentina para salir ahora.

—Mike... ¿por qué no salimos ahora? Estoy asustada.

—Mañana, dijo él. —Hay cosas que mover esta noche. Saldremos mañana.

— ¿Qué cosas? Podemos mover tus pertenencias en la caverna ahora mismo si...

—No. Esto es diferente...y no son cavernas, son tumbas.

— ¿Tumbas? ¿Tú quieres decir con personas muertas?

—Los grandes líderes de las personas del Jaguar, los antiguos que construyeron esta ciudad. Sus tumbas son sagradas y deben estar protegidas. Cuando la mina sufrió un colapso el agua entró a raudales en las tumbas.

Su estado de ánimo cambió sin previo aviso. —Regresa adentro, él se lo ordeno severamente, dando vuelta y caminando para la entrada amurallada de grava, trepando sin esperar a ver si ella entendiera.

— Chingada madre, ella gruñó, petulantemente. Su paciencia había menguado con este lugar y ella coléricamente siguió y trepó la pared. Sus manos, sus brazos y sus rodillas estaban todo amoratados y raspados y ella desde hacía mucho tiempo se había comido las uñas hasta la médula cuando era prisionera en la mina. Ella gateó abajo en el cañón sombreado y se quitó el polvo de sus ropas y los brazos mientras se veía si no tenía algún daño. Mike caminó a grandes pasos hacia el oeste del cañón para la roca saliente. Sintiéndose solitaria e inútil, ella se sentó otra vez a la par del vacío manantial y se quedado mirando en sus profundidades negras, sin fondo. Una melancolía odiosa la deprimió y ella se sentó con indiferencia, sintiéndose decaída y pensando, Dios para salir de este lugar. Como conseguiré salir de aquí.

#

Un oso pardo hembra de color marrón rojizo, *Ursus horribilis mexicanos*, lentamente se mezó río arriba con su cachorro de trescientas libras en remolque. Como todos los osos pardos ella tenía audición y vista pobre, pero antes ella se sintió segura porque había detectado el olor rancio de un animal humano. El perfume había escapado y había sido consciente en seguir la corriente sinuosa cuesta arriba.

Ella se movió, debía de alimentarse este verano, y el deseo estacional instintivo hacia el letargo y la necesidad a invernar tiraban de ella constantemente. De no ser por las travesuras juguetonas del cachorro, ella ya estaría en su caverna. El terremoto la había metido a ella en el bosque, bramando en el frenesí y encargándose del cachorro, pero cuando nada más ocurrió ella había pasado el día andando en busca de comida entre la maleza. Los temblores secundarios se habían detenido y el hedor de humanos había desaparecido, y así es que ella deambuló sin rumbo, esperaba que su intuición la condujera a otra comida.

El cachorro corrió a gran velocidad atrás de ella y a regañadientes entendió, sin caer en cuenta de ello pasando la entrada al cañón cuando   caminó corriente abajo. Irritada y cansada de seguir a su cachorro, ella precipitadamente cambió de rumbo y desapareció en la tristeza turbia del bosque. Estaba de pie sobre sus cuartos traseros, medía casi dos metros de altura, e hizo gruñendo una advertencia al cachorro. Sintiéndose adormecida, ella se rindió debajo de un peñasco rocoso, se revolcó en las agujas de pino y suciedad para arreglar su cama, y entonces colocó su cabeza en un antebrazo ancho y esperó al cachorro para el regreso.

#

Aunque el aire de la noche se sintiera frío, la tumba mantenía una constante temperatura ambiental. Mike cargó artículos de oro en canastas de palma y les echó sobre sus hombros de regreso transportándolos para el otro extremo de las ruinas. Él había abierto y había acondicionado otra tumba para dejar campo para los recién llegados: tres reyes del Jaguar y sus enseres de entierro. Esta tumba se había destruido a medias y el alud había cubierto su entrada. Él había gastado todo el santo día y la mayor parte de la tarde trabajando para revelar la entrada y aclarar un pasaje en la cámara mortuoria. Afortunadamente, la tumba había sido colocada al lado de las viviendas del acantilado y por consiguiente había escatimado la masa de rocas en peligro de derrumbe.

La fatiga fue su compañera constante ahora y un desasosiego creciente le puso la carne de gallina y sintió escalofríos. Mover los cuerpos y las pertenencias de los Reyes del Jaguar no era una tarea envidiable. Las almas de los muertos revoloteaban cerca. Él los podría sentir a ellos, y cada pedazo de oro llevado para la otra tumba aumentó su ansiedad y su sensación de desastre. Mike estaba dudoso por qué él se sintió compelido para emprender esto, pero él sabía que no habría ningún beneficio para alguien si los sepulcros de los reyes fueran sepultados a fin de que los vivos no tuvieran conocimiento de su existencia, después o en el presente. Su tumba servía de símbolo visible de eternidad, no de muerte. Representaba su cultura y su tradición de creencia. La tumba prometía continuidad entre el pasado y el obsequio y las almas de los muertos se enojarían si permanecieran sepultadas e ignoradas.

La medianoche había llegado y se había ido. Él había rechazado hacer el amor con Ruth, pero había hecho todo lo que él podría para suavizar el impacto de su rechazo, sujetarla apretadamente hasta que ella había caído en una duermevela. La seriedad de su tarea tuvo prioridad sobre sus propios deseos y las caricias tristes de la mujer blanca.

Mike no podría pensar acerca de nada más que en los Reyes del Jaguar y su enorme cantidad de estatuas de oro, escudos, armas, y joyería. Cuerpos respetuosamente momificados tres en movimiento sin dañarlos habían sido la tarea del estudiante avanzado, para exitosamente colocarlos en la tumba del este, él había decidido mover todo; por consiguiente había escatimado la masa de rocas en peligro de derrumbe.

El daño de agua desde el manantial fue significativo y otro terremoto podría derrumbarse y podría sellar la tumba por siempre.

Completar esta tarea antes de devolver a Ruth a sus gentes le daría tranquilidad de espíritu. Había sido un error traerla a las ruinas sagradas, y él se preguntó si los espíritus de sus antepasados habían expresado su cólera a través del terremoto. Él nunca debería haber escuchado a su hermano. A pesar de su inteligencia Martin había fracasado en aprender muchas cosas importantes; si bien su padre había hecho todo él podría percibir un sentido de temor y comprensión de fuerzas de la tierra en su más viejo hijo. Martin fue prueba que una mente aguda tenía poco valor si la intuición estuviera muda por intelecto y arrogancia. Devolver a Ruth le daría más tiempo para acomodar los cambios haciendo lugar. Por aquí él podría planificar por sí mismo sobre las ruinas. Su canción futura inextricablemente se entrelazó con la ciudad antigua: fueron lo uno y lo otro de la misma arcilla espiritual.

Dos cargas más quedaban y entonces él podría sellar la tumba y podría descansar. Eran casi las 2:00 de la tarde cuando él terminó. Tenía los huesos cansados pero su mente hervía de actividad. Había logrado lo suficiente, pero mucho quedaba por hacer Él le llevaría a Ruth a Batopilas, una aventura de tres días en el mejor de los casos, y tener una plática con Fray Martin. Aunque él se sintiera justificado en abandonar el plan de Fray Martin, se sentía culpable por golpearlo. Él amaba a Fray Martin, su único pariente, y podría suponerse teniéndole disponible como una fuente de paz y quieta simpatía. Desafortunadamente sus últimas de varias reuniones habían sido rencorosas con conflicto y eso agobiaba su mente.

Al regresar a los petates cerca del fuego, él encontró a Ruth despertándose y mirando perdidamente hacia los carbones oscilantes. Ella se había despertado y había esperado pacientemente hasta que él terminó. La cavidad negra de la fuente termal surgió amenazadoramente a corta distancia, un recordatorio del temprano terremoto matutino. Él se sentó a la par y sin rumbo fijo bebió de un trago viendo los guijarros en la negrura abismal. Una brisa pequeña arruinó la calma en contra de su piel desnuda, y él gimió audiblemente cuando él se quitó sus sandalias y cayó hacia atrás encima de su petate.

No podía dormir. Ruth avanzó lentamente más cerca de él. Observaba lo que él hacía.

Él la miró curiosamente, y entonces dijo, —Tú observas, pero no comprendes por qué lo hice.

—Dime...enséñame, ella dijo, tratándole de levantarse. La manta se desprendió, exponiendo sus pechos, dos perfectos óvalos con pezones café grandes.

—Estoy sucio...he estado trabajando, él le dijo.

—Tú hueles a hombre. Ella trató de alcanzar el cordel en sus pantalones, pero él atrapó su mano.

— ¿Por qué estás haciendo esto?

—Te lo dije...no puedo dormir y tu hueles a hombre.

— ¿Eso es todo?

—Sí...eso es todo. Ella se sintió comprometida por su mirada fija.

Él la rodeó con sus brazos y la colocó de regreso encima del petate. La luz de la luna de plata centelleó en sus ojos e iluminó la perla blanca de sus pechos. Él miró directamente a sus ojos y le agarro un pecho, y entonces suavemente hizo un círculo alrededor de su pezón hasta que se contrajo y se volvió grande y duro. Él bajó su boca para el otro y comenzó a amamantarse.

Ella tembló y gimió con sus piernas divididas reflexivamente. Él trató de alcanzar su sexo húmedo y suavemente ahuecó y acarició los labios vaginales. Ella suspiró y trató otra vez de alcanzar el cordel en sus pantalones. Él los derramó rápidamente y arrodillado entre sus piernas, su erección ferozmente amenazaba henchido de deseo. Él vaciló, haciéndole cosquillas en sus muslos interiores con sus dedos, atrasando la apoplejía de amor hasta que uno de ellos estaba casi delirante de pasión.

—Tú nunca me olvidarás, él le dijo, resbalándose para penetrarla.

—Sí...y pensaremos que nunca nos conocimos.

Él se zambulló en ella como un clavadista dividiendo el agua, incapaz para controlarse, perdido en la pasión desenfrenada.

Ella cerró sus piernas alrededor de su cintura y se quedó con la mirada fija vidriosa atisbado en el cielo estrellado, concentrándose en ondas de placer que se convirtieron en olas de dicha. Él se movió en contra de ella rítmicamente, produciendo tensión y persuadiéndola con ruegos hacia el éxtasis que induciría su alma para ahora huir del cuerpo. Repentinamente ella se puso rígida y llegó al clímax, avanzando y temblando incontrolablemente antes de aflorarse. Sus dedos viraron hacia arriba.

Mike se movió urgentemente, sintiendo la excitación en sus lomos. Finalmente él se arqueó en contra de ella, y en ese entonces sus caderas martillaron hasta que su propio cataclismo sujetado fue soltado cautivado.

Él rodó aparte, gastado y completamente agotado. Había

sido un esfuerzo físico placentero; ninguna palabra de afecto, ninguna palmada de amor o mordiscos, ningún amor del todo. Él la había utilizado y ella le había utilizado. Cuando él empezó a mirarla, ella se quedó con la mirada fija sumida en el ancho cielo.

— ¿Te gustó?

—Sí, ella le volvió la espalda, advirtiendo contra cualquier conversación. —Creo que podré dormir ahora.

Un Día Desafortunado

El profesor inhaló por la nariz, entonces se enderezó. El estruendo del choque de agua al caer en la cascada creaba un constante sonido, relajador y producía una niebla que se convertía en una ligera brisa. Él inhaló por la nariz otra vez para asegurarse. El aroma de café recién hecho creó un bosquejo matutino etéreo para su nariz. Cosquilleó su conciencia; él dudaba si estuviera soñando hasta que el olor se fortaleció y él se despertó. Allí estaba otra vez: la fragancia agridulce del café. Luis había traído la bebida en su mochila y eso olía enriquecedoramente. La boca de David produjo saliva con anticipación y trató de levantarse del suelo, pero no podía. Cada articulación en su cuerpo se negaba. Él se sentía con tanto dolor que lo que él alguna vez podría recordar.

Luego de dos días de pesadilla de trepar cuesta arriba sobre las montañas, y después de bajar a los valles interminables que serpenteaban siguiendo la corriente como Fray Martin le instruyó mientras agonizaba debajo de los escombros de la avalancha. La cascada, que contenía muy poca agua cayendo en todo su apogeo, se veía impenetrable. Una poza profunda de agua clara estaba en su base y David, agotado después de tres días de viajar sobre senderos inadecuado para mulas, se había desnudado y nadó en la poza, a pesar de la desazón de Luis que, por supuesto, había sido un niño de la ciudad. Él gritó su desaprobación y trató de alcanzar su rifle, alertando por las serpientes y comportándose irracional. El agua estaba reanimadora y David hacia brazadas de pecho e invito al federal para unirse a él.

Ayer habían ido en busca de un sendero en ambos lados de la cascada. Fray Martin les había asegurado que existía, pero ambos se miraban desanimados, y el acantilado en el oeste no ofrecía esperanza de ser salvado sin equipo profesional. La pared del este daba la apariencia de estar ligeramente mejor, aunque también intimidante. Podría ser trepada, pero podría elevarse casi 300 metros; una cara escabrosa, horripilante del acantilado arriba de sus columnas y el sentía debilidad en las rodillas. Ambos sintieron temor, y el profesor había estado sentado sobre su petate y tenía un gesto de disgusto mientras las piedras lanzadas por Luis lo habían despertado.

Su situación no le produjo envidia. Fray Martin, su guía, estaba muerto. Sólo veinte por ciento de sus suministros podían estar cargados por el burro perdido. En su condición física exhausta se requería asistencia sobrenatural para exitosamente escalar el acantilado.

— ¿Necesitas una mano?

—Lo puedo hacer yo solo, David dijo, dudoso de sí mismo, todavía intentando levantarse. Yo creo que puedo sentarme derecho...

—Aquí, Luis ofreció una mano. —No seas tan orgulloso. Requerías la media hora para poder levantarte del petate. Te sentirás mejor una vez que   empieces a moverte.

—Gracias. El profesor le cogió una mano y la mantuvo apretada cuando Luis le jaló bruscamente. El académico gimió fuerte, y entonces trató de levantarse

—Dios mío...no creo que alguna vez haya estado así de

255

molido antes. David probó cada articulación, experimentando dolores de músculos y ligamentos. Él tenía tantos achaques que no podía alzar un brazo o la pierna sin una parte del cuerpo que protestara.

—Necesito atención en un hospital. Luis le vertió una taza de café.

—Mejor ponte en forma, gringo. Estaremos trepando ese acantilado esta mañana. La cara de Luis mantenía una expresión de determinación sombría; miraba como si él hubiera estado estudiando la pared toda la mañana.

El profesor tomó la taza que le ofreció, y entonces siguió los ojos de Luis hacia arriba de la pared, capas de caliza y sílice quebradizo. Él tembló. —Tal vez debamos regresar.

— ¿Qué? ¿Y no ver esas viviendas del acantilado que estás deseando ardientemente? Luis le hizo bromas a su amigo, con la seguridad de que David no se devolvería.

El profesor sonrió pálidamente y entonces se desperezó otra vez, pero él no discutió. Luis estaba en lo correcto. No había vuelta de regreso ahora. Habían llegado demasiado lejos para claudicar. Él no sabía cómo encontrar el camino a casa de cualquier manera, y el viaje de regreso sería igual de traicionero.

Su cuerpo, sin embargo, todavía protestó, y cuando él miró el acantilado del este y dejó que sus ojos buscaran un sendero posible a lo largo del acantilado, su estómago se contrajo. La única brecha permanecía borrada sobre el acantilado. Luis no cejaría y tampoco lo haría David: dos hombres en el mismo lugar pero con misiones diferentes.

Sólo desde el terremoto de ayer y la muerte de fray Martin tuvo el profesor finalmente conciencia de la naturaleza seria de su empeño. Había sido estúpido dejar Batopilas sin decir a alguien sus planes. Ninguna de sus esposas sabia de su localización y David había convencido a Luis para no contarles a sus superiores sobre su plan. Retrospectivamente él reconoció como una insensatez que uno esperaría de un niño o un inexperto, no de dos profesionales de edad madura.

Él pensó otra vez en las ruinas como fray Martin las había descrito y una resolución estoica hizo resplandecer su cara. Era tiempo para ponerse en movimiento. En la arqueología, la suerte no esperaba a nadie. El aspirante que implacablemente persiguió su visión se convirtió en la persona de éxito de reconocimiento académico. David recogió sus cosas para hacer el equipaje y levantar el campamento. Algo ocurriría hoy, él lo sentía. Un sentido fuerte de intuición le cautivaba y un presentimiento repugnante le provocaba adrenalina para seguir.

El profesor empezó por mirar a Luis, quien veía atrás en el Cañón del Cacto. Miraba con atención fija con su rifle sujetado con ambas manos, Luis miró con recelo y estiró su cuello. Él puso una mano en su cadera de un momento a otro, y entonces escaló una roca grande cercana para poder ver   más allá en el valle.

— ¿Qué es eso? David preguntó.

—Nada. Pensé que vi algo. Luis se lanzó de la roca y pasó de largo al profesor para evaluar la pared del este del acantilado. Él colocó el cabo y extremo del rifle en el suelo y suspiró audiblemente. Sus hombros se combaron.

—Es probablemente el burro.

—Sí...probablemente. Algún indígena lo venderá o se lo comerá. Luis miró hacia su amigo. —Si le pudiera atrapar, le dispararía. Él agitó su rifle otra vez y amenazando la imagen obsesiva en el valle, y entonces se unió al profesor en hacer el equipaje. Luis mojó el fuego de campamento con el sobrante del café y terminó de llenar su mochila. Comprobó la acción del alud con su 45 automático en la mano y lo deslizó en su cintura. Él alcanzó su rifle.

—Sigamos con eso, dijo Luis. —Hoy es el día grande. Si lo podemos hacer sobre esta pared sin resultar muertos, encontraremos ese Jaguar Feroz y a la diplomática.

Y las ruinas, David pensó. Las ruinas fueron por lo que él había venido. ¿Por qué este descubrimiento tenía que estar comprometido por la política y el asesinato? Pero su intuición permaneció firme y su sentido de presagiar se intensificó. Él tembló, miró a Luis y dijo, —Estoy listo cuando tú lo estés, capitán. Da la orden.

#

Ruth se despertó antes del amanecer. Ella había dormido a rachas, pasando la noche recordando todo lo que había ocurrido en las últimas dos semanas. Había sido simplemente increíble, así lo pensaba, y ella había declarado bajo juramento no presentar cargos si lograba salir viva. 'Si, ' ella se recordaba a sí misma, la palabra condicional. Mike había prometido comenzar por regresarla hoy, con un viaje de tres o cuatro días de camino. Incapaz para dormir por la excitación, ella se había levantado temprano para hacer preparativos. Se dio cuenta de que, sin embargo, poco podría hacerse sin él, y así es que ella sin rumbo fijo caminó por el perímetro del vaso del cañón.

En los inicios de la luz matutina podría ver el contorno nebuloso de la tumba en la cual él había puesto los cuerpos anoche. A la par de eso estaba en el cuál él había almacenado sus pertenencias. Curiosamente, él no le había permitido entrar, prefiriendo en lugar de eso tomar las cosas de ella en la entrada y llevarlas él. A ella no le había importado. Entrar en otra caverna era lo último que quería hacer.

El gato grande había salido en alguna ocasión durante la noche, pero vio que había regresado. El jaguar yacía cerca del borde en el primer piso del acantilado observándole a ella cada paso. Poniendo a competir cosquilleos ocasionalmente acelerados de arriba abajo por su columna vertebral cuando veía al jaguar, pero dos días de trajín la habían endurecido para cualquier sentimiento real de amenaza.

Ella se obligó a apartar la mirada y caminó hacia la avalancha en el este al final del cañón donde una vez había sido su prisión. Faldeando el pie de los escombros, caminó hacia la tumba desde donde Mike la tenía, paso el día pensando en eso. Era sólo un hueco oval negro, pero se veía amenazador y un miedo repentino la lleno. Ella se vio arriba en el saliente fragmentado, viendo grietas como de tramas finas en la caliza. Ella empezó una retirada lenta, sintiendo el peligro inminente de las rocas que podían caer.

Unas manos fuertes la detuvieron por la espalda y ella gritó. — ¡Mike!

—Ruth. ¿Qué estás haciendo?

— ¡Oh Dios, Mike! Me asustaste muchísimo. Ella se puso floja. Él la soltó.

—No tuve la intención de asustarte. Es peligroso por acá. Tú deberías quedarte en el otro extremo.

—Sí…seguro. Ella cepilló su pelo. —Pues bien... ¿todavía estamos listos para hoy?

— ¿Todavía estamos para qué? ¿Cómo qué? Él pareció realmente confundido.

— ¿Vamos a salir de aquí hoy? Ella preguntó, pacientemente. — Tú no estás faltando a tu palabra, ¿verdad? Era un tema que no se había ido de su mente, pero ella no hizo hincapié en eso. Ella le conocía bastante bien ahora para saber que él cumplía sus promesas.

—Sí…cerca del mediodía. Tengo algunas cosas que terminar aquí, y   entonces viajaremos hasta la cascada esta tarde.

— ¿La cascada? Ella no recordó ninguna cascada en el viaje del tren. ¿No tomaremos nosotros la misma ruta de la última vez?

Él la miró curiosamente, y entonces dijo, — No. Esta ruta tardará un poco más, pero es más segura. Él hizo una señal con su cabeza. — Vamos a comer y prepararnos. Comamos en la habilitación. Él dio vuelta y se marchó, esperándola a que le siguiera.

—Sí...comamos, ella pensó, sintiéndose como en un nicho familiar que ella podía soportar. Desde que había sido secuestrada no podría recordar haber tenido hambre. La cantidad que Mike proveyó hizo que satisficiera su deseo de comidas enriquecedoras, grasosas. Ella miró la longitud de hilo que servía de cinturón para sus pantalones. Su cintura había encogido de seis a ocho pulgadas y la piel colgaba flojamente de las partes traseras de sus brazos, el resultado de perder peso demasiado rápidamente. Ella se formó juicio sobre su delgadez y decidió que a ella le gustaba el cambio de imagen, bastante. La gordura de mediana edad había desaparecido y ella se había vuelto fuertemente flexible desde las horas interminables de nadar en la fuente termal de la mina.

Una forma de éxito seguro a enriquecerse con un plan de ejercicio/dieta, ella se rió ahogadamente, quedamente, después de dar unos pasos hacia el frente del cañón, excitado por el prospecto de regresar a la civilización. Ella se sentía viva y eufórica, casi mareada con anticipación.

— ¿Por qué te ríes? Mike podía ver por qué ella se veía tan feliz.

—Por nada, oh. Simplemente me acorde de un chiste. Ella tomó su brazo y le persuadió con ruegos a seguir adelante. Él

260

se permitió ser escoltado, y muy de prisa reavivaron la intimidad confortable que les había servido a ambos tan bien.

Comieron una comida escasa de tortillas y una raíz nudosa, acebollada y blanca. Una vez que terminaron su comida, comenzaron a hacer el equipaje para el viaje a Batopilas. El estado de ánimo de Mike había cambiado de posición perceptivamente. Su depresión había cambiado a una aceptación renuente de acontecimientos y él, también, parecía ansioso para irse.

Ella sintió un apasionamiento cuando ella le observó moverse y le escuchó hablar. Ella recordó la intensidad de su pasión haciendo el amor   la última noche y la frialdad de su respuesta luego. Había sido el punto bajo de su relación, y a ella se le ocurrió decir o hacer algo para hacer un ademán de conciliación, pero entonces bien definida que hacer eso sólo les haría pasar vergüenza a ambos.

Cuando terminaron de empacar y estaban listos, él se paró a la par de ella y juntos recorrieron las ruinas una última vez. Su brazo cayó naturalmente a su cintura y ella colocó su cabeza sobre su hombro. Fue un momento sombrío, y Ruth reflexionó sobre los acontecimientos increíbles que la habían traído aquí.

—Se termina realmente, no es eso, ¿Mike? Para ambos, quiero decir.

—Nada se termina alguna vez, Ruth. Lo que vemos o hacemos está con nosotros por siempre. Aun cuando el alma deja el cuerpo acarrea la suma total de nuestro conocimiento con ella. Para ti las cosas están cambiando, pero para mí da lo mismo. Si bien el terremoto destruyó mi casa y tú te estás yendo, no cambiaré. Excepto mi vida, pienso, nunca será igual otra vez. Él se dobló y agarró los costales de ixtle y los lanzó a través de su hombro. —Pero eso puede ser bueno…y en su

caso, probablemente es. Vamos, dijo, extendiendo una mano,
—Te llevaré a casa.

#

Luis se paró en el suelo después de escalar la pared del
acantilado. El profesor quedó atrás veinte metros rezagado,
principiante para no quedar mal. Su fuerza estaba decreciendo
y él respiró fuertemente y con dificultad. Su agarre se
balanceaba cuando él buscaba pues un soporte en la montaña
y sus piernas y se agitó. Un error de cálculo y él caería en
picada para su muerte.

Había estado una media hora en la pared, un esfuerzo
increíble para un hombre de cincuenta y dos años de edad, y
se sintió como si él podría caer de un momento a otro. Su
corazón latía apresuradamente y su brazo en el que se
apoyaba le provoco un dolor tal vez por la edad. Los rayones
y las raspaduras le cubrían los brazos y rodillas pero él los
ignoró, atento a la cúspide: la parte superior del acantilado. Él
recorrió la mirada debajo y un vértigo repugnante lo indujo a
desmayarse. Él se apoyó en la pared y se agarró fuertemente,
vio arriba, y comenzó a trepar otra vez. Su pie izquierdo se
encontró contra un surco y él desvió su peso para ver si podía
agarrarse mejor. Lo hizo y así se levantó por sí mismo otra
vez, y no obstante, su esfuerzo se enfocó sólo en la montaña y
cada movimiento del cuerpo. Él no podría regresar. Si él no
alcanzara a subir, sería un hombre muerto.

—Qué absurdo, David. — Tú lo puedes hacer, Luis
jadeado, mirando por el borde. — Ven adelante.

—Cállate, Luis, expresó con un gruñido al profesor.

— ¿Ah?

—Cállate. No hables conmigo...estoy concentrándome.

—Simplemente difícil para ayudar...

—Cállate y vete. El profesor dio otro paso y tiró otra vez,

se detuvo para asegurarse de que él se mantenía firme en la postura para la vertiente rocosa, y entonces dio otro paso.

Luis se mordió los labios, incapaz para observar el progreso lento, doloroso de su amigo. Ahora él verdaderamente se dio cuenta de la temeridad de esta aventura por la edad madura, y el pensamiento de perder a su amigo le ahuyentó del borde.

—Luis...dame una mano, jaló aire con la boca desde abajo.

El federal corrió hacia el borde del acantilado y se recostó hacia abajo, extendiendo un brazo para sujetar al académico cariblanco. Su puño grande asió al profesor. Él apretó fuertemente y tiró con toda su fuerza, lentamente arrastrando a su amigo sobre la cresta del acantilado. Un tirón final y David subió una pierna sobre la parte superior y lo jaló.

Ambos apoyándose en sus espaldas, jadeando y quedando boquiabiertos, considerando la culminación de su realización.

—Nunca iré a ningún lugar contigo otra vez, dijo jadeando el profesor.

— ¿No me digas? Tú eres el que dicho que vendría conmigo o sin mí.

— ¿Dije eso?

—Sí.

—He debido haber estado loco.

—Sí.

—Sí, ¿qué?

—Sí, estás loco...pero así también estoy yo por escucharte.

Descansaron por una hora en un boscaje sombreado de pino y de madroño. Al profesor le dolían sus piernas y le temblaban, pero él se sintió sorprendentemente bien considerando lo que él acababa de lograr exponiendo su cuerpo hasta el final.

Luis, diez años más joven y más fuerte, se recobró

rápidamente, ansioso de no estar en este lugar. Él miró alrededor, cauteloso y sospechoso. Habían entrado en la tierra del Jaguar Feroz y debían poner mucha atención juntos. Ni uno ni otro sabia la distancia para las aguas termales o las viviendas del acantilado. Además Luis no tenía un plan si ellos se encontraran con el Jaguar Feroz en las ruinas, una cuestión que requería de un pensamiento serio. Todo el mundo había confiado en Fray Martin para resolver sus problemas llevándolos a las ruinas y convenciendo a su hermano de soltar a la diplomática. Ahora debían lograr ambos detalles sin su ayuda.

Acordaron seguir la corriente y esperar encontrar las aguas termales. Luis iba primero y David lo entendía. El riachuelo corría por los bosques de cicuta y de pino dentro de un valle peculiar amurallado y perpendicular. El follaje exuberante, los árboles y una abundancia de fauna silvestre lo hicieron parecer un paraíso terrenal en miniatura; escalofriantes y extrañamente incongruentes con las circundantes faldas de una montaña que tenían sólo junípero y cactos en suelos rocosos de donde salía el agua.

Luis se quitó su cinturón con su arma de fuego y lo dio al profesor.

—Ten...tú podrías necesitar esto.

—Luis, no he disparado a un arma de fuego en años.

—Sí... pero al menos tú has disparado una. Él tenía la posibilidad de insistir, pero David se sentó mirando la pistola, volteándole a ver a ella   en su mano con una expresión conmocionada en su cara.

—Te dije que éste era un trabajo peligroso, gringo.

—Pero soy un arqueólogo, no un polizonte, alegó David.

—No hoy, tú no eres arqueólogo. Si no agarro a tu amigo el Jaguar Feroz, entonces tú no encuentras sus ruinas,

¿verdad?

El profesor a regañadientes se fajo el arma de fuego. —
Supongo que realmente no había pensado acerca de eso de
este modo.

—Piensa acerca de eso, ¿David? No mejorarás si piensas en
cualquier otra cosa hasta que esto se termine. ¿Comprendes?

—Sí...entiendo. David retiró la pistola, levantó el gatillo en
la cámara y la enfundó. Él suspiró. — Débenos ir, Luis.

El Ataque

Apenas los rayos visibles de cielo azul claro se filtraron en el bosque oscuro. David caminaba lentamente a través de los árboles treinta metros detrás de Luis, que iba adelante hacia el otro lado del cauce del río serpenteante, yendo hacia el norte en el bosque montañoso. El aire delgado, frío infló sus pulmones y las secciones del dosel del arbolado limitaban la visibilidad a diez metros. La subida arriba de la pared del acantilado le había dejado amoratado y fatigado, pero él resueltamente colocó un pie delante del otro e intentó prestar atención. Luis insistió en que mantuvieran este patrón de asechar al hermano del sacerdote; uno en cada lado de la corriente con el profesor treinta metros atrás, a medida que más territorio estaría cubierto de esta manera. Una experta persona adaptada a la vida salvaje, el indígena si tuviera un conocimiento preciso del terreno salvaje del cañón. Él vivía aquí y ellos estaban entrando por la fuerza. Le debían encontrar antes de que él los encontrara.

David frecuentemente perdía de vista al federal, y la tristeza y sombra opresiva de la floresta y alimentaba a su anterior premonición. El peligro parecía estar escondido en cada rincón oscuro y tomaba diferentes formas, sólo para quedar al descubierto como una roca, una extremidad u otro objeto natural. Su miedo de ser sorprendido y no estar preparado crecía en cada momento y él a veces salía del bosque para buscar a Luis y asegurarse que todo estaba bien antes de a regañadientes regresar a los árboles. Habían acordado de visualizarse cada diez minutos para asegurarse que todo estaba en orden para no separarse, y hasta ahora no habían tenido incidentes. Ellos no habían descubierto manantiales o viviendas del acantilado; ciertamente, ninguna señal de cualquier cosa excepto aves y corriendo a toda prisa roedores. Luis había encontrado el rastro de un animal grande, pero ambos estuvieron de acuerdo en que no era humano.

Mientras más pensaba David acerca del arma de fuego y el hombre del jaguar, más cierto se sentía que él había cruzado una línea y se había salido de su elemento. Su mano tocó las cachas de madera de la 45, y se sintió extrañamente disparando, como si no le perteneciera. La dureza del arma de fuego le recordó que él debía estar llevando su martillo de agarradera de madera para quebrar la roca en lugar de dejarlo adentro de su mochila colgada a la espalda. Un arqueólogo que porta un arma de fuego, le provocó un temblor que aflojó su cuerpo. Él adquirió su paso, asustado por la oscuridad y su misión, cuándo un claro...!chasquido!...disturbó la quietud pesada del bosque. Le sobresaltó y se puso rígido intentando identificar la dirección de donde el sonido había venido. Su adrenalina surgió. Él podría oír su propio latido del corazón, pero nada más. Dos minutos de esperar sólo produjeron el sonido de su resuello.

Incapaz para aguantar el suspenso, él salió disparado hacia la maleza, intentando llamar la atención de Luis, quién él estaba seguro que había continuado caminando río arriba mientras él estaba asustado y moviéndose entre los árboles. Al llegar él recorrió con la mirada su reloj, y entonces caminó río arriba para estar confiado que Luis no había presenciado su retirada de las imágenes obsesivas del bosque.

Ah…chingada, él maldijo silenciosamente, estando parado al lado de la corriente, sintiéndose apenado. Tenía que hacer las cosas mejor. Cristo…sobre el que él corazón casi le salta fuera de su piel. Él vio su reloj otra vez, y entonces caminó río arriba buscando a Luis. En tres minutos tenían que verse. Él contempló y notó el suelo desnudo, erosionado de lo que una vez había sido un canal estrecho de agua fluyendo del bosque.   Casi lo había pasado de largo, pero muchos años de campo en la arqueología le habían dado esa habilidad para notar lo trivial o poco importante, especialmente los artículos que se relacionaban con rocas y escombros. Sus ojos siguieron el sendero en el bosque, y él podría ver que una vez había acarreado un flujo sustancial de agua, pero ahora estaba seco. Olvidando su miedo, él se agachó a comprobar el centro del canal erosionado: una mezcla de cieno y arena fina. Cuando él hundió su pulgar dos pulgadas en el suelo encontró tierra húmeda.

Él la apretó entre sus dedos. ¿Por qué estaba el agua tan próxima a la superficie? ¿Era eso el resultado de la tormenta tres días antes, o simplemente un cauce natural? En cierta forma no lo pensó así. En esta gran altitud el agua se evaporaba rápidamente, y los suelos de la montaña eran notablemente porosos y secos. Pero de todas formas, este lugar parecía como ningún otro que él hubiera visto. El patrón de toda una vida de considerar dilemas de causa y efecto similares cundió y él siguió el rastro del agua arriba en el bosque. Veinte metros hacia los árboles en los que la pendiente se puso más pronunciada el rastro de agua se dividió. Él siguió el rastro originario más ancho y arribó a un tazón rocoso de caliza con un hueco oscuro aproximadamente de un metro de diámetro.

Él se quedó con la mirada fija enigmáticamente, sus labios fruncidos, y entonces habiendo visto eso tantas veces en el pasado, entendió. Había sido un manantial, o solía ser. Él examinó de cerca el área más y le llego una avalancha de pensamientos a través de su mente. Fray Martin había dicho buscar aguas termales fluyendo de debajo de una pared de escombros en el área de las ruinas, pero éste no estaba fluyendo, aunque debía haber fluido recientemente. El corazón mojado del sendero quedaba como la prueba.

Podría ser el manantial de Fray Martin? Los manantiales fluían la mayoría de las veces, ¿verdad? ¿Pero entonces por qué este se hubo detenido? Él trató de recordar su geología, y finalmente decidió que no siempre fluyeron. Algunos dependían de la lluvia, la línea de flotación y otras cosas. Éste probablemente no era el área en la cual el sacerdote los había dirigido.

Decepcionado, él vio una vez más su reloj de pulsera y corrió alarmado. Él se había retrasado para la reunión acordada y Luis le había   ganado terreno casi diez minutos a él. ¡David se quedaría atrás! Él salió disparado hacia la corriente, su mochila colgada a la espalda bamboleándose con el ritmo cuando él daba un paso fuera de la distancia. Maldiciendo de todas maneras, se vejó a sí mismo. Si se separaran, Luis realmente estaría molesto. Él corrió por la corriente, pero el esfuerzo le dejó respirando pesadamente. ¡*Chingada*! Él no podría recordar cuándo no había estado cansado. Él empezó un paso enérgico, ignorando el bosque cuando intentó localizar al federal tan rápido como fuera posible.

Como él caminó río arriba, un sentido persistente de haber perdido algo importante lo jalaba. *¿Qué era eso*, él se preguntó, se irritó, y entonces volvió a ver su reloj? Tenían programada otra reunión en cinco minutos. Él había perdido la última. ¿Le esperaría Luis esta vez?

La corriente se desvió noventa grados, se angostó, y se agotó poco a poco en gran medida. La pared del bosque se extendía hasta la curva en el río y le impedía ver río arriba. Él estaba de pie sobre una roca y se lanzó a la zona Oeste. Ganando su balance, él se detuvo a ajustar su mochila colgada a la espalda y conseguir aliento. El susurro de la maleza y un gruñido le sobresaltó. ¡Él dobló hacia el sonido y se quedó sin aliento!

Treinta pasos adelante, un cachorro de oso venia vagando por el bosque avanzando pausadamente. Más allá río arriba, Luis estaba arrodillándose para llenar su cantimplora. Una enorme osa parduzca había divisado al federal entre ella y su cachorro y sacudía la maleza para protegerlo. Luis estaba ajeno al movimiento del oso, pero cuando él se paró, vio al cachorro y a David al mismo momento. El profesor estaba inmóvil, casi catatónico, antes de finalmente gritarle alarmado.

Luis empezó a mirar detrás de él y vio al oso. El oso pardo se paró repentinamente, torpemente se levantó en sus cuartos traseros para llegar a una altura de casi tres metros y comenzó a caminar hacia Luis, bramando a su cría. El arma de fuego de Luis descansaba en el banco de la corriente. Él empezó a huir del oso pero este le persiguió con velocidad increíble. Una garra enorme le atrapó el dorso y le golpeó en vuelo, depositándole en medio del riachuelo. El agua comenzó a ponerse roja, y la osa bramó con   furia mientras Luis se atragantaba y avanzaba a brincos espasmódicamente. Él gateaba, y entonces caía cada vez que intentaba   pararse.

David finalmente reaccionó. Desfundando su .45, salió despedido salvajemente y gritó conforme corría hacia su amigo. La osa iba caminando con un bamboleo adelante para rematar a Luis, pero el sonido fuerte del arma de fuego la sobresaltó. Ella le hizo un llamado a su cachorro y la pareja corrió en busca de la cubierta del bosque.

Luis otra vez trató de sentarse derecho, pero cayó con la cara en el agua primero, mortalmente herido. El profesor enfundó su arma de fuego y transportó a su amigo para el banco donde él podría ver sus heridas. Luis tenía una expresión vacía y sus ojos estaban como congelados, pero él no se quejó de dolor. La sangre lentamente pero con firmeza escurría de su espalda. David lo acostó sobre su estómago y trató de quitarle la camisa de federal. Un gemido se produjo como respuesta y gritos agudos, y Luis otra vez intentó ponerse de pie. El profesor maldijo coléricamente y tuvo que hacer un esfuerzo físicamente para sujetar al hombre más grande todavía. Cuando Luis finalmente se quedó quieto sobre su estómago, David se agachó a mirar.

Él respiró fuertemente y con dificultad. Al comienzo de la columna vertebral y el hombro, la carne había sido desgarrada y eso se veía como un harapo ensangrentado. Su escápula, el hueso de su omoplato, se veía de blanco brillante a rosado. La sangre fluía profusamente, manchando de escarlata el banco de la grava y veteando el agua. El profesor nunca había visto una herida tan terrible en su vida y él no tenía ni idea cómo detener el sangrado. Él se sintió completamente desvalido al ver como la sangre de Luis lentamente goteaba encima del suelo. Con una expresión sombría él dejó caer su mochila colgada a la espalda y se postró, yendo en busca de   algo que detuviera el sangrado. Luis se sacudió con fuerza y dijo en voz alta algo ininteligible, y David volteo a ver que lo inquietaba. Un par de pies que llevaban huaraches estaban a la par de su amigo y David miró hacia arriba la cara de Fray Martin, pero

271

no podría ser. ¡El sacerdote estaba muerto! El hombre del jaguar, Mike, los había descubierto. Junto a él estaba una mujer blanca con una mirada de horror en su cara. Ella se mordía el puño y clavó los ojos en la herida abierta en la espalda de Luis. Una lágrima rodó haciendo un surco mugriento hasta su barbilla, pero ella rápidamente se limpió y aspiró profundamente.

—Él morirá si usted no coloca barro en esa herida, dijo el indígena.

—Ah, dijo el profesor anonadado, esperando a un asesino sediento de sangre.

—Dije que él morirá si usted no pone alguna medicina en la herida.

David estaba como conmocionado, intentó esconder su sorpresa, y dijo, —No sé cómo hacer eso. ¿Usted cree que lo pueda salvar?

—No, dijo el indígena. Él miró a David por primera vez. —El viejo les envió, ¿verdad?

El profesor vaciló. —Sí...supongo que usted quiere decir que...su hermano nos envió. Él miró hacia la mujer, de quién asumió que era la   diplomática secuestrada, pero ella estaba muda y acobardada por la carnicería que el oso había provocado.

Él le suplicó al indígena. —Nos ayuda y les contaré todo a ustedes sobre su hermano, ¿bueno? Este hombre es mi mejor amigo.

—Es él...ese jaguar...

—Cállate, Luis. El federal había intentado estar listo otra vez, pero el profesor le empujó hacia abajo. David miró suplicantemente al indígena, y entonces de regreso a Luis.

—Él es el policía, ¿verdad? Dijo Mike.

—Él es un hombre, como usted y como yo, y él va a morir

si usted no le ayuda.

—Él morirá de cualquier manera...si no hoy, pronto.

—Por favor, David suplicó. —Su hermano dijo que usted es un curandero.

La mujer se acercó a Mike y, para la gran sorpresa de David, tomó su mano y le susurro algo.

—Estás segura, él le preguntó a la mujer. —Él puede no morirse en tres o cuatro días.

Cuando ella afirmo con la cabeza, Mike recurrió al profesor y dijo,   —Ayúdeme a levantarlo, él se agachó a tomar de los pies a Luis herido.

— ¿Para dónde? David pregunto, y en ese momento vio a la mujer ya dando la pauta. Con el brazo de Luis ensartado sobre su hombro, el indígena siguió a la mujer a través de la corriente hacia un montón muy grande de escombros. Ella se agachó y comenzó a gatear sobre la colina.

—Necesitaré una mano, le dijo al profesor.

— ¿A dónde vamos? David preguntó, pasmado. —Él morirá si no hacemos algo rápido. Él se movió al lado contrario de su amigo y ayudó a alzarle. Ente ellos dos cargando a Luis, medio levantado, tambaleándose sobre la entrada del cañón.

Cuando alcanzaron el otro lado, los ojos del profesor se volvieron anchos en el asombro. ¡Las ruinas! Finalmente. Él había encontrado las viviendas del acantilado, y la excitación del momento casi lo indujo a vencerse en una disposición mental académica. Un gemido de Luis le devolvió a la realidad. Le pusieron en el suelo cerca de un manantial seco y Mike caminó a lo que daba la apariencia de ser una entrada de la caverna antes de regresar con una canasta de palma, hierbas y una botella de plástico.

—Hagan un fuego, él no dijo a nadie, comenzando a

trabajar en la espalda de Luis. La mujer se movió primero y David entendió, sintiéndose bueno para nada. Su mente corrió a gran velocidad. Todo había ocurrido rápidamente y él no había tenido tiempo para adaptarse. Intentó iniciar   una conversación.

— ¿Es usted Ruth Johnson, la diplomática americana?

—Sí. Ella le dio a él una sonrisa débil, doblándose para recoger algo de leña y dársela a él. —Y usted es...? Ella colocó dos pedacitos más en sus brazos.

—David Wolf, él tartamudeó. Soy...

—Usted no es mexicano... ¿es usted policía?

—Oh no, él señalo a Luis, mi amigo es el policía. Él es un capitán de la Policía Federal de Chihuahua. Yo soy un arqueólogo.

— ¿Un arqueólogo? Ella se detuvo y le miró, desconcertada. ¿Enviaron a un arqueólogo a buscarme?

—Bueno…no exactamente, verá usted….

—Apresúrese por allí, hizo un llamado Mike, usted podrá hablar más tarde.

Rápidamente terminaron de recoger madera y regresaron a preparar el fuego y hervir agua. Mike detuvo la hemorragia y gastó mucho tiempo en la limpieza de la herida de Luis. Luis apareció como una imagen lentamente y por la conciencia, gimiendo y temblando. Él gritó cuando Mike lavó la herida con un astringente de agua caliente y le aplicó una cataplasma de hierbas malolientes. Él entonces preparó un té de hojas de belladona e insistió a que la bebiera Luis. Mike explicó que la Belladona, un narcótico energético, sustancialmente aliviaría el dolor de Luis. Su ministración finalmente se completó, y movieron al federal a la sombra del saliente.

Había sido sólo una hora desde el ataque del oso, pero Mike dijo que él no podría hacer más. Ahora esperarían a que

274

Luis viviera o muriera. Si él pasara la noche con vida, le darían más té para el dolor. El oso había roto el omoplato de Luis y la terrible herida seguramente se enconaría y se infectaría, y entonces la gangrena se asentaría si la fiebre y la pérdida de sangre no le mataran primero. Su herida era algo que si a él no se le tratara en un plazo de veinticuatro horas, la infección podría avanzar demasiado rápido para contenerla.

—Él es más rudo de lo que se ve, dijo David, pasando un trago amargo por su garganta. —Él salvó mi vida una vez. Se volvió sensible por la emoción. Su fatiga, los acontecimientos de los últimos dos días, el terremoto, la muerte de Fray Martin y el ataque del oso a Luis ahora le abrumaban. Él se recostó en el suelo. Bien podrían estar en un país extranjero del otro lado del mundo. Aunque un viaje de regreso fuera posible hacerlo en una hora por helicóptero, se requeriría al menos tres o cuatro días para alcanzar Batopilas a pie, y David se dio cuenta de que su amigo probablemente no duraría más que uno o dos días antes de sucumbir por la infección inevitable. Él supo que Mike había hecho todo lo que él podía. Y ahora el profesor quiso gritar en la futilidad interminable y la injusticia de la vida, pero estaba demasiado cansado, y así es que él se levantó y caminó hacia Luis. Miró de cerca fijamente la herida de Luis y vio que fácilmente podría dar como resultado la muerte. Un chichón grande creció en su garganta y él se le sentó a la par a su amigo, renunciando para esperar lo inevitable.

Ruth jaló a Mike aparte e inicio una conversación baja, acalorada. Ella gesticulaba enfáticamente cuando hablaba, pero Mike fruncía el ceño y negaba con la cabeza en desacuerdo. Él comenzó a discutir con ella, y entonces abruptamente se marchó dando media vuelta y paso por encima del federal. Ruth relumbró defendiéndose y lo miró como si ella quisiera empujarle sobre un acantilado, pero ella no se alejaría tan fácilmente.

—Dile a él, Mike, ella le reclamaba con las manos en sus caderas.

—Dicen este arqueólogo y su amigo que tú te rehúsas a ayudarlos. Tú me dijiste que nunca habías lastimado alguien en tu vida.

—Está bien, David dijo, intentando calmarla. — ¿Qué más puede hacer él? Llevaría tres a cinco días llevarlo a un hospital. Sólo no es posible.

—Pero Mike puede...

— ¿Usted es un arqueólogo? Mike dijo con interés repentino.

—Uh...sí. Soy un maestro en la Universidad Nacional en la Ciudad de México.

Ruth dio un paso entre ellos. —Él te puede ayudar, ella le dijo a Mike. —Si tú salvas a su amigo, él te ayudará. Sé que él lo hará. ¿No lo haría usted? Ella recurrió al profesor para que este lo reafirmara.

David no supo por qué ella presionaba tan insistentemente. El indígena ya había hecho más para Luis que él. ¿Por qué estaba ella molestándole repetidamente para realizar un milagro? Todo el mundo estaba estresado, pero él supuso que ella había sufrido más que todos. Él intentó tener paciencia con ella.

—... er... ah...Ruth, aprecio su preocupación por Luis, pero se requeriría la intervención de Dios para salvarle ahora. Pienso que Mike tiene...

— ¡No! ¡No! ¡No! Ella negó enfáticamente. —Usted no entiende. Mike puede ir corriendo a Batopilas en seis o siete horas. ¿No puedes, Mike? Sus ojos lo desafiaban. —Tú podrías conseguir un helicóptero para que nos recoja a todos nosotros.

David se sintió repentinamente mareado, y entonces se dio cuenta de que estaba conteniendo el aliento. ¡*Caramba*! ¿Eso es cierto? Mike era un Tarahumara y muchos de ellos eran corredores increíbles. Él miró el cuerpo delgado, musculoso del hombre del jaguar. El amigo tenía piernas como un garañón. Sus largos músculos abultados le permitían exhibir el tejido de cordones gruesos cuando él se movía. Él podía competir en un Certamen del El Hombre de Hierro: ¿seis o siete horas de atravesar montañas? ¿Era eso en realidad posible? Nadie podría correr de arriba abajo por montañas por siete horas, ¿y ellos?

—Tú lo has hecho antes, ¿Mike?

Mike miró sus sandalias, como pasando vergüenza. —Él probablemente va a morir, repitió, pero la convicción de su anterior pronunciamiento no era el mismo. —De cualquier manera...me meterán en prisión cuando logre llegar.

—No, no lo harán, David profirió. —Incluso no saben que dejamos Batopilas o a donde fuimos. Palabra. Podría enviar una carta con usted. Por qué...él tartamudeó, buscando las palabras correctas...por qué usted sería un héroe, Mike. Su hermano hizo constar que nada de lo que sucedió es su culpa. Él nos dijo que usted no tuvo nada que ver con los bombardeos. Él dijo eso...

— ¿Mi hermano vino con usted? ¿Dónde está él? ¿Por qué no está él con usted ahora?

El profesor miró sus botas, después a Ruth, y después a las pupilas negras de los ojos de Mike.

—Él murió ayer en el terremoto de la mañana. Él murió en un alud. Le enterramos en el valle a un lado de las cascadas.

Los hombros de Mike se combaron y él empezó a caminar hacia la pared del este del cañón y la avalancha que había enterrado la mitad de viviendas del acantilado.

Ruth y el profesor observaron su espalda.

—Oh, Dios mío, dijo ella, sintiéndose miserable. Ahora él probablemente no lo hará. Ruth estaba sentada sobre una de las piedras grandes cerca del manantial. Miró tristemente al profesor, y entonces a Luis, quien gimió e intentó cambiar de posición. —No sé usted, pero yo no puedo recordar que algo bueno haya ocurrido recientemente. Ella parecía estar al borde del llanto, pero la mirada fue rápidamente reemplazada por una expresión difícil. Apartó la vista, queriendo estar sola. — No pienso que alguna vez saldré de este lugar, murmuró.

Al profesor se le ocurrió contradecirla, pero no supo qué decir.

—Estará bien, eso dijo considerando el sufrimiento que ella ha debido haber experimentado las últimas dos semanas, y él no podría pensar acerca de cualquier cosa significativa desde su punto de vista. Tal vez necesitaba quedarse sola. Ella ha debido de haber encontrado su forma de hacerle frente a la adversidad.

Él miró a Luis en lugar de eso y recordó sus características robustas y sus manierismos gregarios. Él podía visualizar las manos grandes de Luis moviéndose cuando él hablaba y las muchas posiciones curiosas de su bigote, a merced de sus estados de ánimo o expresión facial, y los dientes blancos detrás de la amplia sonrisa y la broma. La memoria le entristeció y él tuvo suavemente náuseas.

Decidiendo que él no podría confortar a la mujer, él se fue a grandes zancadas para alcanzar a Mike, lo que él vio fue un deleite en las ruinas cuando él caminó por el perímetro del cañón. David se unió a él cerca de la base de la roca saliente. El indígena ya no derramaba lágrimas, pero una tristeza eterna se quedó anclada en él.

—Me dice, Mike le dijo, ¿cómo puede salvar usted este

lugar de ladrones y saqueadores de tumbas? Ruth ya está al tanto. Ahora usted conoce el lugar, y el terremoto ha destruido la mayor parte de esto. Él empezó a afrontar al profesor. ¿Cómo lo puede conseguir usted?

David pensó rápidamente. Él tenía que ser convincente, pero honesto, y él tendría que decir al indígena algo que él en realidad quería oír.

—Ante todo yo conozco a algunas personas...personas influyentes. Estos no son unos charlatanes, es un hecho.

—Siga, dijo Mike.

—Puedo asegurarle que las ruinas no serán saqueadas y que ninguna de estas tumbas será profanada. Puedo hacer arreglos para quitarles este alud. El profesor señaló el daño obvio. Y...Podría conseguir que usted sea su cuidador. Él no vaciló, construyendo en su cerebro algo que pudiera influenciar al hermano del sacerdote, pero él no podía pensar acerca de nada más. Finalmente él lanzó hacia arriba sus brazos. — ¿Qué quiere usted? Pregunte. Si lo puedo hacer, lo haré.

—La Represa del Águila.

— ¿Qué hay acerca de eso?

— ¿Lo puede detener usted?

Él podría ver la expresión seria en la cara de Mike, y él se sintió tentado para mentir, pero suspiró miserablemente y dijo, —No. Su hermano me preguntó lo mismo, pero le dije que sólo podría proteger las viviendas del acantilado declarándolas un Tesoro Nacional.

— ¿Un Tesoro Nacional? La frase imprimió lentamente la lengua de Mike como si él saboreara una comida deliciosa.

— ¿Qué es un Tesoro Nacional?

—Un sitio arqueológico protegido por ley. El dinero es presupuestado para desarrollarlo y para...

— ¿Desarrollarlo? Mike pareció agitado con la connotación de la palabra.

El profesor hizo una mueca. Él debía ser más precavido. — La reparación...limpia...restauración, usted sabe, lo embellece. El profesor enfatizó la última palabra.

—Embellece, Mike repitió la palabra, ¿y reparación?

—Sí. Puedo ver que el terremoto causó todo este daño. Lo podemos quitar y el trabajo de mortero enmendarlo. Así entonces lo podemos mantener en buen uso por siempre.

— ¿Por siempre?

—Sí. Si es un Tesoro Nacional, el Congreso de Antigüedades es requerido por ley para mantenerlo.

El profesor se volvió esperanzador. Él se había quedado sin promesas, pero él tuvo la sospecha que el indígena lo estaba reconsiderando, quizá al límite para aplacarse e ir corriendo a Batopilas. Mike podría llamar a Chihuahua para buscar ayuda y podría regresar con un helicóptero por Luis. David desvió su peso para el otro pie, miró alrededor con inquietud, e intentó permanecer paciente mientras el indígena pensaba. Cuando el hombre del jaguar se marchó dando media vuelta sin contestar, el profesor estaba tentado a ir de rodillas y rogarle.

Mike paseó alrededor del alud y miró perdidamente hacia la tumba vacía. Él expresó a un sonido como -shk... shk... shk, los ojos amarillos aparecieron. En ese momento un jaguar grande, negro caminó en la oscuridad adentro.

A David casi se le caen sus pantalones. Primero el oso, y ahora un jaguar. Una sacudida de adrenalina le puso en alerta para un ataque y busco una respuesta él empezaría por advertir a Ruth, pero él se detuvo cuando vio al gato acariciar con la nariz a Mike. Juntos le dieron la vuelta a la base del alud y se acercaron al profesor tembloroso.

280

— ¿Dónde está sepultado Martin?

David estaba paralizado. Sus ojos veían al gato, luego a Mike y de regreso al gato. Él echó de ver que tenía los colmillos muy grandes expuestos debajo de unos labios rizados en una perpetua maraña. Él había visto a los jaguares desde lejos en las selvas sureñas, pero nunca tan próximo.

—Ella no le lastimará, Mike le indicó de forma realista, sintiendo su desasosiego. — Ella es mi amiga.

—Está sepultado a un día de las cascadas...en la base de la pared del este. Usted verá el alud, David respondió. —Su tumba tiene la forma de una cruz.

Mike le dio una sonrisa macilenta y caminó hacia Ruth y Luis. El gato le seguía e inhaló por la nariz el aire y gruñó cuando se acercaron a Luis. El profesor quiso unírseles, pero no podía aceptar a acercarse al jaguar. Fingió investigar las ruinas y fue a medias andando por la cuesta, parando repentinamente, excepto lo suficientemente cerca como para ver que sudaba. Él se fijó, sin embargo, que Ruth estaba indiferente por el gato, y cuando Mike le habló a ella, pareció reanimarse. Repentinamente se puso rápidamente en pie y lo abrazo. Mike vaciló, y entonces devolvió su abrazo, y la siguiente cosa que el profesor vio fue que empezaron un beso lento, apasionado.

Hey! Pensó, éstos dos no son exactamente desconocidos. Este pensamiento condujo a otro y él rápidamente percibió la naturaleza de su relación. Son amantes, se dijo a sí mismo. Él la secuestró y ahora son amantes. ¿Qué demonios está pasando aquí?

David todavía estaba tratando de tranquilizarse para acercarse cuando Mike se libró del compromiso de la mujer. Comenzó a volver a la realidad. El indígena ahuyentó el olfateo del gato curioso fuera de Luis, y entonces besó a la mujer una vez más. Ella acarició con la nariz su pecho y murmuraron afectos antes de a regañadientes separarse.

— ¿Qué tal lo de la carta? Mike llamó al profesor, — Venga hombre. El gato no le lastimará.

El profesor sintió un hormigueo que lo sacudía, pero decidió que él sólo intentaría ignorar al jaguar. Además, si Ruth lo podía hacer, él también lo haría.

—Seguro, él respondió, respirando a fondo y logrando dar los primeros pasos en dirección a ellos. —Déjeme tomar mí mochila. Intentando dar la apariencia de ser casual, él caminó hasta el manantial y recuperó su cuaderno de apuntes de campo. Él evitaba mirar al gato y garabateó un mensaje y dos números de teléfono que Mike debía marcar cuando llegara a Batopilas.

—El primer número es de mi mujer, Alexandra. Llámele primero. Créame. Si ella no puede traer un helicóptero a tiempo, nadie lo podrá hacer. Ella tiene más conexiones que El Presidente. El segundo número es la Embajada Americana en Chihuahua. Llámeles por teléfono después. No vaya a hacer...repito...no llame a alguien de las fuerzas armadas o la Policía Federal. Se pelearían por conseguir quién tiene jurisdicción y algunos de ellos son poderosos y lo suficientemente deshonestos como para saquear este lugar.

— ¿Alguna pregunta? Él dio la carta a Mike.

—Espero que no me metan en la cárcel, dijo Mike, su cara se arrugó por la preocupación. Él se acercó a Luis por última vez, se detuvo a sentirle la frente por la fiebre, y entonces buscó su pulso en la yugular del cuello.

—Está seguro y dele más té cuando él se despierte. Entonces él agitó su mano como una despedida al profesor, agachó su cabeza para darle un beso a la mejilla a Ruth, y caminó hacia la entrada amurallada de grava. El gato lo siguió, y juntos treparon la montaña.

Así como así, el pensamiento del profesor estaba exaltado. Ningún argumento, ninguna conversación y tal vez él nos salvará a todos nosotros. — ¿Puede correr él en realidad hasta allí, tan rápido?

Él vio su reloj de pulsera. Dijo 3:34 p.m., y el sol se movía detrás de las montañas occidentales y las espesuras tiñeron de negro ese lado de la sima. Las largas sombras estiradas se enralecían y hacían que se perdiera el piso en el cañón y el final al occidente ya era opacado por la sombra. Él debía empezar su investigación de las viviendas del acantilado de inmediato.

Ruth clavó los ojos en la pared de la grava, su cara una máscara en blanco. Ella estaba sentada sobre una de las piedras grandes y distraídamente jugó con un mechón de su pelo desatendido.

Curioso, muy curioso, pensó David, pero esto no es Hollywood. Él quería tener su historia y ver lo que ella sabía acerca de las viviendas del acantilado, pero un gemido de Luis que se estremecía en su sueño lo detuvo, y entonces David se dirigió hacia él.

—Lo cuidaré si usted quiere mirar alrededor, ella le ofreció.

—Dígame lo que usted sepa primero, él preguntó, mirando primero a Luis y después a las viviendas del acantilado. — Nosotros hemos llegado hace menos de diez horas. Así que por favor empiece desde el principio.

Una Visita Inesperada

Las sombras de atardecer se estiraban y el riachuelo que corría por en medio del cañón ahora se había convertido en un pequeño hilo de agua. Mike recorrió con la mirada la corriente y entonces regresó a la pared de escombros que protegía la entrada. El daño y la desesperación gravitaron sobre la periferia de su mente como un vuelo de aves de rapiña. Su casa y su campo de juego de treinta años estaban siendo amenazados. Sólo el bosque serio en cualquier lado de la corriente daba la apariencia de estar ileso por los acontecimientos recientes.

¿Por qué el dios Tata y su mujer habían permitido a los espíritus malignos destruir la ciudad de las gentes del jaguar que el cuidaba? ¿Qué había hecho mal? ¿Su alianza renuente e imprudente con Martin había dado como resultado este desastre, o no hizo algo más sutil que fuera la raíz del problema? ¿Cómo había enojado él a los espíritus y por qué atrajo su atención? A diferencia de su padre, él siempre se había sentido que carecía de la capacidad en adivinar el intento de lo sobrenatural o comprender la causa y el efecto espiritual de su comportamiento. Las fuerzas sobrenaturales le habían causado a él la mala suerte; de esto no tenía duda. Su incertidumbre consistía en no saber cómo restaurar la armonía espiritual de su universo personal.

¿Quizá Ruth había causado la calamidad? Sus ojos entrañables y su cuerpo dispuesto le habían distraído de sus observancias y rituales diarios. Obsesionando en ella, la abstención de su último año de pasión había dado como resultado un nuevo despertar de su cuerpo y un espíritu carnal floreciente que él tenía, no lo pensaron posible. Su sed no pudo ser saciada, y después de saborear el néctar de su amor él temió la ausencia de su vida. Pero debía ocurrir. Eran demasiado diferentes. Sus orientaciones espirituales y seculares perduraron en oposición.

Con la muerte de su hermano, Mike era ahora el último de su familia. Aunque su madre podría estar viva en alguna parte, sus formas siempre habían sido extrañas para él. Si bien ella tuvo una pasión fuerte de por vida, su compromiso con los niños y el marido había estado marcadamente ausente, casi como si ella pudiera saber que siempre sería una persona de fuera y que sus niños quedarían con su padre y experimentarían sus vidas como hombres primitivos en la sierra.

Martin. El nombre de su hermano y su imagen recorrió a través de la mente de Mike como el largo rollo y el eco que precede a la furia de un cielo tempestuoso. Siempre como un diamante en bruto, la presencia de su alma permaneció mucho tiempo vagando lejos de su cuerpo. Mike le sintió a él y algo temeroso que el espíritu de su hermano había venido aquí.

Él debía ir a Martin, decidió. Era mejor caminar la ruta más pequeña por el Cañón de la Roca, pero él sintió la llamada de la tumba de Martin y la necesidad para calmarse y propiciar que el alma de su hermano   finalmente hiciera el bien. Mike se sintió nostálgico, aquí, estando parado fuera de la entrada en el cañón, pero se mordió los labios y se estiró aún otra vez en la preparación para el largo recorrido. El arqueólogo parecía ser un buen hombre. Como la mayoría de personas blancas, él no se veía   superinteligente, pero se esmeraría en proteger a Ruth.

Él continuó estirando los largos músculos de sus piernas antes de empezar la carrera penosa al pueblo del hombre blanco. Al lado de él el jaguar emitió un gruñido, estaba tenso, enfocó la atención en algo en el bosque. Ella gruñó y avanzó a rastras bajo en la maleza y empezó a asechar. Mike lo hizo callar y trató de persuadir con ruegos al jaguar para que regresara su lado. Ahora no era la hora de cazar, y si el oso estuviera escondido en los arbustos él no quería que el gato lo confrontara. El oso pardo pronto regresaría a su guarida de invierno y no los molestaría más.

Él aspiró profundamente y comenzó lentamente, dejando que su cuerpo se calentara, mientras su ritmo cardíaco aumentaba gradualmente.   Se sintió fuerte y se movió con gracia y confianza cuando siguió el sendero sinuoso hacia las caídas, caminando a grandes pasos sin esfuerzo alguno mientras el gato galopaba a la orilla de él. Logrando llegar a las cataratas al mismo tiempo que el sol se deslizaba detrás del acantilado occidental, él reconoció la cara del acantilado en sólo algunos minutos. Él había ascendido y había bajado la pared regularmente desde que él tenía ocho años de edad y él conocía cada nicho y cada apoyadero en su cara.

En el crepúsculo gris emparejo sus piernas rítmicamente conforme él corría al lado del cauce del río del sur en el Cañón del Cacto hacia la tumba de su hermano. El espíritu de Martin le guiaría, y Mike cantaría la canción "El Regalo de La Muerte" para su hermano y el adiós antes de continuar hacia Batopilas. Un sentimiento de seguridad y corrección estimando su misión empujó a un lado la duda y la distracción de las últimas dos semanas. Al arribar a la tumba de Martin él lloró sin vergüenza, cantó y le dejó algunos detalles de comida al Diablo en una roca grande a fin de que él no capturara el alma de Martin y lo usara para torturar a los vivos. Mike cantó otra canción de su infancia, y entonces terminó con una invocación para su hermano para no molestarle más.

Con su mente en paz, él corría hacia Batopilas. Se sintió energizado, y como sus sandalias trituraban la tierra en un familiar ritmo que lo dejaba correr incansablemente. Su licor remontó a su alma que se levantó de su cuerpo para seguir adelante y guiarlo. El jaguar se lanzó contra sus talones, un animal indomesticado persiguiendo a un fantasma. Con sus largas piernas estiradas para comer la tierra, él se dio cuenta de que él corría no solo para salvar al federal, él corría para salvarse. Su casa y su estilo de vida estaban en peligro.

#

Omar se sentó en el bosque de pino en frente de la entrada llena de escombros del cañón. Él esperó pacientemente, recobrando las fuerzas y formando un plan. La necesidad para la prisa había llegado y se había ido. La meta que le había eludido por treinta años provenía del otro lado de esa colina floreciente de grava.

Aquí ha estado todo el tiempo, se dijo a sí mismo. Él recordó una vez, veinticinco años atrás, cuándo había explorado esta área, caminó por estos bosques y agonizó sobre su incapacidad para encontrar las ruinas y participar en el misterio del oro y el jade que el viejo chamán no divulgaría. Omar había mandado al diablo al viejo pagano, y entonces esperó pacientemente estos largos años, con la seguridad de que la descendencia del chaman un día lo conduciría al secreto.

Él comenzó a volverse filosófico estimando su larga espera

y el purgatorio de vivir surtió efecto en un país cristiano. Alá había mostrado Su sabiduría infinita con la paciencia de la espera tan larga para recompensar la tenacidad de Omar. Un joven no apreciaría la riqueza ni reconocería el honor de ser el escogido para descubrir este lugar. El apreció está oportunidad por la dificultad, y Omar pensaba satisfacerse del deseo y alimentar sus propensiones persistentes de hedonismo mientras accediendo a fantasías sádicas suprimidas por mucho tiempo.

Había sido un juego de niños para un hombre de sus habilidades rastrear este trío desafortunado. Él había entrado a robar a su cabaña y había encontrado los informes de las muestras del profesor. Todo el mundo en Batopilas sabía que habían salido juntos, y después por su jeep había resultado mucho más fácil antes que rastrear a un hombre. Desafortunadamente habían sido largos años desde que él empezó a dar   largas caminatas y había trepado las sierras y la tortura de andar atrás del   paso que el sacerdote del diablo le había devuelto para la comodidad de su casa en Batopilas. Pero el terremoto y la muerte del sacerdote le habían motivado a tener éxito. Él se sintió seguro que Fray Martin le había contado al arqueólogo americano y el federal la ubicación de las ruinas. ¿Por qué si no, continuarían adelante?

La cara del acantilado en la cascada casi le había superado, pero él tenía años de experiencia en el ascenso de montañas difíciles. Casi habían perdido a Omar en las caídas, pero él había corrido para, finalmente alcanzarlos aquí, fuera de las ruinas después de que el oso atacó el federal justamente enfrente de sus ojos. Las gracias sean para Alá por estos favores. Salvó a Omar de tener que matarles más tarde.

Ahora el indígena sucio y su jaguar fisgón habían salido. Hacia donde él no sabía pero no le dio importancia, porque

Omar tomaría lo que él quisiera y se iría. Sólo una mujer y un académico desventurado estaban entre él y su destino. Sonrió ampliamente, dejando al descubierto sus dientes montados con diamantes, disfrutando de su situación inmensamente. Primero él impondría su voluntad sobre ellos y entonces él los haría llevarlo al tesoro para enterrarle en un lugar sólo para él. Después él mataría al profesor y la mujer.

No...espera, pensó. Primero, disfrutaré de la mujer, lo haré...en ese momento él se detuvo, sintiéndose inspirado. Una fantasía sádica captó su imaginación. Cien juegos diferentes podrían jugarse con ella, y Omar sabia con seguridad que ella imploraría para morir antes de que él la obligara. Un temblor convulsivo le invadió y sintió y tuvo una erección.

No aún niño, él se tocó el pene, *te alimentaré más tarde*.

#

El profesor escuchó con entusiasmo su historia. Ella hizo una narrativa franca de principio a fin que duró sólo diez minutos. Él dejó a su propia imaginación rellenar los boquetes. Era una mujer muy fuerte, esta diplomática americana, y se preguntó cómo habría viajado si él hubiera sido él secuestrado y encerrado en una mina húmeda oscura durante dos semanas. El pensamiento le hizo a él estremecerse.

Las noticias de una mina de oro a la par de las ruinas levantaron su interés, pero él supuso que ella se había dado cuenta de poco para entusiasmarle acerca de cuanto le cautivaba eso. La mina de oro explicaría cómo se habían mantenido estas personas. No hay duda que habían intercambiado oro por comida y otros artículos necesarios. ¿Sino con   quién y para qué lo iban a intercambiar? Había mucho para ser estudiado. Él tendría que entrar en las viviendas del acantilado para entender esta cultura más allá.

Su informe ominoso de las aguas termales impactó un recuerdo   familiar. Él recordó el mensaje impreciso de Alexandra del Dr. Atunez alertándolo sobre la actividad sísmica. Sintió una quemadura en su estómago y un cosquilleo de miedo. Él debería haber prestado atención. Él no era geólogo, pero él sabía que las aguas termales y los géiseres fueron creados por el magma calentando el lecho de roca de granito, o por las tremendas presiones del corazón de la tierra causando intrusiones de magma en la roca por encima. La energía hidrotermal podría ser maravillosa o amenazadora. Apareció que los numerosos temblores de tierra del último mes y el terremoto colosal ayer por la mañana no eran el resultado del acomodo de las capas tectónicas. El magma de debajo soltó la presión y había cambiado de posición hacia arriba. El área continuaría teniendo terremotos hasta que el magma dejara de moverse. Él podía estar sentado sobre el siguiente volcán de México.

La plática de tumbas y tesoros lo subió a sus pies y a las entradas. La noche caería en una hora y por eso era imperativo investigar lo más posible ahora. Con suerte un helicóptero llegaría en diez horas para rescatarlos. Aunque él no hubiera estado dentro, un examen rápido de las viviendas del acantilado le dijo que no fueron Anasazi en el origen. Fueron únicos, esta civilización incógnita de talladores de piedra, mineros, y joyeros.

Él encendió una antorcha y la colocó cerca de una entrada de la tumba, y entonces movió a un lado las piedras para entrar. Éste era un método arqueológico pobre, pero la narrativa de Ruth había hecho constar que la tumba desde hace muy poco había sido en la que entró. Según Mike había vaciado el contenido de otra tumba en el final del este y había transportado todo para esta. La oscuridad inminente y la posibilidad de una estadía corta habían creado la urgencia, y así es que él pondría empeño en ver lo que almacenaba la tumba sin mover o cambiar cualquier cosa de posición.

—No creo que Mike quisiera que usted entrara en las tumbas, Ruth objetó.

—No puedo proteger lo que no sé qué existe, él contestó, continuo moviendo a un lado la piedra. —Conserve su mirada en Luis, ¿bueno?

En unos minutos él se apoyó contra la pared, quedando boquiabierto para jalar aire. Diez minutos más tarde él llamó a Ruth. — ¿Me puede ayudar usted con la última?

Juntos la apartaron a un lado para exponer un pasaje oscuro.

— ¿La movió Mike solo?

—Estoy segura de que si lo hizo.

—Fuerte el amigo. David miró alrededor, y entonces dijo — Aquí no se ve nada. Él iluminó con la antorcha y se agachó para entrar en la tumba. El pasillo estaba más ancho dentro que lo que la entrada sugería, y él caminó cuidadosamente, mirando con atención en la oscuridad mientras las sombras de su antorcha bailaban espeluznantemente a lo largo de las paredes y el techo. Él entró en una cámara. El techo, cortado ásperamente y estaba inclinado hacia abajo, rosado de dos metros en la parte más alta. El piso de roca y de grava esparcida casi quince metros en cada dirección.

La tumba más grande en la que alguna vez he estado, pensó al profesor, alzando la antorcha y caminando para la mitad del cuarto. Él lentamente camino en un círculo, haciendo una pausa sólo cuando algo atrapó su atención. Su excitación se había cocido a fuego lento cuando entraba en el pasillo, pero ahora hervía. Los restos de una cultura antigua desparramada por todas partes. Los objetos habían sido encontrados por todos los sitios durante muchos años, probablemente por el padre de Mike, y habían sido colocados dentro de esta cámara. Alfarería, canastas, metates para moler maíz, las mantas y los artículos de uso desconocido apilados en contra de la pared del norte; todo él en un tesoro descubierto de cultura material que un arqueólogo necesita identificar, clasificar e investigar. Todo ello depositado en este cuarto esperando a ser estudiado. Él incluso no tenía que desenterrarlo. Y quién sabía que por encima yacía, ¿ileso en los cuartos de las viviendas del acantilado? ¿Quizá mucho de eso era simplemente la manera en que se había quedado el último día que la ciudad tuvo ocupantes?

Apilado en cajas cerca de la pared occidental , una colección de implementos modernos; las cajas de cartón envases de plástico , las herramientas, una cadena, una puerta de madera con un cerrojo pasado de moda grande y dos palas: probablemente las pertenencias de Mike. Más cajas habían sido puestas a un lado del pasillo, y una inspección más cercana reveló sartenes, ollas y más herramientas.

Un destello de luz reflejada en un metal pulido lo llevó a la pared del este. Él dio dos pasos al frente, y entonces se detuvo. Un escalofrío le corrió rápidamente a lo largo de su columna vertebral y un temblor involuntario le estremeció. Dos esqueletos, uno en el piso y otro en una silla, yacían como habían muerto. Cuando él movió la antorcha más cerca, él vio que ambos estaban encadenados a la pared. Habían sido cautivos.

Ésta no era una tumba, pensó. Una cárcel tal vez, o una bodega en el mejor de los casos. Los cuerpos y el tesoro del cual Ruth habló deben estar en la tumba a la par de esta.

David se arrodilló para examinar las cadenas brillantes. Él intentó levantar una para medir su peso, pero gruñó con esfuerzo, fue toda una sorpresa por su pesadez. Él apenas la podía alzar. Al escrutinio más cercano, él la dejó caer, demasiado aturdido para hablar. ¡Oro! ¡Una cadena gruesa de oro! Increíble, pensó.

Él movió la antorcha de un lado para otro, lentamente para evaluar los artefactos. Cerca de la pared se asentaba una mesa con un montón de lo que el supuso que estaba arropando a la par de un florero de alfarería con tapa. Caminó para buscar más allá y casi había llegado al final cuando un parpadeo de luz de debajo de la mesa atrapó su mirada. Él bajó la antorcha y vio un casco. ¡Se quedó sin aliento! El casco era del estilo usado por los Conquistadores Españoles, y ahora él veía su armadura encima de la mesa.

¿Cómo los Conquistadores hubieron llegado a ser encadenados a las paredes de una mazmorra en la Sierra Madre? ¿Cómo hubieron encontrado este lugar? ¿Cuántos centenares de años hubieron yacido aquí esperando a ser descubiertos?

Su boca la sentía seca como algodón y su aliento volvió rápidamente. Un descubrimiento increíble, y sólo no podría mejorarse. Una corriente de cosquilleos nerviosos corrió a toda velocidad de su columna vertebral hasta las puntas del dedo. Cosas embriagantes. Él estuvo parado ingiriendo su narcótico favorito, descubrimiento, y se sintió embriagado.

En un antojo él trató de alcanzar la tapa del florero y se embrocó para mirar con atención adentro. Él comenzó a cerrarlo, pero vio que había un escrito que había sido metido a la fuerza al interior del florero. La tentación tiró de él. ¿Debería sacarlo o no? Ciertamente no era la forma apropiada, y el escrito podría desmoronarse en mil pedazos cuando él intentara extraerlo.

Simplemente hay una cosa, se dijo a sí mismo. La tapa había sellado el florero, y quizá la humedad había penetrado dentro. Si comenzara a desmoronarse o desgarrar, él no continuaría. David había notado un soporte para la antorcha cerca de la entrada del cuarto, así es que llevó el florero con él y colocó la antorcha en su agarradera.

La boca del frasco era lo suficientemente ancho como para fácilmente tomarlo con sus dedos. Lenta y cuidadosamente extrajo el escrito, o los escritos, como resultó serlo: dos de ellos. Se sentían secos y se habían puesto amarillos con la edad, pero se habían mantenido unidos firmemente considerando el tiempo. La tapa les había protegido estos largos años, y él no tuvo duda que quienquiera que los había dejado sabía que en alguna ocasión alguien los descubriría.

Él los clasificó bajo la luz oscilante de la antorcha, cuidadoso para no chamuscarlos, poco más o menos para leer. Su corazón palpitaba fuertemente y él se sintió insensato. Con las manos temblorosas él leyó el español antiguo:

YO CREO QUE SOY LO ÚLTIMO VIVO, Y SEGURAMENTE MORIRÉ DE HAMBRE. TODO EL MUNDO ESTÁ MUERTO DE LA VIRUELA. EL GUÍA INDIO DE DIEGO TRAJO LA VIRUELA Y JUNTOS MURIERON PRIMERO. Y AHORA LOS INDÍGENAS SUCIOS CAEN COMO MOSCAS EN OCTUBRE.

¡LA ENCONTRAMOS! ¡LA PRIMERA DE LAS SIETE CIUDADES DE CIBOLA! PERO VELASQUEZ ESTÁ MUERTO Y MORIRÉ PRONTO A MENOS QUE ENCUENTRE EL VALOR PARA CORTAR TOTALMENTE MI PIERNA Y LIBRARME DE ESTA CADENA MALDITA. ¡UNA CADENA DE ORO, POR DIOS! OH, QUE AMARGO. ¡MI FAMILIA NUNCA SABRÁ QUE SOY EL MÁS

GRANDE DE TODOS ELLOS! HAY MÁS ORO EN ESTA MONTAÑA QUE EL QUE EL REY Y LA REINA DE ESPAÑA, DIOS BENDÍGALOS, TENGAN EN SEVILLA. Y EL CUARTO A LA PAR DE ESTE TIENE MÁS ORO QUE LO QUE UNA FLOTA DE GALEONES PUEDEN LLEVAR.

¡SI ALGUIEN LEE ESTO, RECUÉRDEME! SOY SIMÓN GONZALEZ DE LA MADRID DE LA NUEVA GALICIA, ENVIADO POR EL SEÑOR MÁS ILUSTRE, DON ANTONIO DE MENDOZA, EL VIRREY DE LA CIUDAD DE MÉJICO, PARA EXPLORAR ENTRE LOS PAGANOS Y TRAER GANANCIA Y HONOR PARA LA CORONA. ¡RECUERDE A MI FAMILIA! VELASQUEZ QUE NO DEBO MORIR EN VANO Y SIN NUESTRAS FAMILIAS DISFRUTANDO DE LA PENSIÓN POR EL DESCUBRIMIENTO QUE PROMETIÓ SU EMMINENCIA EL VIRREY.

SIMÓN GONZALEZ DE LA MADRID
JUNIO 16, 1537

Increíble, pensó. Casi increíble. Un Conquistador en busca de las legendarias siete ciudades de Cíbola: las ciudades de oro. Un guía indio los había traído aquí con la viruela y una pequeña, pero completa civilización había sido hecha desaparecer. Causa asombro, pero es triste. Otro ejemplo de un viejo tema en la historia del Nuevo Mundo; las enfermedades europeas armas de fuego y espadas de acero matando en gran número y destruyendo a las más grandes civilizaciones de Mesoamérica mientras los Conquistadores implacablemente buscaban oro, sometiendo sus almas.

Él leyó los párrafos otra vez para aprenderlos de memoria, y entonces devolvió los escritos al florero y lo puso sobre el tapete al lado de la armadura. Tomó la antorcha otra vez y caminó por la pared del este donde encontró más implementos de oro; tazones, figurillas, un escudo pequeño con un diseño de jaguar, una lanza y varios cuchillos: Todos ellos a la vista de los españoles, excepto fuera de su alcance. Los ha debido haber vuelto locos. Como Cortez le había dicho al dios rey Azteca, Moctezuma, "Los españoles padecen de una enfermedad que sólo el oro puede aliviar". Ser atado hasta su muerte con cadenas de oro no pudo haber hecho su muerte más fácil.

Casi agotada, la antorcha ardía inconstantemente, así es que él decidió ir afuera y conseguir otra. El descubrimiento le había rejuvenecido. Él podría explorar toda la noche. ¡Los últimos tres días habían sido extremadamente malos! Caminó por el pasaje estrecho, ensimismado, olvidado de todo. Él estaba sumergido en un revolcadero académico y sentía que él debía compartir su descubrimiento con alguien antes de que el explotara.

— ¡Ruth! Exclamó, saliendo del pasaje a la montaña, — usted nunca adivinará lo que yo...

Pero en lugar de la diplomática, un hombre de gran tamaño estaba de pie esperando con el rifle de Luis apuntando al estómago del profesor. Cuando la luz de la antorcha del profesor iluminó la cara del extraño, este sonrió ampliamente, enseñando el diamante clavado en sus dientes. Una sensación ansiosa que le produjo náuseas, casi puso a David a sus rodillas, y la antorcha chisporroteó en su mano.

—Sí, gringo, sonreía el joyero. — Dígame todo acerca de eso. Estoy ansioso por escuchar.

#

¡Anonadada! Al ser sorprendida, Ruth había estado petrificada mientras las visiones de una horrible muerte

296

corrían a través de su mente. ¿Con quién estaba este reptil con diamantes en sus dientes? Ella nunca había visto alguna cosa como él antes. Sus ojos brillaban en el negro vacío y vio que él tenía músculos gruesos, duros. Su sonrisa amplia, cruel daba a conocer que las piedras preciosas fijadas en sus dientes, y él tenía la apariencia de ser un hombre frío, brutal. Cuando él colocó el frío del cañón de fusil a su frente le ordenó a que no fuera a llorar, ella se mantuvo perfectamente quieta. Cuando él recorrió con sus ojos su cuerpo, una mirada libidinosa se llenó de misoginia sexual, ella se sintió más asustada de lo que alguna vez pudiera recordar.

Ella quiso gritar y correr. ¿Pero adónde iría? Si ella se quedaba, algo terrible ocurriría, pero si corriera, él le dispararía como a un perro. Él finalmente la había encontrado: El hombre que todas las mujeres tiene miedo en sus pesadillas. Cierto, que él había venido por el oro, pero él no se iría antes de torturarla y matar a David. Él no podría arriesgarse a que revelaran su secreto a alguien. Ella había visto una cierta cantidad de lo que Mike había transportado de la tumba, y su valor no podría calcularse: Tal vez millones. Este asqueroso ha debido haber seguido al profesor y el federal, y entonces ha debido haber esperado a que Mike saliera para Batopilas.

Ruth había sobrevivido un infierno viviente las últimas dos semanas, pero ella estaba todavía decidida a no sucumbir por un desvanecimiento lamentador y convertirse en una víctima pasiva. ¡Maldición! Ella había estado tan próxima a salir y había creído que ya había sobrevivido lo peor que podría experimentar, pero aquí podría aguantar el máximo miedo de cualquier mujer: Uno sonriendo abiertamente, un asesino sádico con dientes montados en diamante.

— ¿Qué quiere usted? preguntó ella atrevidamente,

intentando enmascarar su miedo.

Él bajó el cañón de fusil y la abofeteó tan duro que sus oídos zumbaron. Él se paró a un lado de ella con la mano lista para volver a golpearla.

—Cállate, perra americana. Si quiero algo de ti, cogerte. Él le mostró a ella sus dientes. No hagas nada hasta que te diga, y vivirás más tiempo. ¿Comprendes? Él atascó el arma de fuego en su plexo solar y ella gimió al caer de rodillas sintiendo como ríos de dolor que provenían de su centro.

— ¿Dónde está el otro americano...el arqueólogo?

Ella no podía respirar para contestar, y él alzó el arma de fuego para golpear otra vez.

—Ruth, se oyó una voz apagada desde adentro de la tumba, usted nunca adivinará lo que yo...

Omar volteo el cañón del rifle hacia el hueco en la montaña y dio un paso adelante para ver a David como salía del túnel.

El profesor se detuvo. Mirando primero a Ruth en sus rodillas, después el arma de fuego apuntado a su estómago, una mirada de reconocimiento barrió su cara.

—Sí, gringo, Omar sonreía. —Dígame todo acerca de eso. Estoy ansioso por escuchar.

El profesor se sintió impotente con su antorcha chisporroteando. Apenas lanzaba suficiente luz para ver a seis metros, pero rápidamente se formó un juicio sobre la situación. Ruth acobardándose sobre el terreno, y el cañón del rifle casi tocando su estómago le dijo todo lo que él necesitaba saber.

—Usted mintió, David le reprocho.

—No. A propósito le informé mal. He estado buscando este lugar desde hace treinta años y ahora les debo matar para proteger este secreto.

—Tome el oro y váyase, alegó el profesor. Hay muchos

pedazos dentro de este cuarto. Tómelos. Nunca se lo diré a
nadie.

— ¿El Oro? Omar dijo. Sí...claro que tomaré algunos
pedazos de oro, pero vine por el jade. Es el jade el que tiene
precio. — Es el jade más fino de calidad que alguna vez haya
visto. Vale diez, no cien veces más que el oro.

—Entonces usted va a desilusionarse. Si hay cualquier jade
aquí, no lo he visto.

Los diamantes desaparecieron y el cañón de fusil tocó el
estómago del profesor. — ¿Cómo?

—Los depósitos de jade están a kilómetros de aquí...en
alguna parte del Cañón de la Roca.

— ¿No hay jade? ¡Usted miente! Omar meció y golpeo con
la culata del rifle en la cabeza de David, dejándole caer como
una piedra. Omar se le acerco, desafiándolo a levantarse, pero
el profesor yacio inconsciente.

— ¿Dónde está el federal? Gritó coléricamente a Ruth.
¿Dónde está él? La antorcha chisporroteó benignamente en el
suelo.

—Muerto, dijo ella, acobardándose en la oscuridad, dando
un paso hacia atrás. Un oso le atacó y él murió. Mike, el
indígena, fue a buscar ayuda. Omar miró las viviendas del
acantilado, y descubrió las entradas de la tumba. El indígena
había ido por ayuda, pero sería uno o dos días mínimos antes
de que él regresara. Él estaba destrozado anímicamente por la
indecisión. Se requería los días para peinar toda la ciudad en
busca del tesoro, y la oscuridad drásticamente impediría la
búsqueda. Pero él no claudicaría. Agarraría lo que estaba
fácilmente disponible y lo enterraría, y después regresaría más
tarde para recuperarlo. El jade tendría que esperar. El
arqueólogo probablemente decía la verdad, y Omar tenía poco
tiempo.

Los diamantes reaparecieron. —Empiece allí, él hizo una seña con el arma de fuego.

— ¿Dónde?

—Allí...la otra tumba.

—Está cubierta de piedra. No puedo...

En ese momento ella se detuvo. Su expresión facial habría detenido a un toro en carga. Ella recorrió con la mirada a David, le disparó a una mirada furtiva hacia donde Luis yacía, y entonces accedió. Seguro, señor...cualquier cosa que usted diga. Tenga calma.

Ella se dirigió a la entrada adyacente de la tumba y comenzó a llevar piedras mientras Omar pateaba y maldecía al profesor inconsciente. Atarantado con su cara hinchada, David dolorosamente se puso de pie y también comenzó a remover las piedras de la tumba sin abrir.

Omar los instó a acelerar el paso, amenazando hasta que finalmente, todo lo que ellos tres tenían que hacer era mover una roca grande de la entrada de la tumba.

—Dé un paso hacia atrás, dijo como gruñendo el joyero, sujetando una antorcha.

La antorcha reveló el contorno apenas perceptible de un jaguar principal arriba de la entrada. David avanzó rápidamente reconociéndolo. Así, él se dio cuenta, que realmente era una tumba. Él lo sabía. Recurriendo a Ruth, dijo

— Abrió ¿Mike...?

— ¡Cállese! Omar le dijo a gritos. No hable. Él lanzó una soga sobre el terreno a los pies de David. Ate a la puta y después venga con conmigo.

#

David y Omar sujetaban antorchas cuando entraron en el pasaje de la tumba. El profesor iba primero, su mente en un tormento de conflicto. Si bien era imperativo que escaparan, que mataran a este bastardo con diamantes en los dientes antes que él los matara a ellos, él no podría contener el sentido del temor y la excitación al entrar en la tumba y voluntariamente tomó la delantera en la tumba. Él había caminado por no más de siete metros cuando entró en un cuarto.

—Muévase, infiel, le ordenó el joyero, apartando a empellones al profesor para poder entrar. Sujetaron sus antorchas a gran altura, y entonces se quedaron sin aliento al unísono.

—Dios mío, dijo David. Oro en todas partes.

—Te alabamos Alá, Omar dijo enseñando sus diamantes que brillaban intermitentemente en la oscilante luz de la antorcha.

—Usted tiene una larga noche por delante, cerdo americano.

— ¿Cómo así?

—Usted va a llevar todo esto a otro lugar y enterrarlo para mí.

—Usted no está hablando en serio, respondió David, moviendo su antorcha a la otra mano y examinando el cuarto. No podía caber tanto oro en un cuarto. Esto no era posible.

El cuarto resplandecía de anaranjado en rojo y en bronce, reflejando la luz como un infierno llameante, dorado. Escudos, espadas, figurillas, lingotes, incensarios, estatuas de deidades y los reyes muertos almacenado todo en montones en el piso y apilado pulcramente a lo largo de las paredes. ¡El tesoro descubierto de los hombres del jaguar! El inventario de bienes con los cuales habían comerciado para su comida y la riqueza de su tiempo; la obsidiana, turquesa, verde del Valle de México y las semillas de cacao de los mayas del sur, todo con un valor diferente hoy por lo estandarizado.

—Agarre esas estatuas pequeñas, señaló con el dedo Omar, tratando de alcanzar dos lingotes pesados para llevar a su brazo izquierdo. Se nos está acabando el tiempo.

Mike Va a La Cárcel

Mike estaba sobre una roca grande al oeste del puente de Batopilas, mirando al pueblo soñoliento acurrucado cómodamente debajo del acantilado del este del cañón. Era una noche clara brillante y la luz de la luna se reflejaba en la caída de las cascadas del río Batopilas mientras él se relajaba y escuchaba los sonidos tranquilizadores del movimiento del agua. Se sentía destrozado anímicamente con indecisión. Ahora que él había llegado, ¿en dónde encontraría un teléfono? La farmacia desde hace mucho tiempo había cerrado, la policía le podría arrestar y el viejo sacerdote de la iglesia no le podía dejar entrar. Se sentaría y lo pensaría un rato.

Comenzó a canturrear una canción y entonces se detuvo, alerta y escuchando. La intuición le advirtió que alguien lo estaba observando. Esperó pacientemente para que la persona se identificara, pero entonces se levantó para estar listo para irse pero no lo hizo. En ese momento un joven indio alto caminaba por el sendero que conducía al puente y Mike se tranquilizó. Él conocía al joven Ribi, el hijo de Omar y eran amigos desde los viejos días en la escuela de la misión, él había estado de pie en las sombras y le había observado llegar. Un mestizo como él mismo, ambos habían sufrido las burlas y el rechazo de sus colegas al asistir a la escuela de la misión.

—Tu vienes desde lejos, hombre del jaguar; huelo tu sudor, Ribi le dijo en Tarahumara. — Es una buena noche para una larga carrera.

Mike caminó hacia su viejo conocido. —Sí...pero esta noche corro para ayudar a un amigo. Necesito hacer una llamada. ¿Conoces alguien que tenga teléfono?

Ribi se encogió de hombros. —Estoy en camino hacia la cantina para ver a una muchacha. Tal vez puedas usar su teléfono.

— ¿Dejan a indígenas entrar en el cantina ahora?

—No, contestó Ribi, la cantina está cerrada, pero Lasa me espera cerca de su ventana por la noche. Ven y camina conmigo, él le hizo una seña con su brazo, tal vez ella te puede ayudar. Ha pasado mucho tiempo desde que hablamos, hombre del jaguar. Oigo historias tuyas, pero has permitido al sacerdote y a mi padre interponerse entre nosotros.

—Omar mató a mi padre, dijo Mike.

—Sí...creo que él lo hizo. Ribi agachó su cabeza por la vergüenza. Estoy preocupado. Mi padre salió del pueblo tres días atrás y pienso que él siguió a tu hermano y el policía en los Cañones Perdidos.

Un espasmo de miedo indujo a Mike a estremecerse. — ¿Omar siguió a Martin y el federal en las montañas?

—Sí. Eso es lo que la chica de la casa de mi padre me dijo.

—Ribi, necesito tu ayuda. Mike se unió a él en el puente y ellos pasaron el río juntos. Vamos a ver a tu Lasa y yo te diré lo que ha ocurrido. Tengo un plan.

Caminaron hacia el sur por el camino real en el pueblo. Sólo algunas luces brillaban desde adentro de cualquiera de las casas, la mayor parte del pueblo desde hacía mucho tiempo se había acostado. Cruzaron las calles empedradas rumbo al zócalo, procuraban evitar los ojos de esos que estaban escondidos en las sombras y rodearon alrededor del mercado vacío. Algunos clientes de la cantina "El Perdido Otra Vez" a la manera de ellos se dirigían hacia el mismo lugar. Algunos se tambaleaban ebriamente y en la esquina en frente de la cantina estaba un grupo de cuatro borrachos cantando una triste canción de amor.

Mike y Ribi rodearon la esquina y caminaron por el callejón a la parte de atrás de la cantina. Ribi dio ligeramente un golpe en el gozne de una ventana de madera, esperó, y entonces tocó otra vez cuando nadie contestó. Pensando que estaban perdiendo el tiempo, habían empezado a caminar cuando la ventana se abrió repentinamente y una prostituta pequeña, estaba parada con una candela en su mano y un dedo en sus labios.

—Lasa...Ribi contestó.

—Shhh, agitó una mano para tranquilizarlos, volteo hacia atrás de ella para ver que nadie escuchaba, y entonces empezó a ver a quién había traído su amante. Sus ojos se abrieron cuando ella vio a Mike, y una mirada de asombro se propagó a través de su cara.

—El Jaguar Feroz, ella masculló, asombrada. Por qué trajiste...

Ribi, auxiliado por Mike, ya estaba trepando el lado del edificio y tenía una pierna a través de la ventana de su dormitorio. Mike lo iba siguiendo, rápida y furtivamente a través de la ventana al interior de la pequeña zona destinada a la vivienda de la puta. Escasamente amueblado, el cuarto tenía algunas fotos sin marco y las fotos de una revista colgaban de las paredes. Una cama muy usada y desvencijada en la esquina y pocas ropas de la chica pendían de una soga entre las dos paredes.

Mientras Mike le contaba su historia, la prostituta

diminuta vertía a cada uno de ellos en un vaso ponche hecho de fermentado de caña de azúcar. La historia se hizo más larga y las tazas para beber fueron rellenadas. Finalmente Mike relató su partida con Ruth, el subsiguiente ataque del oso y la reunión con Luis y el profesor, el motivo por el que él había ido toda la noche en carrera a buscar un teléfono. Él les mostró el escrito con los números de teléfono del profesor y lo pasaron entre ellos antes de colocar la nota sobre una mesa junto a la cama de la prostituta.

—Siempre me pregunté acerca de ese lugar, dijo Ribi, quitando el pelo de sus ojos y ajustando una cinta roja sobre la frente. —Pienso que ahora ya sé exactamente dónde es. Es bueno que tu familia lo guardara en secreto pues en pocos años los hombres blancos lo habrían destruido. Él dejó por hecho tácito que Omar había matado al padre de Mike intentando obtener su secreto.

Lasa se volvió sacudiendo su cabeza con fuerza, y colocó un dedo a sus labios yendo rápidamente a la puerta. Voces fuertes, un tronido y entonces más griterío hicieron erupción desde adentro de la cantina. Ella les hizo frenéticamente una señal pidiendo para que salieran a través de la ventana, pero Ribi la trató de alcanzar en lugar de eso.

Se veía como una joven pareja de casados abrazada para despedirse, cuando alguien le dio unos golpes a la puerta de la tabla del cedro. Mike y Ribi salieron disparados hacia la ventana pero la puerta se abrió de golpe y tres hombres armados entraron precipitadamente en el cuarto y les sujetaron.

El Coronel Cedras sonriendo abiertamente entró con una pistola en una mano y la señora de la cantina asida en su otra mano.

—Así es que...usted permite a los clientes que estén luego

de las horas de cerrar, lo hace usted, ¿Flora? Él miró de manera lasciva a la señora, y entonces a Lasa. —No pueden controlar a sus pequeñas putas, ¿eh?

El Coronel Cedras sonrió felizmente. Las cosas finalmente estaban poniéndose mejor. La escapada del policía federal de Chihuahua, el arqueólogo y fray Martin en las montañas le había dejado completamente templado y petulante. La partida inesperada de Omar había confirmado sus sospechas de un complot y lo había dejado muy enojado. El joyero, su viejo amigo de contrabando, había pensado dejarlo fuera de la participación de este. Pero cuando Cedras se enteró de que Mike y Ribi habían llegado en la ciudad, el Coronel vino rápidamente. Cuando él terminó de sacarles toda la información, era Omar el que estaba en la mira.

Aunque él y el joyero una vez hubieran compartido mutuamente un arreglo satisfactorio de negocios, Cedras no podría aguantar al bastardo con dientes de diamante. Además, él no era un cristiano y el Coronel a propósito había ignorado sus perversiones sexuales extranjeras y las quejas de ciudadanos en la comunidad por mucho tiempo. Era hora de devolver al fenómeno a Afganistán o poner una bala en su cabeza.

Dando una seña con el arma de fuego, él señaló a Mike y Ribi.

—Llévense a estos dos. Bajaré más tarde para interrogarlos. Él soltó el brazo de la señora y ella comenzó a protestar su inocencia mientras se acomodaba su camisón.

—Coronel, puedo explicar...empezó la señora, comenzando a actuar hipócritamente.

—Sí, él interrumpió, enfundando su arma de fuego, usted recibirá su oportunidad, pero primero pienso que usted me adeuda algo, no cree usted, ¿Flora?

La señora sonrió, comprendiéndole inmediatamente. —Por supuesto que sí, ella estuvo de acuerdo agradablemente, feliz de ver que era todavía requerida comercialmente, como siempre. Ella volteo a mirar a Lasa y le dijo. —Acomódate como el Coronel lo desee...

No, dijo el Coronel Cedras. —No ella, usted.

—Claro que no, objetó la señora horrorizada. —Esta prostituta pequeña causó el problema, ella lo puede solucionar. Además, soy jubilada, no lo hago...

—Sal, el Coronel saco su arma de fuego otra vez y encamino a Lasa hacia la puerta. —No hago el amor con indígenas; quiero las buenas cosas. Cierre la puerta detrás de usted. Él volvió el arma de fuego a la señora y señalo su ropa de dormir. — Quíteselos, Flora. He estado esperando esto mucho tiempo.

Lasa miró rápidamente a la matrona de cara adusta y después al lascivo, Coronel Cedras que empuñaba su arma de fuego. A los veinticinco ya era una puta veterana, ella había adquirido conocimientos mucho más allá de sus años. Y cualquier tonto sabía que la persona sujetando un arma de fuego era el jefe real, especialmente si él tenía una placa. Ella discretamente vio que Mike había salido y había jalado la puerta del dormitorio cerrándola detrás de ella.

La oscuridad cubría la cantina, y los olores contrastantes de cigarrillos, la cerveza agria y el brandy dulce se extendían por el cuarto. El piso de madera rechinó como protestando y sólo una candela pequeña de molde abierto del dormitorio de la señora alumbraba con luz tenue al interior de la cantina. Lasa vaciló, recordó las instrucciones y los números de teléfono que estaban escritos en el papel, y entonces se decidió. Ella tenía la seguridad que el federal tomaría su tiempo y disfrutaría de su jefa jubilada. Fue corriendo al cuarto de la señora y se sentó en su escritorio. Lasa entrecerró los ojos en la nota mientras las sombras caprichosas bailaban malvadamente a la luz de una vela encima de las paredes manchadas de humo. Ella pensó acerca de su Ribi y el Jaguar Feroz y cómo eran los indígenas tratados en prisión. Ella aspiró profundamente y marco los primeros números del escrito.

—Bueno... Se oyó la respuesta intranquila, irritada. — ¿Quién es?

— ¿Está Alexandra Wolf?

— ¿Alexandra? ¿Quién le llama? ¿La conozco?

—Ésta es una emergencia, señora, se trata de su marido, Luis.

— ¿Luis? Luis Alvarado es mi marido. ¿Quién es? Ángela le pregunto.

—Por favor...yo...usted no entenderá, hay tanto...

\#

— ¿Quién es, querida? La voz calmada de Alexandra se oía en la sala. — ¿Está todo bien? Ella ató la banda de su camisón y se restregó los ojos.

—Es alguien llamándote acerca de Luis. Ángela comenzaba a colgar el teléfono. —Es alguna loca.

—No espera, Alexandra dijo, tomando el teléfono. — Hablaré con ella. Podría ser algo importante. Ellos no nos han hablado en tres días.

Ella llevó el teléfono a la mesa de la cocina. —Sí, dijo, — ésta es Alexandra Wolf. ¿Tiene usted información de mi marido? Ella escuchó atentamente, frunció el ceño, y en ese momento sus ojos se abrieron alarmados.

— ¿Qué es esto, preguntó?

—Mi nombre es Lasa, yo...

— ¿De dónde llama usted, Lasa?

Un compás de espera, y en ese entonces escuchó, —
Batopilas.

— ¿Batopilas? ¿Cómo conoce usted a mi marido?

La cara de Alexandra totalmente perpleja por la sorpresa
inoportuna, y en ese momento ella se sonrosó.

— ¿Qué? ¿Usted trabaja dónde?

—Qué pasa, ¿Alexandra? Ángela interrumpió. — ¿Qué le
ha ocurrido a Luis?

Pero Alexandra se agitó completamente tratando de
alcanzar un lápiz. —Continúe, le creo. Esto es demasiado loco
para no ser cierto.

Ella escribió rápidamente mientras Ángela la veía por
encima de su hombro. Alexandra hizo preguntas y garabateó
la información, negando con la cabeza con súbita desilusión
en las respuestas. Finalmente ella pensó que ya tenía todo;
nombres, lugares, y los acontecimientos. Luis agonizaba en
una ruina arqueológica distante mientras David cuidaba a la
diplomática secuestrada dos semanas antes.

Alexandra, decepcionada y alterada, golpeó ligeramente el
lápiz en contra de sus dientes. David y Luis obviamente
habían estado en las cantinas y su marido la había mentido
omitiendo sus intenciones reales. Ella hizo un juramento
silencioso. Cuando ella lo recuperara, lo más cercano que
pondría a David de un sitio arqueológico seria los sembradíos
de rosas en el patio de atrás de su casa en la Ciudad de
México.

Ángela, llorosa, colapsó en una silla. —Luis fue atacado
por un oso pardo, ¿y se está muriendo en un lugar
desconocido, remoto? Ella comenzó a sollozar, y entonces un
grito se liberó de su boca. Su cuello se dobló con el dolor de
una mujer que sabe que ella es una viuda.

—Cálmate, Alexandra le ordenó, caminando al lado de

Ángela y abrazándola apretadamente. — Esto no se termina aún, amor. No sabemos que él esté muerto. Hay todavía una oportunidad. Ahora deja de llorar. Necesito tu ayuda. Hablemos claro. Alexandra caminó de arriba abajo por la sala, ocasionalmente miraba los números de teléfono y la información que ella había garabateado en una libreta.

David está en lo correcto, ella pensó. No podemos dejar que la policía o el ejército se involucren. Luis moriría mientras se pelean entre ellos por los tesoros en las ruinas. Ella caminó hacia el teléfono y marcó el número que la puta la había dado, y entonces lo pensó mejor y colgó el teléfono.

No, ella se decidió, no surtiría efecto sin los peces gordos. Esta vez   marcó un número privado de la Ciudad de México. Ella había decidido buscar una gran oportunidad, si bien el fracaso era una posibilidad muy real. Era hora de apoyarse en el viejo amigo de su marido difunto, la Hormiga Atómica. Si El Presidente no le pudiera ayudar a ella, nadie más lo haría. El número marcado estaba llamando, y comenzó a timbrar. Su corazón saltó anticipadamente cuando ella agarró el teléfono con su mano pequeña. Habían pasado dos años desde la última vez que ella había hablado con Carlos, y él no estaba de acuerdo en que ella se volviera a casar. ¿Nadie contestaba, y comenzaba a colgar el teléfono cuando alguien respondió, — Bueno...quien habla? La voz cansada le sonaba familiar.

— ¿Qué quiere usted? ¿Cómo consiguió este número?

— ¿Carlos? Ella preguntó, esperando lo inevitable.

— ¿Quién es? La voz era de una fiera. ¡Son las 3:00 de la mañana!

—Carlos...soy Alexandra Wolf, estoy llamándote por una emergencia. David es...

—Alexandra... ¿eres tú? ¿Qué ocurre? ¿Dónde está David ahora? Te dije que no te involucraras con un arqueólogo. Son

311

amantes de las rocas, inmaduros y bebedores. Te advertí...

—Carlos...sé dónde está la diplomática.

— ¿Qué? Él no entendió. —Alexandra por qué no me llamas por teléfono mañana cuándo...

— ¡Carlos...despiértate! La diplomática americana secuestrado...sé   dónde está.

Ella pensó que él había colgado el teléfono. Finalmente él dijo,

— ¿Cómo podrías tu saber eso? ¿Qué dices, Alexandra?

—Escucha...necesito tu ayuda, ella le imploró.

— ¡No! ¡Claro que no! Él estaba furioso. —Llámame por teléfono mañana cuando haya logrado dormir un poco...y tú deberías hacer lo mismo también.

—Entonces llamaré a la Embajada Americana en Chihuahua y El Paso para decirles donde está la diplomática americana.

— ¡Qué! ¿Estás demente? Esos bastardos me han estado presionando durante las últimas dos semanas.

Ella le permitió quitarse de encima el sueño y pensar acerca de él, y entonces dijo, —Tú tienes que ayudarme, Carlos. Dos llamadas telefónicas lo harán... ¿por favor?

Él gimió otra vez y maldijo. — ¿Qué quieres que haga mujer? Si sabes tanto como dices acerca de esto lo haré...

—Quédate callado y escucha, ella le dijo, con el control otra vez.

—Hay este hombre en Batopilas, un Coronel Cedras que tiene presos a dos indígenas que saben todo...

Diez minutos de explicar dejaron su boca seca y sus palmas mojadas. La Hormiga Atómica no había dicho una sola palabra, y ella se movió nerviosamente, asustada de que él la pudiera rechazar.

—Tú serías un héroe, intentando anticiparse a una

respuesta negativa.

—Alexandra...tú no sabes nada acerca de la política. Déjame a mí pensar. Él sonaba disgustado, y un largo silencio se produjo.

Ángela agarró el teléfono y se preparó duramente para su respuesta negativa. Ella podía imaginarse lo que él debía estar pensando, así es que silenciosamente revisó su dilema. Los americanos le habían estado ridiculizando por su incapacidad para encontrar a la diplomática o a los secuestradores. Él necesitaba cerrar el asunto, y tal vez su idea surtiría efecto. Carlos tenía una oportunidad para poner con la cara en el suelo y arruinar todo a los Estados Unidos. Él podría jugar la pelota en su tribunal y podría voltear la cabeza. Si tuvieran éxito, él podría atribuirse el mérito. Si no, él podría condenar su acción y no podría confesar su anterior conocimiento.

—Bueno, él dijo, finalmente. Dame el número de la Embajada en Chihuahua.

—Pero la policía en Batopilas...

—Eso es fácil. Es el hermano mayor del norte por el que estoy preocupado.

Ella le dio el número. —Carlos, si alguien dice que tú eres pequeño, voy a patearlos en el trasero.

Él se rió ahogadamente, y entonces se quedó quieto. —Alexandra si sacamos todo adelante estará bien. Si fracasa, tu familia perderá todo en el PRI, y quiero decir todo. ¿Comprendes?

—No me importa, Carlos. Cuando mi marido murió, salí de la política. La odio. Yo sólo quiero recuperar a David, ¿puedes comprender eso?

—Un arqueólogo, él dijo otra vez, como si la palabra dejara un mal gusto en su boca.

—Sí, y él es un demonio de hombre... ¿y...Carlos?

— ¿Qué ahora?

—Les dices a ellos que lleven a un doctor en el helicóptero, ¿bueno?

—Sí, Alexandra. ¿Alguna otra cosa?

—Eso es todo. Vamos camino hacia la Embajada ahora mismo. Ella colgó el teléfono, y entonces se estremeció.

—Vístete, Ángela. Salimos en cinco minutos.

El Valle de La Muerte

La luna desapareció con su luz suave, escondiendo las malas acciones que se estaban perpetrando en el valle de la región montañosa y sus viviendas antiguas del acantilado. Ruth, cansada desmedidamente y   fastidiada por el miedo que masticaba en su cordura, había perdido toda pista del tiempo. Ella y David habían trabajado toda la noche sacando el oro de la tumba y cargándolo por la entrada amurallada de grava. Desde allí lo habían llevado río arriba a través del bosque y en una cañada profunda estrecha, lo habían escondido. Pero nunca vivirían para contar estas historias. Omar no podría dejar a alguien vivo que supiera que él estaba involucrado, el lugar de este tesoro increíble o cualquier huella de él. Cada momento aumentaba su peligro.

Marchaban uno tras otro en la oscuridad; David primero, doblegado y tropezando, y después Ruth y finalmente Omar con su rifle y la antorcha. Ella podía sentir los ojos lascivos mirándola minuciosamente a ella de regreso y vigilante de cada movimiento suyo. Ella se había frotado con suciedad en su cara y los brazos para hacerse menos atractiva, y su pelo era un enredo de porquería. ¿Qué podría el retrasado mental querer en ella? Las ideas que no quería dejar entrar le produjeron un temblor y la   incitaron a atacar su estómago. Ella se había resuelto a escapar, pero aún no tenía entre manos

315

un plan. Omar no le permitía hablar, y ella sentía una desesperación serena con el profesor. Qué le había ocurrido a su arma de fuego, ¿de cualquier manera? ¿No tenía él una pistola atada a su cintura cuando lo vio primero al llegar? ¿Dónde la había dejado?

Ojalá...

#

¿Estaba Luis muerto en realidad? David se preguntaba. ¿Estaba ella diciendo la verdad en la tumba? Si era cierto, él se sintió profundamente entristecido por la muerte de su mejor amigo, y la situación se había vuelto casi desesperada. Cada vez que regresaban a las ruinas él intentaba ver a Luis, pero la oscuridad no le permitía ver al federal en la sombra negra del saliente. Omar no mostró interés en el cadáver. Él había tomado literalmente la declaración de Ruth, ansioso por terminar de esconder el tesoro.

Ruth debía estar tratando de comunicarle algo a él con sus ojos, pero él encontró imposible descifrar cada matiz del gesto, y Omar no les permitía ninguna conversación. La mandíbula hinchada y quebrada del profesor le angustió en gran medida. Latiendo, el dolor imparable le acompañaba a cada paso. Cuando el tropezó y cayó Omar le había pateado repetidamente en las costillas, y ahora cada aliento estaba acompañado como si alguien le enterrara un cuchillo. Él estaba más desesperado cada minuto. Si Mike no viniera pronto, se agotaban las oportunidades que él   regresara con o sin ayuda.

David sintió un verdadero odio por primera vez en su vida, una cólera malévola, hirviente fluía dentro de él. Quería matar al joyero y hacerlo ya. Normalmente era un hombre apacible de pasiones discretas, el dolor le había aturdido, pero a él ya no le importaba. Observó desventuradamente como el

316

cerdo miraba de manera lasciva a Ruth, y trataba de adivinar las intenciones del joyero. Ambos morirían tan pronto como él no los necesitara más, y ese tiempo estaba cerca. Uno o dos viajes más llenarían la cañada profunda diminuta. Él no podía prolongar hasta lo imposible un plan con Ruth, y así es que él debía actuar a solas y pronto y tenía que esperar que ella siguiera su pista.

¿Dónde había colocado la pistola? Se preguntó por centésima vez. Se maldijo silenciosamente. Él incluso no recordaba que se lo hubiera quitado Omar. El profesor distraído, murmuro fieramente, en sus labios se formaron costras gruesas por las heridas provocadas por las acciones del rifle. Habían dejado el rifle de Luis recargado en una piedra al lado de la corriente, ¿y la pistola yacía quién sabe dónde?

¿Y qué de Mike? Se preguntó. ¿Intentaba él en realidad traer ayuda? Las probabilidades no eran buenas. Excepto para la mujer, de quién el hombre jaguar pareció muy cariñoso, Mike ciertamente no tenía nada tangible para ganar. Excepto, recordó el profesor que había prometido ayudar a proteger las ruinas. ¿Pero confiaba Mike realmente en él? ¿O se conformaba con salvar su propio cuello abandonando a los miserables blancos que habían profanado su casa? Si El Jaguar Feroz no regresara pronto, estarían muertos.

#

La mano de Luis apretada alrededor de la cacha de madera del .45 automático, se sentía bien. La percepción de la pistola le daba comodidad. Pero una serpiente de cascabel le advirtió no moverse y él se congeló, asustado por que las serpientes (él creyó que había dos) hundirían sus colmillos en él. Quizá fueron atraídas por su cuerpo caliente en esta noche estupenda, o tal vez el indígena a propósito le había puesto aquí para morir. Él no sabía y no tenía importancia ahora. Si el

317

sólo pudiera aclarar su mente.

El efecto de lo que el indígena le había dado para beber había comenzado a pasar, y el dolor aumentaba a momentos. Él intentó moverse, pero el frio de la fiebre intermitente había destruido su cuerpo. Temblar podría incitar a las serpientes. ¿Dónde estaban todos? Él pensó que había oído una voz familiar más temprano, pero apenas podría recordar cualquier cosa después de que el oso le atacó.

El profesor le había dejado a Luis su pistola, pero él no podía ver en la oscuridad y se sentía por su estómago incapaz para hacer una   maniobra. Sentía su espalda y su hombro como si hubieran estado separados de su cuerpo. ¿De dónde habían venido las serpientes de cascabel? ¿Dónde estaban David y el indio? ¿Cómo podría librarse de las serpientes? Una avalancha de preguntas surgió a través de su mente conforme él lentamente se movía.

Luis sabía que él no podría yacer allí por siempre. Él tenía que dar un paso pronto. Acababa de superar el nervio para ignorar a las serpientes de cascabel y comenzó amover sus pies descubriéndolos de la cobija reptando con su lado izquierdo y arrastrándose sobre su espalda. Él comenzó a sentir como cuchillos de acero hundiéndose, y quiso llorar, pero contuvo su aliento, agarró el arma de fuego y le rezó a La Virgen De Guadalupe para su intercesión.

Avemaría, llena eres de gracia
El Señor está contigo
Bendita eres entre todas las mujeres...

Los Estados Unidos Invaden México

La luna se escondió detrás de la pared occidental del Cañón de Batopilas y sólo algunas celebridades batallaban por mantenerse en pie. El   Coronel Cedras caminó lentamente, ligeramente achispado pero feliz, sentía que él había hecho una buena conquista esta noche. No el dinero o las drogas, eran importantes; él había tenido a la manera suya a Flora, la señora de "El Perdido Otra Vez". Una vez que él había tomado lo que él quería virilmente, y eso era la manera en que se suponía que tenía que ser. Un hombre tomaba lo que él podía cuando él lo podría conseguir. O agarraba lo que tenía o alguien más lo tomaría: una de las leyes inmutables de vida. Aunque ella hubiera actuado como tonta y queriendo salir, él sabía que ella nunca le olvidaría. La perra se podría contar a ella misma como afortunada porque él no le clausuró. Flora podría no ser la única mujer en México que poseía una casa de putas. La prostitución era cosa de hombres. Sólo un hombre podría controlar a las mujeres. ¿No sabía ella eso?

El Coronel silbó una melodía cuando caminó por las calles para la comisaría de policía. Él tuvo más suerte que la mayoría de amigos, pensó. Él había tenido acceso al sexo sin molestar a su mujer, o gastar el dinero de sus numerosas empresas de contrabando, el estatus en la comunidad y una familia con la que él podría lucirse. ¿Qué más podría necesitar un hombre? Aparte de dinero, es decir. A uno nunca le podría alcanzar el dinero.

El Coronel Cedras miró su reloj. Dijo 4:34 a.m., casi como para desayunar un par de huevos rancheros y un plato de aguacates en rodajas. Pero primero tenía que ir a la cárcel e interrogar a esos dos indígenas sucios. El solo pensamiento envenenó su estado de ánimo y se acordó de Omar y ese maldito federal de Chihuahua. ¿A dónde habían ido, de cualquier manera?

Cuando él dobló la esquina, él cayó en la cuenta de un sonido whump rápido, whump, whump. Él buscó el cielo, pero no vio nada. ¿Qué diablos estaba haciendo ese ruido? Sonó como a un helicóptero o algo por el estilo. ¿Qué estaría haciendo un helicóptero en Batopilas? ¿De dónde venía el sonido? Él aceleró su paso hacia el sonido, que se oía más cerca de la comisaría de policía. Al doblar la esquina en la Calle Morelos, él se paró en seco.

Dos helicópteros aterrizaban en la estación: uno en el helipuerto del techo, el otro en el césped de enfrente. Ambos tenían banderas de Estados Unidos adornadas con mucho colorido en sus colas. Los soldados en uniforme de camuflaje, los rifles automáticos estaban recargados cerca de ellos viéndose cautelosos y listos para la acción. Él se restregó los ojos. ¿Dos helicópteros de Estados Unidos? ¿En Batopilas? ¿Estaba México siendo invadido? Él no debería haber bebido tanto brandy.

El Coronel Cedras jadeó fuera de su pecho y caminó para confrontar a los invasores. Quién diantres pensaron que eran, ¿de cualquier manera? Él esperó que estuvieran distraídos, porque él les haría ver lo que nunca habían visto antes.

—Allí está él, gritó alguien sobre el estrépito. —Es el

Coronel.

Cedras agachó su cabeza y dio vueltas hacia la puerta lateral del helicóptero. Él nunca había visto uno realmente como esos antes. Las turbinas en el lado del helicóptero le recordaron los motores de un avión a reacción de Mexicana de Aviación. Vio rápido que tenían armas: los cañones que parecía que podrían explotar un tanque. Repentinamente él ya no estaba tan lleno de confianza.

—Cedras, vino una voz desde atrás. Él dio vuelta, y cuando él vio quién puso en desorden llamando su nombre, casi se le caen sus pantalones. José Antonio González Corzo, el Director General de la Policía Federal de Chihuahua estaba en frente de él. Cedras temía al Director General más que a cualquier hombre. Inmediatamente comenzó a actuar servilmente y disimular delante de él.

—Cedras, continuó el Director General, obviamente irritado en estar levantado a esta hora, — estoy llevando a los dos indígenas conmigo. Quiero que usted sepa que estoy muy enojado porque usted los retuvo sin razón, los arrestó sin ninguna causa y que usted está fuera trabajando de prostituta alrededor como el réprobo que usted es.

—Sí, señor. Entiendo, Sr. González. Estaba justo a punto de soltarlos y...

—No me mienta a mí, Cedras. Estoy harto con sus payasadas aquí abajo. Si alguna vez lo encuentro fuera de su lugar otra vez en una emergencia, le cortaré sus huevos y se los enviaré a su mujer en un frasco. ¿Comprende? Él empezó a volverse caminando a la estación.

—Por supuesto, jefe. Tómelos. Tome cualquier cosa que usted quiera. No estoy seguro por qué usted está aquí, sino...

El Director General pasó rápidamente alrededor. —No he estado aquí Cedras…y ni estas personas. Él señaló a los

321

soldados americanos y los helicópteros. —Si usted dice una sola palabra acerca de esto, personalmente destruiré su carrera y veré que usted sea relevado sin pensión ni jubilación. ¿Comprende usted esto también?

—Por supuesto, Director General, nunca le he visto a usted o estos hombres antes en mi vida. Usted puede confiar en mí, jefe.

—Lo dudo, dijo con desprecio el Director General. El funcionario alto, ancho de hombros chocó sus talones y se marchó de la estación mientras el Coronel Cedras quedo humillado y fuera de sitio.

— ¿Que está usted viendo? Él le silbo a un subalterno que reía disimuladamente. Entre y vea si usted le puede echar una mano. Él miró hacia el helipuerto del techo y vio que el helicóptero tenía una Cruz Roja en su lado. La puerta abierta reveló a varios pasajeros, dos daban la apariencia de ser mujeres. ¿Qué mundo? Él pensó. ¿Dos mujeres civiles en un helicóptero de la armada?

Mike y Ribi caminaron con paso cansado de la cárcel y fueron colocados en helicópteros separados. Los soldados abordaron la nave y el Inspector General apareció. Él habló brevemente con alguien que el Coronel no reconoció, y entonces entró en el helicóptero en el techo. El otro hombre, obviamente americano, bajó las escaleras en carrera dos a la vez y le dio un empujón a Cedras. Él ignoró al coronel, gritó órdenes para el piloto y cerró la puerta. Los motores tronaron y las hojas azotadas furiosamente, ahuyentaron al coronel del helicóptero y hacia la estación. El pájaro grande en el techo se elevó primero, revoloteando en un momento, entonces salió disparado a una velocidad increíble cuando sus motores a chorro se encendieron como si soltaran fuego. El helicóptero cerca de él persiguió al primero. Fueron hacia el oeste, moviéndose hacia los Cañones Perdidos, y en dos minutos se habían encogido para verse como puntos negros en los inicios de cielo matutino.

El Cazador y La Presa

La flama estrellada perdía su brillantez como una banda musical blanca de luminiscencia en el este esforzándose para alzar el sudario de oscuridad. El Dios Sol se había despertado y la luz del día exponía los pecados de la noche.

—La última carga, dijo Omar, señalando hacia la tumba con su rifle. Ustedes los americanos trabajan más lentamente que alguien que alguna vez haya conocido. Al túnel, perra. Él hizo una seña con el arma de fuego. Ruth vaciló, mirando hacia el profesor como una especie de señal, pero él veía hacia el saliente dónde Luis yacía.

Omar la apartó de un empujón hacia la tumba y alzó un puño para golpearla.

— ¡No! Grito el profesor, dando un paso hacia el joyero. Déjela o lo haré...

— ¿Usted hará qué? Cerdo americano ¿Intenta lastimarme? Omar volvió el arma de fuego al profesor. Dándose por vencido, ¿profesor? ¿Quiere terminar todo esto ahora mismo? Él se puso el rifle en su hombro y su dedo lo colocó sobre el detonador.

—No...yo...simplemente no la toque por favor no la lastime...

— ¡Cállese! Omar dijo a gritos. — ¡Métase en la tumba! ¡Vaya! Le ordenó, apuntando con el rifle a Ruth, y también a

324

David.

Ruth obedeció a regañadientes, agachando la cabeza para entrar en la oscuridad. David le siguió a ella y Omar se puso atrás con una antorcha y el rifle. Él caminaba muy de cerca sobre los talones del profesor. Cuando David entró en la tumba detrás de Ruth, Omar le golpeó detrás del oído con la culata de rifle, golpeándole y este cayó sin sentido y ya no se movió.

Ruth gritó y cuestiono a Omar. Él meció el rifle en su brazo, se movió a un lado y le dio con el puño rápido en su estómago. Ella cayó jadeando a sus rodillas. Él se quedó parado y sonrió abiertamente, listo para golpearla otra vez, pero cambió de idea. A él le gustaba ella, sin ningún lloriqueo, enclenque americana. Ella sentía fuego en su estómago, ella quiso pelear. Así sea, él pensó. Comenzó a formar un plan en su mente sinuosa. Él encontraría la manera para que ella peleara y jugara.

El joyero tomó una punta de una soga e hizo un nudo corredizo en un extremo, y después él lo deslizó sobre su cuello. Ella se atragantaría si luchara o intentara correr. Sujetando el otro extremo de la soga en su mano, él la arreó, tropezando y gimiendo, salieron fuera del pasillo en el cañón.

Ella cayó de rodillas, temblando de cólera, su pulso se aceleró por una inyección de adrenalina. Se sintió como si explotara. Ella agarró la soga y jalo rápidamente para afrontar al asesino sádico. Él respondió jalando bruscamente la soga, estrangulándola, y entonces se apretó el nudo corredizo más, ella luchó, el jaló lentamente aplicando presión hasta que ella cayó y casi se desmayó.

Omar aflojó el nudo a fin de que ella pudiera respirar, entonces ella se sentó jadeando y jalando la soga alrededor de su cuello. Él lo disfrutaba. Esto era más entretenido que lo que él había pensado.

—Levántate, prostituta, le ordeno. —Ayúdeme a rodar esta roca enfrente del hueco.

— ¿Qué? Ella se quedó sin aliento, tirando del nudo corredizo — ¡No podemos, bastardo loco! Él morirá. Usted no le puede enterrar vivo en esa tumba.

Omar apuntó su rifle y disparó entre sus piernas. Ella gritó. Él apunto cerca de su cabeza, y entonces puso la mirada en su pecho.

— ¡Bueno! gritó, —bueno! Ella se levantó.

—Hijo de perra, dijo, apretando los puños con gran enfado.

—Ahh, Omar exclamo aprobando, sonriente pensó. —Tú agarrarás a tu puta casual, americana. Tan pronto como termines de remover esa piedra, tú y yo jugaremos un juego divertido. Permitiré que tú escapes y entonces voy a buscarte, y te encontraré, puta. Él alcanzó a sobarse el miembro sugerentemente. —Cuando terminemos el juego todo acabará. Él enseño sus diamantes, sonriendo abiertamente, ampliamente y recorrió su cuerpo con sus ojos.

—Y bien, él hizo una pausa para crear un efecto, su sonrisa aumentando incluso, te haré las más terribles cosas…las cosas que te provocarán mucho dolor. Él buscó en su cara una señal de debilidad, pero ella mantuvo su posición.

—Usted es un animal pervertido, enfermo.

—Me siento bastante bien, gracias, y estoy muy entusiasmado por iniciar nuestro juego. Él hizo una seña con el rifle. —Ayúdame con esta grande, después ponte a trabajar apilando piedras, puta. Estoy ansioso por comenzar.

#

Ruth estaba parada con los puños agarrados con fuerza. Ella le quería sacar los ojos. ¿Un juego? Él quería cazarla y

326

torturarla como a un animal. ¿Cómo había vivido tanto tiempo sin que alguien lo matara? La furia le dio fuerza a su determinación. Las últimas dos semanas habían sido una inmersión completa en un infierno psicológico, pero ella había sobrevivido. Su espíritu había sido labrado y templado. Ella se había endurecido emotivamente y su mente casi se olvidó de sufrir. Su pasado y su futuro dependían de inmediatamente después: cada instante había sido para tener experiencias muy penosas.

Ella empujó todo de su mente pero incrementar el odio a los dientes montados en diamante de Omar. Ella ganaba fuerza y focalizaba su animosidad, y la imagen de esa sonrisa pondría alas en sus pies. Ruth huiría de la bestia repugnante como una mujer poseída.

Ella sacudió con fuerza la soga y lo hizo para pararse en la roca grande.

—Hagámoslo. Estoy lista cuando usted diga.

Los diamantes de Omar aparecieron, aceptando su reto. Él la dirigió a la otra orilla de la roca grande, y entonces tomó su arma de fuego. Lucharon poderosamente, poniendo rápidamente las rocas y la grava antes de finalmente rodar la roca grande delante de la entrada de la tumba. Ambos se apoyaron contra la piedra, jadeando con fatiga.

Él no estaba en buena forma, ella se percató, formándose un juicio sobre su capturador. Él debe estar cerca de los cincuenta. Si ella lograba soltarse, él nunca la atraparía.

—Está bien, puta. Comienza a apilar piedra. Él sacudió con fuerza la soga otra vez y ella fingió un tropezón, cayendo hacia sus pies. Ella sujetó una gran roca en su mano, y fingió caer pero se hizo a un lado y golpeo con toda su fuerza el arco del pie de Omar.

Demasiado tarde, él la vio viniendo. El hueso roto y su

mandíbula se abrieron cuando el dolor subió vertiginosamente a través de su cuerpo. Él gritó y dejó caer la soga, cayéndose al suelo para agarrar firmemente su pie. Ruth le golpeo en la cara con su cabeza, haciendo pedazos su boca y los dientes se ensangrentaron, volteándole hacia atrás. Ella se liberó de la soga de su cuello. Omar la trató de alcanzar, pero el dolor le detuvo. Ella se movió hacia el rifle, pero él estaba más cerca y lo agarró.

Ella corrió en busca de la entrada del cañón. Él berreó una advertencia y apuntó el rifle. Cuando ella bordeaba la cúspide de la pared de grava, él jaló el gatillo y disparó. La bala le pego ella en el muslo, lanzándole hacia adelante y abajo del otro lado de la pared de la grava. Él alzó el rifle otra vez, pero el dolor penosísimo en su pie le impidió disparar otra vez.

— ¡Perra! Gritó. — ¡Prostituta! ¡Desollaré la piel de tu cuerpo! Pero el dolor en su pie trajo su atención. Él intentó pararse, pero no podía. Cojeó dolorosamente, trató de brincar sobre la otra pierna. El juego había comenzado, se percató, y ambos se habían lastimado hasta sacarse sangre. Lo que ella no sabía, sin embargo, es que ella no podría escapar. Esta área del bosque, el riachuelo, los picos prominentes, toda una anomalía geográfica. Con excepción de la fisura estrecha, entre las montañas que conducían al Cañón de la Roca, la única manera para salir era por la cara del desbarrancadero cerca de la cascada, que él estaba seguro ella no podría bajar. Ella nunca encontraría el pasaje secreto para el Cañón de la Roca. Él lo había descubierto sólo por accidente veinte años atrás. Esta área comprendía un cañón de gran altura. Si Ruth no muriera desangrada primero, ella a la postre alcanzaría la cascada. Él la tomaría allí.

Omar comenzó a buscar madera para construir un torniquete. Él no podía estar de pie sobre uno solo, solo un torniquete apretado que se extendiera algunas pulgadas debajo de la bota soportaría su peso. Iría despacio, pero él tenía tiempo. Sólo esperaba encontrarla antes de que ella muriera desangrada. Él todavía tenía planes para ella después del juego con su cuerpo.

"En la Presencia de Mis Enemigos"

Ruth pensó que un martillo pesado le había golpeado la pierna. Las olas de dolor surgieron de su muslo y ella apenas podía sentir las lágrimas en sus ojos. El miedo la llevó a intentar pararse. La bestia estaba justo adelante, al otro lado de la pared y él podría estar viniendo en este preciso momento. Ella no supo si el golpe le hubiera lastimado lo suficiente como para detenerlo, pero debía escaparse tan rápido como fuera posible. Finalmente se paró, y gimió del dolor. La sangre goteó de su mano cuando removió la herida. Ella desgarró sus pantalones vaqueros y se dobló al ver el daño. La náusea la envolvió y casi vomitó. El tejido fino de la piel ensangrentado, carnoso rodeó un hueco del tamaño de una pelota de golf. La bala no había entrado directamente. Había golpeado el lado de su muslo y había desgarrado un segmento de piel y el músculo de la pierna. Su estómago se revolvió, y en ese entonces la náusea apareció devuelta.

Ella cojeó hacia la corriente, recorriendo la mirada furtiva detrás de ella, moviéndose a lo largo del cauce del río. La sangre escurría lentamente pero con firmeza de la herida, pero la pierna no le dolía más si ella no caminara. La sangre la asustaba, pero no tanto como Omar. Sujetando su muslo ensangrentado con su mano, ella cometió un error craso a lo largo del cauce del río seco, dejándole un rastro claramente marcado que él podía seguir.

Ella recordó que Mike le había dicho que por aquí se llegaría a la cascada, y también de que el federal y el profesor habían llegado por aquí. Apretando sus dientes, ella se impulsó para ir más rápido, ignorando el dolor, moviéndose con un pie, avanzando a brincos, sin detenerse porque intentaba poner distancia entre ella y el demente de Omar. Ella miró por encima de su hombro, y entonces se apresuró aún más. Repentinamente, dos disparos de atrás y ella cayó dando bandazos de bruces encima de la grava.

— *Oh, Dios mío, ella rezó...Oh, Dios Mío...Oh, Dios Mío.*

#

Omar había avanzado a saltos sobre una pierna por debajo del saliente de las ruinas. Él recordó ver una pila de leña antes y él necesitaba construir un torniquete. Él mataría a esa perra, juró decidido.

Cuando él saltó y avanzó a brincos hacia la pared, el cascabeleo   preventivo de una Serpiente de Cascabel le detuvo. Él miró alrededor. ¡Allí, por la roca! No. Dos de ellas, a la par del federal yermo. Yacían enroscadas, moviendo sus cascabeles temblando, enseñando sus lenguas. Él se detuvo, apuntó el rifle y entonces le voló la cabeza a una de ellas. ¿No le amenazaría más? Sonrió satisfecho. Se sentía bien echar a perder algo, quedaba sólo una serpiente.

Tal como él había esperado Omar encontró la pila de maderas seca de formas y espesor diversos. Él entresacó dos, quebró uno que correspondiera a la longitud del otro y los ató a su pierna con una soga. El pie le latía dolorosamente y había comenzado a hincharse. Él lo amarró fuertemente a fin de que no se resbalara, cuando él terminó la abrazadera casi cortó totalmente el sangrado. Tenía que detenerse periódicamente a reajustarlo, pero debía seguir. Él no quería que la puta americana le llevara mucha delantera.

Encontró una extremidad fuerte de madera que pudiera servir de muleta y la probó. Agarrando su rifle, él cojeó hacia la pared y al riachuelo más allá. Marchaba sorprendentemente bien, pensó, felicitándose por su ingeniosidad. Sin embargo el daño, no estaba chorreando sangre. Si caminara a un paso constante, la encontraría. El plan de la cacería le emocionó, y su adrenalina surgió con anticipación. El arma de fuego se sentía bien en su mano y Omar se sintió como un joven otra vez. Subió trabajosamente sobre la pared de grava y empezó la búsqueda de Ruth.

***

Luis se había desmayado. Abrumado por el dolor y el constante terror de las serpientes de cascabel, él había perdido el conocimiento. Los disparos del rifle le habían despertado.

¿Dónde estoy? Se preguntó. Su cuerpo se agitó y una oleada de escalofríos ondeó a través de su espalda. Él gimió e intentó moverse, pero él no tenía ninguna fuerza en el cuerpo. Él movió sus piernas, y esto lo indujo a gemir otra vez. Sus labios estaban hinchados y deshidratados por la fiebre muy alta que lo empujaba al borde del delirio. Más escalofríos le destruyeron y él gritó. El dolor alrededor de su cerebro se había espesado y ya no supo dónde era peor o por qué. Las lágrimas se formaron en sus ojos y comenzó a susurrar el nombre de su mujer.

—Ángela...Ángela...ayúdame, él susurró. —Por favor ayúdame. Él perdió el conocimiento otra vez y su cuerpo convulsionaba cuando la pesadilla volvía. Él se puso rígido y gritó luchando en contra de las serpientes de cascabel de sus sueños. Él las había matado pero sólo no morían...sólo no morían...

***

Ahora el pánico la sujetó. La sangre la había debilitado, todavía se escurría de la herida. Su pierna se había entumecido y había avanzado lentamente cuando ella se movía, pero ella seguía, tenía que seguir, continuar corriendo. Si ella se detuviera él la podría encontrar. Su cara le perseguía, con una expresión y con una sonrisa con semblante sádico observando esperando que ella se tambaleara abajo del cauce del río. Ella miró por encima de su hombro, esperándole para que la atrapara de un momento a otro.

— ¡Muévete! Ella se dijo. ¡Huye! ¡Corre por tu vida! Ella se imaginó que él estaba justo detrás de ella, y esto le infundió energía fresca. Si ella dejaba o se ralentizaba, moriría poco a poco y horrendamente en sus manos. Ella continuó tratando de borrar la imagen que sonreía abiertamente en su mente, caminando adelante, empujándose a ella misma más allá de los límites del aguante. Si él la atrapara, pelearía. Ella le mataría. Le haría a él lo que él pensaba hacer con ella. Lo haría

#

Omar se reía ahogadamente. Tal como él lo había pronosticado, la prostituta americana había tomado la ruta obvia. Las gotas de sangre eran un rastro visible a lo largo del cauce del río seco, y cada diez metros él los encontró más fácilmente. Éste era un juego de niños. Alzando su rifle y colocando la muleta firmemente debajo de su brazo, él comenzó a caminar tan rápido como podía. El torniquete trabajaba sorprendentemente bien. A este paso él estaría en la cascada en una hora.

Mientras él caminaba, fantaseaba ¿cuál sería su expresión cuando ella viera su cuchillo? Y los pechos. Ella tenía unos pechos maravillosos. Él les había observado a ellos balancearse y zangolotearse cuando ella llevaba el tesoro a la tumba. Él tenía planes para sus pechos, oh sí ciertamente.

333

Mike se quedó mirando estoicamente después al doctor y a las dos mujeres en el lado contrario del helicóptero. Él había dicho su historia y había contestado sus preguntas. Ahora susurraban entre ellos. El doctor repetidamente revisó sus suministros médicos e hizo preguntas al piloto y a los estadounidenses de la embajada de Chihuahua.

Casi doce horas habían pasado desde que había dejado las ruinas y Mike no sabía qué esperar. Él se sentó en silencio, listo para atacar. Omar había entrado en los Cañones Perdidos para rastrear al profesor y al federal, y el hombre del jaguar se preocupó. Él sabía que el árabe era un implacable asesino de sangre fría. El profesor tenía buenas intenciones, pero no era justo...bien, él era simplemente un académico. Ciertamente no más.

El piloto hizo otra pregunta, y Mike tenia de dirigirlos. Sus ojos se abrieron por la sorpresa. El helicóptero voló más rápido que lo que él pensaba posible. Él vio que habían volado sobre el Cañón del Cacto y estaban siguiendo la corriente seca hacia la cascada. Minutos más tarde él la vio a lo lejos. Pero cuando se acercaron él echó de ver que no caía agua en la cascada en su cima, y él se quedó triste porque ya no fluía.

—Siga la senda por encima del acantilado. Solía ser una cascada antes del terremoto, él les informo. —Vaya más lento. Estamos en la recta final.

—Gracias a Dios, Alexandra dijo, apretando la mano de Ángela. Lo sabremos en pocos minutos, amor. Espérate un momento. Estoy aquí contigo.

— ¿Qué es eso? pregunto al piloto.

— ¿Dónde? dijo el otro americano, después de que el piloto señalo con el dedo. La visibilidad le puso obstáculos a su búsqueda porque un bosque de cicuta y pino crecía por el borde de la corriente.

—Allá abajo...pienso que vi algo...probable que simplemente un animal.

Mike se acurrucó entre los dos asientos delanteros. —¿Qué vio? preguntó, estirando el cuello para ver.

—Pues bien...es difícil decir...pensé que había visto como alguien caminando fuera de los árboles. ¿Cuánto más allá, están sus amigos?

— ¿Alguien anda por los árboles? ¿Por dónde iba? Lo que si...

— ¡Mira! Hay otro, apuntado a la mujer de la embajada. —Oye, él está herido y tiene un arma de fuego. ¿Cómo puedes ver eso?

—Regrese, le ordenó Mike, lleno de agitación.

— ¿Regreso a dónde? preguntó el piloto.

—Regrese. Quiero ver qué era eso. Es realmente importante.

—Lo siento, señor. Mis órdenes son volar directamente a esa ruina arqueológica y aterrizar. No puedo detenerme. No hay ningún lugar para aterrizar, de cualquier manera. Los árboles son demasiado altos.

—Entonces dé la vuelta y vuelva volando para Batopilas, porque no le guiaré a las ruinas a menos que usted vuelva a ese lugar.

—Por el amor de Dios, Larry, de la vuelta y vuele por encima otra vez. Sólo tomará un segundo, Alexandra se quejó. La persona de la embajada afirmó con la cabeza al piloto, quien transmitió por radio su intención al helicóptero detrás de ellos. Él detuvo el pájaro. Sosteniéndose alrededor comenzó a mover las copas de los árboles voló hacia donde él había visto al hombre.

—Allí, él señaló una figura que arrastraba los pies sobre el terreno. Ese amigo. Debe estar persiguiendo a esa mujer.

— ¿Qué mujer? Mike se puso frenético, buscando de arriba abajo, incapaz para ver claramente por los árboles.

—El pozo...pensé que había visto como a una mujer. Quienquiera que fuera que tuviera pelo largo y caminado un poco raro. Él detuvo al pájaro directamente sobre la corriente. El hombre sobre el terreno protegió sus ojos y miró hacia arriba en el cielo.

La sangre de Mike se enfrió y su cuerpo tembló en un estremecimiento involuntario. Un destello saltó de la cara del hombre, los diamantes reflejando la luz del sol matutino. Omar, persiguiendo Ruth, se había detenido y se quedó con la mirada fija arriba en el helicóptero. El hombre que había matado a su padre ahora estaba persiguiendo a su amante para hacer lo mismo.

— ¡Aterrice! Él le demandó.

—Lo tiene que hacer...

— ¡Aterrice! ¡Ahora! Ese hombre es un asesino. Él está persiguiendo a Ruth.

— ¿Ruth? dijo el piloto.

—La diplomática secuestrada, dijo el hombre de la embajada, su boca era una línea sombría, delgada. Pero no veo ninguna parte para aterrizar.

— ¿A dónde va usted? Demando Mike.

—Estoy tratando de encontrar un lugar para aterrizar, él contestó.

— ¿Hasta dónde están las ruinas?

Mike hizo cálculos rápidamente. —Allí, él dijo, por allí por encima de la siguiente curva por la corriente.

—No puede aterrizar allí ningún helicóptero Mike. Tendremos que aterrizar en la parte superior de la corriente.

—No...a la izquierda...sobre ese montículo de grava.

—Ni lo pienses, dijo el piloto. La entrada es demasiado estrecha. Nunca lo haríamos.

—Usted no entiende, Mike dijo. —Vaya más alto que los árboles por ese lado, entonces lentamente trate sobre la abertura.

— ¿Es ciego usted? Hay una montaña allí.

—Confíe en mí...sé lo que está allí, Mike alego. —El otro helicóptero puede aterrizar en la vanguardia. Este es para personas heridas...correcto.

—Usted está loco...

—Haga como él dice, Larry. Le creo. ¿Simplemente intenta hacerlo? Alexandra imploró desde atrás.

—Jesucristo, exclamó el piloto, lentamente subiendo al pájaro a la parte superior de los árboles. Él aspiró profundamente y guio al pájaro arriba y sobre la abertura pequeña, centrándole lo mejor que él podría.

—Señor bueno, dijo el hombre de la embajada, exhalando y tomando otro aliento.

—Quien lo hubiera pensado...

—Allí, en el medio, Mike señalaba con el dedo. — Apresúrese, por favor.

—Contenga su orina, Mike. Cuando el helicóptero aterrizó, Mike abrió la puerta. Él se agachapó debajo de las hélices y corrió hacia el saliente. —Allí...por la pared, él señaló a Luis. Entonces sin esperar, él corrió en busca de la barrera de la grava.

— ¡Un momento! le llamó el hombre de la embajada. Necesitamos sus...

Pero Mike le ignoró. Fue sobre la pared. Él rodeó el segundo helicóptero. Había aterrizado cerca del cauce del río y se había sentado con su puerta sin obstrucción a la vista. Los soldados habían salido del pájaro y habían hecho un círculo esperando órdenes. Ribi no estaba en ninguna parte a la vista.

—Oye, el indígena... ¿A dónde cree que va? le llamó el Director General.

—Quédese aquí y déjenos...

Pero Mike había dado la vuelta y había corrido hacia la corriente. Sus piernas bastante musculosas estiradas se flexionaban en la primera luz del sol matutino cuando él rápidamente escapó de su vista, corriendo a gran velocidad para encontrar a Omar antes de que el asesino alcanzara a Ruth. Sus piernas brillaron intermitentemente y se movieron, corriendo más rápido que lo que él alguna vez podría recordar haber corrido. Brincó, trepó y se estiró, llevándole a correr más rápido...más rápido...más rápido, cerrando la distancia entre sí mismo y el asesino.

#

— ¡ Oh...Dios! Ella lloraba tratando de alcanzar la cascada. ¿Dónde estaba? ¿Qué haría cuando ella lograra llegar? Su respiración era entrecortada y el cansancio excesivo pesaba en ella como una montaña. Se había desfondado. Su tanque estaba vacío. Débil por la vertiginosa pérdida de sangre, ella comenzó a tropezar y caer, pero siempre se levantaba y le sobrecogía la cara que sonreía abiertamente persiguiéndola. Ella le mataría. Primero ella le sacaría sus ojos y después le enterraría una estaca en el corazón, y entonces ella haría pedazos sus dientes horrendos, ella lo haría...

***

Omar, lívido con ferocidad, maldijo el pájaro de metal que revoloteaba y arrojó amenazas. ¡Helicópteros! Ese indígena sucio había traído a las fuerzas armadas para rescatar a sus amigos. Ese cerdo mestizo había regresado en la mitad del tiempo calculado. ¡Sucio infiel! La cuenta regresiva para la muerte de Omar había comenzado. Él no discutiría a la manera suya, no esta vez, pero él no moriría a solas tampoco. Él tomaría a la puta americana. Sería su falla que él no se libraría y que ella pagaría con su vida.

La sonrisa escapó, pero él se sentía con mucha energía y decidido. Él mataría a la puta. Él la mandaría al diablo esperando su llegada. El joyero se detuvo a apretarse la abrazadera, y entonces cojeó hacia las caídas. Casi allí, él se detuvo a inspeccionar un rastro con un nuevo impulso. Él podía sentir su presencia y le podía oler a ella saboreando su sangre. ¡Un hongo de júbilo surgió dentro! Tal vez alrededor de la siguiente curva ella estaría esperando para que el juego terminara.

Demasiado mal, no puedo ver a través del bosque, pensó Omar. Lástima, lástima.

#

Ruth tropezó, completamente desgastada y a punto de desmayarse. Ella se tambaleó aturdidamente cerca de la cara del acantilado en el borde de cascada.

¿Qué ahora? ¿Qué debería hacer? ¿Dar la vuelta atrás? ¿Excepto lo que él le haría? Entonces ella sufrió un colapso, casi cayendo por el borde. Ella intentó levantarse, pero no podía. Otra vez ella intentó, pero cayó hacia atrás y se desmayó por la pérdida de sangre.

***

Omar rodeó la última curva de la corriente, su cara fija en una horrible sonrisa. ¡Allí! ¡Él la podía ver! Ella estaba a un lado la cascada donde él sabía que ella estaría.

—Alabanza a ti Alá…él esperaba que ella todavía respirara. Era importante que ella le viera a la cara y el cuchillo antes de que él cortara su garganta.

— ¡Omar! Vino un grito desde atrás.

Él rápidamente volteo colérico y vio al indígena con su rojo cintillo sobre la frente. El joyero no vaciló. Empujando con el hombro el rifle, él tuvo en la mira el pecho del indígena y el disparó. ¡Lo golpeó!

Omar exclamaba con gritos agudos, eufórico, y sacudió el rifle por encima de su cabeza en el triunfo. Mike había caído inmediatamente. Omar le había mandado al diablo con su padre y ese sucio hermano cristiano de él. Él cojeó y saltó hacia el indígena caído, una sonrisa estirando la longitud de su cara. El indígena yacía a su lado, y se preparó y se inclinó para voltearle.

¡Anonadado! El aliento del joyero se atragantó en su pecho cuando él reconoció a Ribi. Él cayó de rodillas y tomó la cabeza del joven en sus brazos. Las lágrimas llenaron sus ojos y chorrearon en corrientes por su cara mugrienta. Ribi, su hijo. ¡Él había matado a su único hijo! Él pasó rápidamente alrededor para ver a la mujer. Ella no se había movido. Ésta fue su falla, él razonó. La prostituta americana mató a su hijo. Él pelaría la piel de su cuerpo y entonces la mataría antes de tirarla del acantilado.

Él tiernamente colocó a la cabeza de Ribi sobre el suelo y se levantó hacia la acción. Ahogado con gran enfado, su cara le daba un brillo rojo. Omar odiaba a las mujeres. Él siempre había odiado a las mujeres, y él tenía la intención de cortar en pedazos a esta como él siempre había soñado con hacerlo. Él se tambaleó hacia el borde del acantilado, jaló su cuchillo y sobresalió por encima de ella. Una sonrisa amplia expuso los diamantes en sus dientes tachonados.

Ruth sintió una sombra y la presencia de alguien. Ella abrió sus ojos. ¡La cara…! — ¡Ella gritó!

Omar agarró su brazo y subió su cuchillo para clavarlo en ella.

— ¡Ruth! vino un grito angustiado.

— ¡Mike! Ella gimió. ¡Mike! Ella luchó con todo, debatiéndose entre la vida y la muerte en contra del agarre de un asesino sádico.

Omar sorprendido, pasó rápidamente para ver a quien había llamado. Estaba otro indígena. Al que él debería matar, pero primero a la mujer. Primero la puta debe morir. Él regresó a su tarea y alzó el cuchillo....

El primer bandazo le asombró, la segunda sacudida del terremoto le desquició y él luchó por no caer. Ruth, poniéndose boca arriba, agarrado su brazo con ambos de ella lo jaló. Recayendo sobre una posición perfecta, ella lo hizo verse fácil. Omar se deslizó por encima de ella, gritando despavoridamente cuando él cayó en picada centenares de metros para el suelo y teniendo una muerte bien merecida.

El terremoto entró sacudiendo con fuerza las montañas, rodando y dando tumbos como si el magma del corazón de la tierra se entrometiera más allá. Ruth rodó sobre su estómago y fue en busca de algo para agarrarse ya que el terremoto intentó aventarla sobre el borde del acantilado. Duró veinte segundos, pero pareció una eternidad.

Repentinamente se detuvo, y ella yació agotada y sollozante, llorando con mucha razón. Simplemente el llanto.

—Ruth.

Ella miró hacia arriba los ojos preocupados de su secuestrador.

—Regresaste, ella habló entre dientes débilmente, sus ojos cerrados. —Tú prometiste que regresarías, y ella se desmayó.

***

Cuatro soldados americanos aparecieron por todas partes de la curva en la corriente. Se detuvieron brevemente a inspeccionar el cuerpo de Ribi, y entonces corrieron hacia el borde del acantilado donde Mike estaba tratando de revivir a

Ruth.

—Déjeme...soy un medico militar, dijo uno de pelo rubio, flaco. Él se acercó con un par de anteojos con montura de alambre arriba del puente de su nariz con un nudillo, y entonces trató de alcanzar el brazo de Ruth y tomó su pulso. Él frunció el ceño, y entonces comprobó la herida en su pierna. —Denme espacio, pidió, y todo el mundo retrocedió. El médico llenó una jeringa y le aplicó una inyección, y entonces él expertamente tomó su pierna y comenzó a revisar su herida.

—Por acá, gritaron los soldados, señalando el cuerpo de Omar debajo del acantilado. Cómo hizo eso...

—Llame un helicóptero, le ordenó el médico. Ella ha perdido una buena cantidad de sangre, pero se salvara.

Un soldado barbado, grueso de nuca con pintura negra embarrada en su cara transmitió por radio la información a sus superiores y pidió uno de los helicópteros.

—Sí, pienso que ella lo podrá hacer, dijo el médico aunque le quedará una fea cicatriz...

—Señor, le dijo el soldado a Mike, —el Director General pide que usted regrese inmediatamente. Tienen problema localizando uno de los integrantes de la expedición y urge que tan pronto como sea posible que se transporte al policía herido para un hospital.

— ¿El federal estaba todavía vivo? Mike preguntó. ¿Entonces quién falta?

El profesor era la única persona y Mike no recordaba verlo en las ruinas o a lo largo de la corriente. ¿Lo había matado Omar?

Sin embargo renuente para dejar a Ruth, él sabía que allí era una pequeña ayuda lo que él podía hacer. El Médico hacía lo mejor que se podía, y Mike tenía que regresar a las ruinas. Sin contestar, él se levantó y se fue. Pronto estaba corriendo por el banco de la corriente seca, trasladándose rápidamente y a un constante paso, profundo en el pensamiento.

¿Por qué está la montaña todavía enojada? ¿Están bien las ruinas, o están dañadas aún más? Una urgencia le hizo que corriera más rápido y pronto sus piernas largas, musculares se movían como pistones. Él rodeo una curva en la corriente, se lanzó al otro lado para evitar el bosque que traspasa los límites, y continuó río arriba. En ese momento él se detuvo, alarmado. Una corriente diminuta colada abajo de la ladera boscosa. Él se agachó a tocar el agua. Se sintió caliente. ¡Una de los manantiales fluía otra vez! Si este existía, entonces quizá los otros también.

Él corrió con nueva energía, experimentando una primera luz tenue de esperanza real. Mientras él corría, vio que varios de los manantiales de la ladera estaban exudando agua caliente hacia el cauce del río. Cuando él se aproximó a las ruinas, un helicóptero se elevó en lo alto en curso hacia la cascada para evacuar a Ruth.

Una corriente estable goteaba desde abajo de la entrada amurallada de grava en las viviendas del acantilado. Él podría oír un susurro fuerte y podría pasar como un silbido desde el interior, pero no sonó como el helicóptero. Cuando él bordeó la cúspide de la pared un sonido dirigió su atención hacia el final del este de las viviendas del acantilado. Todo el mundo circulaba en grupo sin rumbo fijo después del terremoto; el piloto se sentó en el pájaro y habló por el radio mientras los estadounidenses de la embajada giraban órdenes.

Mike los ignoró y se quedó con la mirada fija asombrado. Un géiser había hecho erupción adentro de la mina derrumbada, evacuando vapor de agua caliente horizontalmente de un hueco de medio metro en la falda de una montaña. La impulsaba casi veinte metros a través del aire antes de aterrizar delante del helicóptero y fluir hacia la pared.

Los gritos urgentes le dieron la bienvenida a su llegada. La mujer llamada Alexandra discutía a gritos con el hombre de la embajada, Larry. Ahora ella le gritaba y golpeó el suelo con el pie coléricamente. El federal había sido cargado y su mujer se sentó junto a él en el helicóptero.

Alexandra recurrió a Mike cuando él se acercó. — ¿Dónde está? ¿Dónde podría estar él? Ella le preguntó frenéticamente, su cara tenía un rictus de preocupación, sus manos estrujaban un pañuelo casi hecho nudos.

— ¿Quién está perdido?

—Mi marido, David, el arqueólogo. Por favor ayúdenos. Están amenazando con irse sin él.

—Alexandra, eso no es verdad, interrumpió el hombre de la embajada, intentando tener paciencia. Ese policía mejicano podría morir en cualquier segundo. Se nos ha acabado el tiempo. Devolveremos a alguien para buscarle.

— *¿Dónde podría estar el arqueólogo?* Mike pregunto. ¿Le había matado Omar, o estaba escondido? Mike miró alrededor, distraído. Las ruinas se veían bien. Él encontró difícil concentrarse con tanto suceso; Ruth, Omar, el terremoto y las aguas termales. Si él tuviera más tiempo, él probablemente podría encontrar a David, pero...

Algo llamo su atención. Alguien había manipulado indebidamente la tumba del este. La roca grande redonda grande yacía firmemente en el lugar, pero todas las piedras más pequeñas habían sido movidas estaban distantes y se habían esparcido. ¿Había robado Omar la tumba? Si así fuera, ¿por qué había rodado la piedra adelante de la entrada? Mike sintió un cosquilleo de temor. Los muertos podrían dañar a los vivos, y ¿si Omar hubiera robado su tumba…y que? pensó.

Eso simplemente no lo sabía.

—Miremos allí, señaló, caminando hacia el final del oeste de las ruinas.

—Necesito una mano.

Rodaron la roca grande aparte. Dentro estaba el profesor, sus uñas quebradas y ensangrentadas y el lado de su cara hinchada y morada. Alexandra gritó y se arrodilló a la par de su marido.

—Consiga una camilla, le ordenó el hombre de la embajada, —y dígale al Doctor que le necesitamos aquí, también.

Alexandra se mordió la mano y las lágrimas le rodaron de sus ojos cuando ella seguía la camilla hacia el helicóptero. El profesor había recobrado el conocimiento y había dado la apariencia de estar lúcido. Él no podía hablar, sin embargo, y agarró las manos de su mujer y brilló respuestas sí/no con sus ojos.

***

—Eso es todo, grito el hombre de la embajada, dando un paso para evitar la corriente de géiser que provenía de la mina derrumbada.

—Enterneciendo…a todo el mundo. Cuidado con el paso. La siguiente parada es El Hospital Militar.

— ¿Dónde está el indígena? preguntó el piloto.

— ¿Ah? No sé, el hombre de la embajada abrochó su cinturón de seguridad, él estaba aquí. Larry miró alrededor de las ruinas.

— ¿Qué quiere usted que yo haga? preguntó el piloto.

—Déjele. No tenemos tiempo para organizar una búsqueda. Él es el problema de los mexicanos. Si quieren ponerlo en prisión, pueden venir y le pueden encontrar. Yo estoy fuera de eso.

El enorme helicóptero se elevó rápidamente entre el boquete en el bosque y sobre la pared de la grava. Estaba suspendido, y entonces los motores tronaron, y en un santiamén estaba sacudiendo las copas de los árboles a lo largo de la cama del riachuelo, que ahora se llenaba de agua.

—Ve usted eso, dijo el piloto asombrado, señalando hacia adelante del camino.

— ¿Ver qué? Larry preguntó.

—Allí...es el indígena, y él tiene a un perro con él. Están en marcha y corriendo por el sendero. ¿Quiere que yo le hable por el altavoz?

—Ese no es un perro.

— ¿Qué?

—Es un felino grande...se parece a un puma o un jaguar o algo por el estilo.

— ¿Quiere que yo le dispare? El federal en el otro pájaro dijo que él es un criminal. El piloto ligeramente tocó un botón en la vara entre sus piernas.

El hombre de la embajada vaciló. —No...déjele. Nuestra información es que él ayudo a nuestra Ruthie e intentó salvarla. Él se ve feliz para mí. Deje a él jugar con su gato. Espero que no le atrapen.

El pájaro grande se dirigió hacia las caídas, ganó altitud rápidamente, y en ese entonces sus motores a reacción se encendieron y aceleró al norte sobre la Sierra Madre.

Con el sol cayendo fuertemente y brillante en su cara, el indígena alto y su compañero estaban de pie sobre el borde de la cascada. Él le dio gracias al dios Tata y su mujer por sanar la montaña. Tremendas lágrimas fluían sobre sus mejillas, pero él sonreía felizmente. Con alegría en su corazón, él esparció sus brazos y comenzó a cantar una canción de gracias.

FIN